USA *Today* BESTSELLING AUTHOR
Dale Mayer

LÉGION D'HONNEUR

Devlin

TOME 12

Devlin, Légion d'honneur, tome 12
Beverly Dale Mayer
Valley Publishing Ltd.

ISBN-13 : 978-1-778863-44-8
Format Print

Devlin

Cupidon éprouve apparemment un petit faible pour les SEAL, et c'est maintenant Devlin qui se trouve dans sa ligne de mire. Sans même chercher l'amour, il va rencontrer la femme de sa vie au pire endroit possible.

En tant que membre d'une unité militaire qui assiste les soldats afghans dans leur entraînement, Devlin apprend à utiliser les tout derniers drones de combat. Quand un meurtre est commis dans la base, les soupçons se portent sur leur créatrice belle à tomber. Devlin ne peut s'empêcher de lui venir en aide. Après leur retour aux États-Unis, un autre employé de la même compagnie meurt. De nouveau, toutes les preuves désignent la créatrice.

Bristol n'a pas le choix. Elle doit apporter elle-même ses derniers modèles de drone dans un Afghanistan dévasté par la guerre, étant donné le retard qu'elle a pris dans ses échéances au travail et la pression que lui met son patron. Elle ne s'attendait pas du tout à une telle catastrophe, et pourtant, aux yeux de tous, c'est *elle* qui semble en être la responsable. Alors que les cadavres s'entassent et que ses recherches disparaissent mystérieusement, ainsi que sa meilleure amie, elle est déterminée à découvrir ce qui se passe, au mépris du danger.

Sa protection est devenue la mission de Devlin, alors qu'elle semble faire son possible pour lui rendre la tâche impossible – en même temps qu'irrésistible.

Inscrivez-vous ici pour être informés de toutes les nouveautés de Dale !

https://geni.us/DaleNews

CHAPITRE 1

IL Y AVAIT missions d'entraînement et *missions d'entraînement*. Devlin Hayman était en Afghanistan avec l'une des deux équipes de SEAL, formées, en partenariat avec des militaires locaux, sur les nouvelles tactiques de guerre ouverte.

Entre la poussière, la saleté et la barrière de la langue, il en avait assez. Mais, il était là pour aider l'élite militaire afghane et cela en valait la peine. Cela dit, cet après-midi le sortirait de sa routine. Il allait, à son tour, apprendre quelque chose et s'entraîner avec de nouveaux drones.

Cette formation était commune aux Afghans et aux SEAL. Actuellement, dans le monde entier, des équipes utilisaient des drones pour des opérations très particulières. Il semblait évident que leur maniement devait être connu et compris par les SEAL. Devlin avait travaillé sur certains modèles basiques. Ceux présentés aujourd'hui étaient de haute technologie. Il voulait les connaître. Le fabricant avait envoyé un représentant de son équipe de conception. Il devait, déjà, être ici. À 13 heures, la session commencerait.

Quelle excellente façon de passer sa dernière journée. Il partait demain, direction les États-Unis. Il avait hâte. Il était ici depuis trois semaines et était sûr d'avoir mangé au moins un kilo de poussière. En y réfléchissant, il en avait probablement mangé trois ou quatre.

La formation s'était bien passée. Même si sa patience était à bout. On aurait dit que chaque stagiaire s'évertuait à ne regarder qu'exclusivement devant soi ; en oubliant systématiquement de regarder en arrière. Il en était de même pour tous. Pourtant, savoir surveiller ses arrières était extrêmement important.

Ce type de formation était essentielle. Ces hommes étaient des alliés. L'arrivée d'Easton avait grandement facilité le processus. C'était un membre de l'équipe de Devlin. Il était au même grade que Swede dans l'unité de Mason et possédait une patience d'ange.

Son équipe était complétée par Ryder et Corey.

Quatre membres de l'unité de Mason étaient également présents : Mason lui-même, accompagné de Shadow, Markus et, bien sûr, Swede. De nombreux changements de personnel, dans différentes spécialités, avaient été effectués pour amener les bonnes personnes à suivre cette formation sur les drones. Swede, malgré sa taille, était imperturbable face à la technologie. Dans son ombre se tenait, comme toujours, Shadow. Cet homme était taciturne, silencieux et discret. On ne l'entendait jamais ni arriver ni partir. Tel un drone furtif.

Devlin s'approcha de Ryder et Corey. La session commencerait dans vingt minutes.

Au son d'un vrombissement, Devlin leva les yeux vers le ciel et aperçut un drone, au loin, sur sa gauche. S'assurant que tout allait bien autour d'eux, il poussa Ryder du coude puis désigna l'appareil à l'intention de Corey. Ils se retournèrent pour l'analyser.

Celui-ci était en forme de chauve-souris, presque comme un mini avion de chasse furtif.

— C'est l'un des nouveaux, commenta Devlin.

Corey sourit, bondissant presque sur ses pieds.

— J'ai hâte de jouer avec.

— J'ai entendu dire que l'ingénieur était déjà arrivé, dit Ryder.

— Bien. Je suis impatient d'en apprendre plus sur ces trucs.

Devlin observa Corey suivre le drone dans les airs.

— Je ne sais pas, dit Ryder. Je préférerais avoir un pistolet dans ma main plutôt qu'une télécommande.

Devlin s'esclaffa.

— Tu peux avoir les deux, tu sais ?

— Tu es le seul doué avec ces machins, ajouta Ryder. Moi, je suis un gros balourd.

— Que nenni. Tu es le meilleur avec les engins explosifs improvisés…

Ryder haussa les épaules.

— Bien sûr, la nuit, je peux gérer tout ce qui éclate. Mais cette chose, dans l'obscurité ? Je n'en suis pas si sûr.

— Eh bien, cet après-midi, tu auras la chance de le découvrir.

— Je peux en finir avec n'importe quelle guerre, éliminer l'ennemi avant qu'il ne me voie et j'en passe. Mais penser qu'un drone puisse cibler et délivrer un tir, avec une telle précision, sans que personne ne le remarque…

Ryder secoua la tête.

— C'est carrément flippant, mec.

— Vous êtes prêts ?

Markus s'approcha derrière eux.

— Absolument, répondit Devlin. Je suis pressé de commencer.

Il fit un geste en direction des drones.

Markus approuva.

— J'en ai beaucoup entendu parler. Les secteurs privés

les ont adoptés à un rythme effréné.

— C'est tout simplement ridicule, protesta Devlin. Nous avons besoin de la dernière technologie, mais, eux ? Ils peuvent aller se faire voir…

— Dis ça à Levi, dit Markus avec un sourire. Tu sais à quel point son unité a été pulvérisée. Eh bien, ils sont revenus en force et ont pris leur revanche, sur le reste du monde, en obtenant ce qu'il y a de plus gros, de plus puissant.

— Merde.

Devlin jeta un dernier regard vers le drone et se tourna vers le reste des hommes.

Ils eurent une courte discussion, puis se dispersèrent pour déjeuner. Devlin ne parvint pas à oublier les paroles de Markus. Levi et son unité avaient été détruits, tous autant qu'ils étaient. Mais, ils avaient survécu et avaient créé Legendary Security. Une entreprise de sécurité privée en pleine croissance, incroyablement respectée. Ils étaient sur le marché depuis seulement quelques mois et décrochaient déjà les meilleurs contrats.

En même temps, pourquoi cela ne serait-il pas le cas ? Compte tenu du fait qu'ils avaient déjà recruté certains des meilleurs hommes de l'armée… Bordel, jusqu'à présent, ils n'avaient que d'anciens SEAL qui travaillaient pour eux, du moins, d'après ce qu'en savait Devlin. Même Flynn, qui avait été viré.

Flynn était aussi un type génial. Devlin se souvint alors des surnoms qui se promenaient autour de la société de Levi.

— Levi a peut-être les meilleurs gadgets technologiques, mais aussi des surnoms très romantiques qui le suivent…

Markus rit.

— Le dernier que j'ai entendu était « Héros du Cœur ».

Ryder renifla à côté d'eux.

— Moi, c'était « Héros à Louer ».

— Ouais, « Héros » est le dénominateur commun, ajouta Markus. Apparemment, chaque fois qu'une femme arrive au sein de leur complexe, elle trouve un nouveau pseudo pour la société. Levi est dépassé et craint que l'un d'eux ne reste.

Devlin jeta un coup d'œil à Markus et dit, ironique :

— Tu devrais le comprendre. Tu fais partie de l'unité des « Gardiens ».

— On ne nous appelle pas comme ça, tu le sais très bien.

Markus sourit.

— Mais, comme je conçois parfaitement d'où vient ce surnom, je peux difficilement arguer contre. En plus, même si je le faisais jusqu'à manquer de souffle, ça ne convaincrait jamais personne d'arrêter. Mason a déjà essayé, au moins, un million de fois.

— Au fait, comment chacun d'entre vous s'est-il retrouvé dans une sorte de romance parfaite ? interrogea Ryder.

Markus lui tapa sur l'épaule.

— Mec, si tu savais. Nous n'aurions jamais imaginé trouver de telles partenaires. Regarde-nous maintenant. Dix sur dix.

— Incluons Levi parce que sa relation est fantastique, ajouta Ryder. Je suis vraiment heureux pour Ice. C'est une sacrée pilote. Des dizaines d'hommes avaient des vues sur elle, mais elle n'a jamais eu d'yeux que pour Levi.

— Je te le dis, énonça Markus. S'ils se marient un jour, ils inviteront la moitié de l'armée à la cérémonie. D'après ce que j'ai entendu, le domaine est presque assez vaste pour ça.

— Un domaine ? demanda Devlin. C'est vraiment ce qu'ils ont ?

— Oui. Complètement clôturé, entièrement sécurisé. Bullard est même dans le coup. Il a contribué à mettre en place la sécurité. Et Ice, eh bien, elle a deux hélicos là-bas. La configuration parfaite. Je te le dis, ils sont dans un sérieux business.

Tout aussi sensé que ça puisse paraître, pour Devlin, ça défiait l'entendement. Il n'avait jamais rencontré Bullard. Mais, il en avait beaucoup entendu parler. C'était une sorte d'icône dans leur univers, qui avait établi son entreprise en Afrique. Moins de règles et de questions, avait-il répondu, lorsqu'on lui avait demandé, une fois, pourquoi ce choix. Tout autant une légende que Levi. Dans ce domaine, le choix du nom Legendary Security était parfait. Et Levi avait un énorme réseau. Lui et Ice. Ces deux-là seraient imbattables. Devlin était content pour eux et, peut-être, un peu jaloux. Il n'avait jamais réfléchi à son avenir, après sa vie en tant que SEAL. Il n'en avait pas le temps.

Actuellement, sa vie militaire était tout pour lui. Il ne comprenait pas du tout cette histoire d'âmes sœurs dont avait parlé Markus. Devlin n'avait pas le temps pour ce genre de conneries. Il faisait partie des rares qui préféraient les relations brèves, ne nécessitant pas d'attaches. Il ne s'en inquiétait pas quand il partait sur le terrain. De toute façon, il enchaînait mission sur mission. Quand il n'était pas déployé, il apprenait ou enseignait. Ça lui convenait, mais cela ne laissait aucune place pour construire une relation.

Alors chapeau à Markus et aux autres hommes qui faisaient fonctionner la leur. Pas question pour Devlin de rechercher la même chose.

Il n'était pas superstitieux, mais quand Ryder avait parlé de ne pas vouloir traîner avec les Gardiens – au cas où ça serait contagieux – Devlin avait secrètement approuvé. La dernière chose qu'il désirait, c'était de finir par faire partie de leur groupe. Ryder ressentait la même chose. Aujourd'hui, plusieurs Gardiens étaient mariés. Pourtant, Devlin avait une majorité de copains SEAL en train de traverser des difficultés relationnelles, un tas d'entre eux étaient même célibataires et pas par choix, comme Ryder, par exemple. Le taux de divorce était élevé. Les épouses de militaires n'avaient pas une vie facile. Pourtant, le groupe des Gardiens réduisait, indubitablement, le nombre de ses célibataires, un par un.

Devlin n'avait pas à s'inquiéter ; pour lui, aucune histoire d'amour n'était prévue dans les astres.

Il était temps de se plonger dans cette formation spécialisée sur les drones. Tous les hommes, présents, appartenaient aux meilleurs. Chacun possédait une compétence particulière : engins explosifs improvisés, tireurs d'élite, opérateurs de drones. Dans ce cadre, certains seraient instruits sur les modèles de base. Aujourd'hui, il s'agissait d'engins spéciaux. Devlin voulait participer. À l'avenir, les drones allaient devenir un équipement standard. Ce serait un sacré arsenal.

S'il trouvait l'ingénieur, il saisirait l'occasion de discuter avec lui, d'apprendre quelles étaient les avancées actuelles.

Devlin jeta un coup d'œil autour de lui et recula d'un pas. Les gars venaient de terminer la session d'enseignement du matin. Il se dirigea vers les drones. Plusieurs hommes échangeaient avec Mason. Lorsqu'il aperçut Devlin, il lui fit signe d'approcher.

Parfait. Il se présenta. Il obtint le nom du premier homme, Brent, qui ne semblait pas être l'ingénieur. Trois femmes étaient à proximité. L'une d'elles ajustait une télécommande dans sa main. Quant aux deux autres, elles pilotaient des drones. Il supposa qu'il y avait un problème avec l'un d'entre eux, car l'une d'elles avait du mal à diriger le sien.

Il avait envie de lui prendre la télécommande, de la re-layer. Mais Devlin en savait probablement moins qu'elle sur ce sujet, puisqu'elle s'occupait déjà d'un drone.

À ce moment-là, son appareil fit un mouvement très erratique.

— Wow, dit-il.

Les hommes se tournèrent et observèrent.

L'un d'eux appela :

— Bristol, ramène-le.

— Nous ne pouvons pas, répondit-elle, en observant sa collègue ajuster la manette. Quelque chose ne va pas avec la télécommande.

L'autre femme secoua la tête et la tendit à Bristol.

— Merci, Morgan, dit-elle, en l'ouvrant.

Quoi qu'elle ait fait, cela stabilisa le drone. Habilement, Bristol, toujours aux commandes, le ramena pour un atterrissage parfait, sur le sol, devant eux.

De près, Devlin put voir que le drone mesurait deux à trois mètres de long. Plus grand qu'il ne l'avait pensé. Dans le ciel, il ne semblait pas plus gros qu'un faucon ou un épervier.

À première vue, n'importe qui penserait à un oiseau.

Les hommes retournèrent à leur conversation. Devlin écoutait d'une oreille distraite, tout en observant les femmes installer des tables pour la formation de cet après-midi. Il y aurait, d'abord, une démonstration, puis une simulation sur ordinateurs et enfin ils composeraient de petits groupes pour travailler avec les drones, en condition réelle. Sous réserve que trois d'entre eux soient pleinement opérationnels. Si Devlin avait bien compris, ces dames étaient les instructrices.

Ça ne lui posait aucun problème. En général, il

s'entendait bien avec elles.

Et elles l'appréciaient vraiment. Il faut dire qu'il était très aimable.

Ryder, en revanche, qui avait souvent tendance à être brusque, n'attendait pas avec impatience la formation. D'autant plus qu'il était en train de mettre fin à une longue histoire. Ça le faisait souffrir. En ce moment, il ne voyait pas les femmes sous leur meilleur jour.

Le pauvre.

C'était une autre raison pour laquelle Ryder ne voulait rien avoir à faire avec les Gardiens.

Devlin regarda rapidement autour de lui. Ne voyant aucune raison de rester, il s'éloigna du groupe, discutant toujours du programme de cet après-midi, pour se diriger vers les instructrices. Toutefois, avant qu'il ne fasse le prochain pas, deux militaires se placèrent devant lui.

— Je ne peux pas vous permettre de passer ce point, monsieur.

Il acquiesça, mais garda un œil sur les trois dames. Il espérait obtenir celle aux cheveux blonds. Il avait toujours eu un faible pour les blondes.

<h1 style="text-align:center">CHAPITRE 2</h1>

BRISTOL FIXA LE petit panneau devant elle. Le sable et la chaleur de la région lui faisaient beaucoup de mal. Elle avait enlevé le couvercle trop de fois. Ce dont elle avait vraiment besoin, c'était de son petit aspirateur manuel pour tout nettoyer. Lors d'opérations normales, on n'ouvrait jamais les unités. Mais là, elle travaillait avec des prototypes bien loin d'être prêts. Elle comprenait l'urgence, la nécessité de préparer ces engins pour des missions actives et que ça se fasse le plus rapidement possible. Mais enfin, pourquoi fallait-il que ce soit toujours avant que les drones ne soient prêts ?

Les patrons poussaient, et tout le monde cédait. C'était pour cette raison qu'elle était en Afghanistan et gérait trois appareils qui s'étaient trouvés chez elle sur son établi et qu'elle préparait pour la session d'entraînement de cet après-midi-là. Un marchait très bien. Mais naturellement, ça ne suffisait pas. Il lui fallait les autres.

— Tu peux le réparer ? marmonna Colleen.

— J'ai le choix ? répondit Bristol en levant les yeux sur son assistante.

— Désolée, soupira Colleen, mais je n'ai pas réussi à le contrôler – comme s'il était possédé. Jamais rien vu d'aussi dingue.

— Ça peut venir des commandes ou d'un fil cassé. Bordel, ça pourrait être le logiciel. Je vais le rapporter à la tente et voir ce que je suis en mesure de faire.

Elle prit la commande et rappela le drone tandis qu'elles marchaient jusqu'à la tente de chantier qu'on avait attribuée aux femmes. Au moins, là, un effort avait été fourni pour les protéger du sable et de la poussière. Bristol remplaça la puce de l'ordinateur, étape normale. Elle en avait apporté des douzaines avec elle, au cas où. Mais elles aussi avaient été modifiées et devaient d'abord être actualisées, ce dont elle s'occupait également.

L'ouverture du paquet et la modification de l'ordinateur, qui, après tout, était plus petit qu'un téléphone mobile, étaient simples. Elle attrapa la commande et entra le nouveau code. À l'aide de son ordi portable, elle trouva la partie correspondante au nouveau jeu de puces de l'ordinateur.

— Peux-tu le sortir et voir comment on se débrouille ? demanda-t-elle en le tendant à Colleen. J'arrive dans une minute.

Colleen sortit devant elle. Bristol recouvrit son équipement et la suivit. Colleen fit voler le drone en quelques minutes, et celui-ci sembla bien fonctionner cette fois-ci.

— Je rentre, annonça Bristol en tapotant l'épaule de Colleen. Je vais voir si j'arrive à réparer l'autre.

De retour à sa table, elle saisit l'appareil endommagé, tapa rapidement un numéro de série sur son ordi et nota ce qui s'était mal passé.

Les soldats requéraient beaucoup d'entraînement, mais ce jour-là, ce n'était qu'un cours accéléré. Il fallait encore tester les drones. Elle espérait qu'ils seraient prêts quand le véritable exercice commencerait.

— Quoi ? la questionna-t-elle, croyant que c'était Colleen quand elle entendit la toile de la tente se rabattre.

— Rien. J'étais simplement venu voir comment se portaient ces formidables drones.

Elle leva les yeux et y regarda à deux fois. Grand et blond, et un air autoritaire. Des frissons parcoururent tout le long de sa colonne vertébrale. Il était... Elle déglutit et réprima ses émotions. Elle avait mieux à faire. Elle ne pouvait se permettre aucune distraction.

Elle l'examina un long moment.

— Votre place n'est pas ici, dit-elle.

— Désolé, madame, répliqua-t-il avec un sourire. Je suis simplement un grand fan de drones. Je me demandais si je pouvais voir une partie du travail précis que vous effectuez.

— Pas aujourd'hui, répondit-elle en secouant la tête, ni aucun autre jour.

Elle se leva et désigna le rabat de la tente. Son sourire disparut, et il plissa les yeux. Il salua sèchement de la tête, tourna les talons et sortit.

Elle soupira de soulagement. Il y avait trop longtemps qu'elle travaillait dans ce secteur pour laisser quelqu'un lui passer sous le nez comme ça. Personne ne voyait jamais le boulot qu'elle abattait. Elle ne s'occupait pas simplement des réparations ; c'était elle qui concevait ces drones. Les modifications apportées au drone standard, c'était son bébé. Et en aucune façon, elle ne voulait qu'on voie son travail.

Elle œuvrait seule, toujours, et ce serait toujours comme ça. D'où l'idée de créer sa propre société.

Par contre, c'était une vie super solitaire. Mais elle n'avait pas le temps de la remplir d'amis, quant à une famille... c'était simplement douloureux. Elle ne faisait que travailler. Ramenant son attention aux éléments sur la table, elle consulta sa montre et remarqua que le temps était presque écoulé. Cette simple conversation de deux minutes l'avait déconcentrée. Et elle n'avait pas de temps pour ces conneries.

— Le drone a bien réussi le test, déclara Colleen en rentrant à ce moment-là. Tu as réparé l'autre ?

— Si les gars arrêtaient de venir ici, grogna-t-elle en lui décochant un regard fulminant, ce serait bien plus facile de bosser.

— J'ai vu entrer ce type, répondit Colleen en souriant. J'adore sa démarche longue et souple. Et la manière dont les mecs savent nous repérer, nous les filles, et nous attraper quand on n'a personne d'autre autour.

— Comme si j'avais besoin de ces conneries aujourd'hui, rétorqua Bristol en revenant à son travail sur la table. J'ai combien de temps ?

— Un peu plus de vingt-deux minutes.

— Bien sûr. Alors, j'ai encore raté le déjeuner.

— Désolée, on est rentrés en retard. Quand tout n'est pas prêt pour nous, c'est un peu dingue.

— Un peu ?

Elle n'avait pas voulu venir au début. Elle devrait être de retour à son labo, afin de travailler sur les changements à apporter pour qu'ils ne soient pas aussi minutieux. De toute façon, on en revenait au problème du manque de temps pour réaliser les tests. Il fallait que tout soit pour tout de suite, tout de suite, tout de suite. Et bien sûr, son contrat avait une date butoir avec de nombreuses pénalités si elle n'était pas en mesure de la respecter. Et si elle était en retard, elle perdait tout. Mais c'était un contrat important et un énorme pas en avant. Elle devait cette occasion à Brent. Il avait reçu d'autres propositions, mais elle appréciait le fait qu'il lui donne cette chance. Elle ne comprenait pas pourquoi, mais n'allait pas se mettre à discuter.

Tout le monde voulait des résultats et de l'argent. Brent se fichait pas mal de la manière dont on l'obtenait. Et si elle ne parvenait pas à s'acquitter de sa tâche, elle se tirerait vite fait, car il trouverait quelqu'un qui réussirait. Et en réalité, d'après lui, un remplaçant était déjà opérationnel. Il y avait longtemps qu'elle entendait ça.

Elle aurait dû se méfier. Elle n'aurait jamais dû signer ce contrat.

Quand elle leva les yeux vingt minutes plus tard, elle vit Colleen qui tenait une tasse de café et un muffin, qu'elle lui tendit.

— C'est le mieux que je puisse faire.

— C'est sacrément mieux que ce que j'ai eu, alors je prends, déclara Bristol, reconnaissante. Ceux-là sont prêts à partir. S'ils tombent en panne cet après-midi… ajouta-t-elle en secouant la tête, eh bien, je ne pourrai pas faire grand-chose.

Bristol désigna d'un geste les morceaux cassés sur la table.

— Je ne peux même pas le rapporter dans cet état. J'aimerais ne pas avoir d'entraînement aujourd'hui et laisser ça à d'autres. J'ai tant à faire. Mais je n'ai pas le choix. Morgan peut s'occuper d'un groupe, et toi et moi des deux autres.

— Et si David en prenait un ?

— Son truc, c'est le crayon, ricana Bristol, mais il craint les drones, comme tu le sais bien.

— Je sais, mais on a besoin…

— Non, je vais m'en occuper. Ce qui veut dire sauter le dîner. Le temps que j'emballe tout ce bazar, ça va me prendre jusqu'à demain matin. Et ça aussi, tu le sais.

— Je vais t'aider.

— J'y comptais.

Bristol sourit à Colleen. Elles avaient collaboré ces quatre dernières années. Colleen était formidable pour l'équipement, mais elle ne s'occupait ni des logiciels ni de la conception. C'était toutefois une grande opératrice, ce qui la rendait parfaite pour l'entraînement. Bristol balaya une dernière fois la tente du regard.

— On y va. C'est l'heure.

Muffin dans une main et café dans l'autre, Bristol sortit avec Colleen en direction du lieu de l'exercice – et constata qu'il y aurait plus de monde que d'habitude.

— Super, marmonna-t-elle.

— Tu vas y arriver, l'encouragea Colleen avec un sourire. Tu y arrives toujours.

DEVLIN REGARDA LES deux femmes marcher jusqu'au centre. Il n'était pas certain de ce qui avait tant attiré son attention chez cette blonde. Elle était irritable, comme un porc-épic, mais quand on en caressait un de la bonne manière, les piquants doux se couchaient. Il avait simplement conscience qu'il y avait quelque chose de bon à l'intérieur.

Il trouvait souvent que plus une femme était piquante à l'extérieur, plus elle était douce à l'intérieur. Habituellement, quelqu'un lui aurait fourni une raison de ne plus avoir confiance. Mais il n'était pas ici pour les femmes. Il était ici pour les drones.

Mais ce qu'il reconnaissait, c'était l'attention qu'elle attirait quand elle parlait. Il l'écouta alors qu'elle répétait son discours de l'après-midi et comprit non seulement qu'elle ferait une démonstration, mais aussi qu'elle était l'ingénieure qu'il cherchait. Cette toute récente technologie permettait à ces drones de cibler une pièce de dix centimes sur un trottoir depuis une distance incroyablement déconcertante.

Il voulait en savoir plus sur cette précision, car il avait aussi entendu des rumeurs concernant un système intégré de reciblage. Il l'espérait, car leur vie deviendrait tellement plus facile.

Ça expliquait pourquoi elle avait été si ombrageuse quand il avait pénétré dans la tente à l'improviste. Elle y avait des tas de parties et de pièces. Elle avait probablement pensé qu'il cherchait des infos. Même s'ils devaient être en sécurité dans un camp comme celui-ci, il concevait qu'il y ait des mesures de sécurité. Des hommes auraient dû monter la garde devant la tente, mais il n'y en avait aucun. C'était la raison pour laquelle il était entré. Il se rendit compte qu'il s'était peut-être causé du tort.

À ce moment-là, elle posa le regard sur lui, et le coin de ses lèvres tomba.

Merde !

Puis elle pivota, saisit sa télécommande et fit décoller un des drones. Enfin, elle se lança.

— Bon après-midi. On a déjà disposé plusieurs cibles au sol, déclara Bristol. Je vais faire la démonstration des trois drones sur lesquels on travaille actuellement. Si vous restez silencieux pendant les vingt minutes qui viennent, on vous montrera à quel point ces appareils sont précis.

Ce qui suivit fut une session intense et impressionnante. Les drones dansèrent dans les airs, se retournèrent et tour-noyèrent avec aisance, puis se mirent en mode imitation de vol, comme elle l'appelait, c'est-à-dire qu'ils montèrent comme des oiseaux dans le vent.

— Regardez la cible, dit-elle en indiquant l'installation éloignée de quatre-vingts bons mètres de l'autre côté.

On entendit un tintement, et la cible fut transpercée en plein centre.

— Oh, *putain*, oui ! lâcha-t-il avec un sourire.

Non seulement le premier drone avait tiré, mais le second aussi, laissant un trou identique dans la cible à côté du premier. Le troisième effectua des manœuvres de balayage autour des deux autres. Ce qui ne les arrêta en aucun cas. Lorsque la blonde les fit atterrir tous les trois doucement, la foule explosa en applaudissements, mais personne n'applaudit plus fort que Devlin. Bon sang, c'était quelqu'un, cette femme.

— Messieurs, reprit-elle en souriant pour la première fois, on vous a tous assigné un groupe et on travaillera pendant les quatre prochaines heures avec ces trois drones et six autres, qui n'ont pas les mêmes capacités. Ceux-ci sont l'élite. Lorsque vous aurez maîtrisé les bases avec les six, on continuera l'entraînement avec ces trois-là. Mais si vous croyez que la totalité de l'exercice avec les drones a lieu dans les airs, vous vous trompez. J'ai fait installer de nombreux ordinateurs. Comme c'est un grand groupe, on travaillera en sous-groupes. Il m'aurait fallu plusieurs jours pour tout vous enseigner, mais apparemment, c'est un cours accéléré aujourd'hui. On est là seulement cet après-midi, alors profitons-en au maximum.

Elle pivota et s'éloigna. L'autre femme, qui s'occupait du drone endommagé, se leva.

— Je m'appelle Morgan, je suis une des instructrices. Formez les trois équipes qu'on vous a assignées et dirigez-vous vers la station qu'on vous a attribuée, dit-elle en saisissant sa commande. Je contrôle un des grands drones.

Celui-ci vola au-dessus de sa tête et y flotta tandis qu'elle se dirigeait vers son poste d'entraînement.

Devlin la regarda, stupéfait, mener l'équipe trois vers la droite.

— Incroyable.

Il se hâta de rejoindre son groupe, le numéro un. Il vit un autre drone flotter au-dessus d'une autre femme qui se rendait dans une autre direction. Il ignorait totalement qui était son instructeur. Il espérait que c'était l'ingénieure qu'il avait rencontrée, mais sans pouvoir le savoir.

Puis il remarqua le troisième drone. Comme il venait de ce côté de la zone, il comprit où il allait. Il le suivit rapidement tandis que la foule grandissait autour de lui. Il avait escompté que les groupes d'apprentis seraient plus petits, mais il se rendit vite compte que la moitié des gens n'étaient que des spectateurs. Douze hommes s'avancèrent, dont il faisait partie. Puis il vit qu'il avait eu de la chance. Il avait l'ingénieure, Bristol. Parfait.

Elle donna des directives claires. Ils travailleraient avec des simulateurs informatiques, pas encore les vrais drones. Il était avec Easton à un ordinateur portable. Six portables, six télécommandes. Elle leur dispensa une formation simple de navigation. Ils devaient tous travailler avec la télécommande à un moment ou à un autre. Mais pas à ce niveau de contrôle précis.

Il vit que les doigts d'Easton géraient les bases, mais se perdaient dans les commandes. Les siens le démangeaient de s'en saisir.

Mais quand ce fut son tour, Bristol s'était placée derrière lui, et il foira tout, totalement – envoyant le drone de l'écran de l'ordi dans le mur puis le faisant s'écraser au sol. Pourtant, elle ne se moqua jamais. Il s'attendait au contraire, surtout après leur récente rencontre. Il secoua la tête.

— C'est bien plus dur qu'en apparence, souligna simplement Easton.

— Et vous essayez trop fort, ajouta Bristol. Allégez la tension sur votre pouce. Imaginez que c'est une manette de jeu vidéo et faites semblant de jouer contre un pote.

Devlin se relaxa en entendant ces paroles. Parce que c'était exactement ça – une session de formation, une simple simulation. La télécommande dans sa main ressemblait vraiment à une manette. Mais il n'avait qu'un curseur pour la contrôler et deux pouces qui refusaient d'obéir à ses ordres. Ses pouces se gênaient constamment.

— Pourriez-vous rendre cette manette plus pratique pour les mains ? demanda-t-il.

— C'est en cours. Mais cette session a été avancée, donc je n'ai pas été en mesure de les terminer.

Voilà qui expliquait une partie de son mécontentement. On l'avait probablement obligée à apporter son matériel ici alors qu'elle avait besoin de plus de temps pour y travailler.

— Désolé, compatit-il en hochant la tête. Typique. Tout le monde veut tout maintenant.

Elle lui jeta un coup d'œil, et il vit un petit sourire se dessiner tandis qu'elle dit « N'est-ce pas ? ». Puis elle se dirigea vers deux autres membres du groupe.

Mais cela suffit. Il reporta le regard vers l'ordi et lança à nouveau la simulation. Cette fois-ci, il arriva à la fin sans tuer le drone.

Ce n'était pas un grand progrès. Mais il l'accepta et rendit la manette à Easton.

— À toi.

— Quoi ? réagit Easton en saisissant la manette. Tu vas courir après ta dulcinée ?

— Tu as déjà vu une fille aussi peu encline à s'inscrire au poste de ma dulcinée ?

Son ton dérisoire fit rire Easton. Mais ils se calmèrent et reprirent tous les deux la simulation. Une fois de plus, grâce à un bon alignement, ils arrivèrent au bout sans trop de problèmes dans l'exécution. Leur instructrice revint et mit en place un second exercice.

Devlin se retourna et lui sourit.

— Vous vous êtes présentée au tout début, mais c'était difficile de vous entendre. Je m'appelle Devlin Hayman, déclara-t-il en lui tendant la main.

— Et moi, Bristol McEwan, annonça-t-elle en souriant plus largement. Et maintenant, au travail.

Devlin ricana dans le dos qui s'éloignait, mais perdit vite son sens de l'humour. Les drones étaient capricieux et complexes. Bien plus qu'il ne s'y attendait. Faire du bon boulot était une chose, mais y exceller était bien plus difficile.

Après une pause, elle sépara encore les équipes, enlevant certains membres pour les mettre de côté. Heureusement, Devlin n'en faisait pas partie. Chacun d'eux disposait maintenant d'un drone et d'un instructeur. Et pourtant, même si l'exécution paraissait facile, elle ne l'était pas.

Coordonner et contrôler le drone était très difficile à parfaire. Devlin s'y efforça. Il parvenait à le faire décoller, à le faire voler autour d'arbres et au-dessus, mais il en accrocha un, et l'atterrissage laissa beaucoup à désirer. Sans parler des réparations à effectuer.

Et les autres ne semblaient pas mieux s'en sortir. Derrière eux, Ryder et Easton s'exerçaient encore sur les simulations. Mais Devlin savait que leur cœur n'y était pas. Ce qui était parfait. Il était où il voulait être. Mais il était convaincu qu'il ne se surpassait pas. Et ça, c'était nul. À la fin de la journée, il était frustré et il en avait assez. Il rejoignit Ryder et Easton, et se dirigea vers l'endroit où le reste de l'unité de Mason travaillait avec les soldats afghans.

Mason et Swede discutaient avec d'autres hommes. Devlin et ses potes s'approchèrent, sans vouloir les déranger, mais en même temps prêts à changer de rythme. Un des gars alla vers eux, tout sourire.

— Paraît que vous avez fait s'écraser un drone. Beau travail.

— Il ne s'est pas écrasé. Il a simplement atterri avec difficulté.

Les autres se mirent à rire.

— Pas facile à manœuvrer, hein ? souligna Swede.

— C'est vraiment plus difficile que je ne le pensais, confirma-t-il en haussant les épaules. Mais je ne m'en tire pas si mal.

Tandis qu'il parlait, il vit le visage de Swede afficher un air choqué.

— Au feu !

Devlin se retourna vivement et vit qu'une des tentes s'enflammait – près de l'endroit où il s'était entraîné avec les drones.

Des cris résonnèrent dans la petite enceinte alors que tout le monde fonçait. Ce fut à mi-chemin qu'il se rendit compte que c'était la tente où il était entré un peu plus tôt. La tente où Bristol œuvrait sur ses drones.

Il se rua vers l'incendie pendant que les flammes déchiraient la tente en toile et se répandaient rapidement à celles des deux côtés. Mais tous étaient des soldats bien entraînés. Très vite, une brigade de pompiers arriva et éteignit le feu.

Une fois que l'incendie fut totalement maîtrisé, tout le monde regarda ce qui restait, choqué. Il avait démarré dans la tente de Bristol. La table avait disparu, et il n'en restait qu'un tas de plastique fondu. Le plancher temporaire en bois avait brûlé, ajoutant du combustible. Le cœur de Devlin bondit tandis qu'il s'inquiétait de savoir si Bristol était à l'intérieur. Il força le passage à travers la foule pour arriver sur le bord et voir de ses propres yeux. Des murmures s'élevèrent.

Qui s'éteignirent dans le silence aussi vite qu'ils avaient commencé. Mais Devlin devait s'assurer de l'état de Bristol. Son regard survola l'endroit inondé et se posa sur le plancher au milieu du petit espace.

Et repéra le corps brûlé dans les cendres noires. Pas aussi brûlé que le reste. Il en subsistait assez pour pouvoir identifier une des femmes qui travaillaient sur les drones. Il parcourut du regard la foule et remarqua, sur le côté, Bristol, debout, les mains sur la bouche, des larmes plein les yeux, qui contemplait la scène. Plusieurs hommes s'éloignèrent d'elles. C'était quoi, leur problème ?

Il s'approcha discrètement.

— Ça va ?

Elle se tourna et le considéra, sans un mot. Ses yeux étaient énormes et baignés de larmes.

Il se plaça entre elle et le cadavre.

Elle ferma brièvement les paupières puis les rouvrit.

— C'est Colleen ?

— Je n'en suis pas sûr, dit-il calmement. Mais d'après les cheveux et les bouts de vêtements, c'est probablement elle.

La lèvre inférieure de Bristol se mit à trembler, et pendant un moment, cette dernière parut incapable de rester debout. Puis elle redressa les épaules et lui adressa un petit hochement de tête.

— Je dois identifier le corps.

Et elle le contourna et pénétra dans le cauchemar tout noir.

Il resta avec elle, sachant que la police militaire de la base prendrait la relève. Mais il n'allait pas la laisser seule. De toute évidence, tout le monde restait bien à l'écart d'elle. Ce qui en disait long sur sa personnalité froide. Mais il n'y avait rien de cool à présent. Les épaules tremblantes, elle se pencha près de la femme par terre. Il entendit un sanglot.

Puis elle se redressa et lui fit face.

— C'est bien Colleen, déclara-t-elle en opinant du chef.

Il l'éloigna, ayant conscience que les hommes qui se ruaient dans leur direction n'étaient pas contents de les trouver là. Il leva la main et fut instantanément entouré.

— Elle vient d'identifier le corps. Son associée Colleen… indiqua-t-il en pivotant vers Bristol pour avoir plus d'informations.

— Colleen Palmer, précisa Bristol. Elle travaille pour moi. On est ici aujourd'hui pour la formation avec les drones.

Deux hommes de la police militaire la conduisirent à plusieurs tentes de distance où ils la firent asseoir et lui posèrent des questions. Devlin n'avait pas prévu de les suivre. Il devait effectuer son propre travail et rencontrer des gens. Mais lorsqu'elle lui jeta un coup d'œil, il remarqua la lueur d'espoir dans ses yeux et ne put la laisser seule. Il les rattrapa immédiatement et resta avec elle. À l'entrée de la tente, un des policiers se tourna et lui lança un regard dur.

— Qui êtes-vous et que faites-vous ici ?

Il s'identifia rapidement.

— Je l'accompagne, ajouta-t-il.

Le policier pivota vers Bristol pour confirmer. Elle opina du chef en tremblant. Sur ce, Devlin se plaça derrière elle pour lui apporter silencieusement son soutien. Elle le remercia du regard puis murmura « Merci ».

Il lui serra l'épaule, gentiment, une fois, retira la main et attendit que l'interrogatoire commence.

Ce qui ne tarda pas. Les hommes étaient gentils, mais fermes.

— Où étiez-vous avant que le feu ne prenne ?

— Dans la tente du mess, pour chercher un café.

— Étiez-vous seule ?

— Non. Et beaucoup de gens m'ont vue.

— Où était Colleen quand l'incendie a démarré ?

— Visiblement dans la tente, dit Bristol. Et j'ignore pourquoi.

— Quand l'avez-vous vue pour la dernière fois ?

— Avant d'aller chercher un café. On parlait à l'extérieur de la tente.

— Qu'est-ce qu'elle y faisait ?

— Elle recalibrait un des drones qui avait eu un atterrissage brutal.

Devlin se raidit en entendant cela. Elle se tourna vers lui en souriant.

— Ne vous inquiétez pas. On a l'habitude.

Mais quand même, il n'avait pas voulu en être la cause.

— Avez-vous vu quelqu'un déclencher l'incendie ?

— Vous voulez dire que c'est criminel ? s'écria-t-elle, stupéfaite.

Elle porta de nouveau la main à la bouche et regarda les hommes sans prononcer un mot.

— J'étais sûre que c'était un accident, ajouta-t-elle après un bon moment.

— Rien n'a été déterminé jusqu'à maintenant.

Devlin étudia le visage de l'homme, mais il savait que les policiers avaient visiblement déjà remarqué quelque chose. Devlin n'avait pas eu le temps de chercher. Il avait été trop occupé à s'occuper de Bristol. Il se demandait aussi comment

Colleen était morte. Elle aurait pu être asphyxiée en inhalant de la fumée. Mais que faisait-elle pour ne pas voir le feu dans une tente de cette taille ?

Un vilain soupçon lui tordit le ventre. Il voulait lui aussi poser des questions à Bristol, mais les policiers étaient toujours en train de l'interroger.

— Aviez-vous des problèmes avec Colleen ?

— Non, dit-elle en secouant la tête.

— Est-ce que Colleen avait des problèmes avec vous ?

— Pourquoi me posez-vous ces questions ? s'offusqua-t-elle, secouant la tête de plus belle.

— Veuillez répondre, s'il vous plaît. Ce travail que vous effectuez avec les drones est-il important ?

— C'est très important, acquiesça-t-elle en baissant la main et en lui jetant un regard noir.

— Nous aimerions que vous reveniez à la tente avec nous pour voir s'il manque quelque chose.

— Manque ? répéta-t-elle en les regardant, troublée.

Puis elle s'adossa à la chaise et blêmit.

— Comme dans « volé » ?

Les hommes la fixèrent des yeux. Elle sauta sur ses pieds.

— Allons-y. Il faut que j'en aie le cœur net. Je travaillais sur des prototypes très précis. Si mon travail a été volé… Mon Dieu ! Qu'est-ce que je raconte ! s'exclama-t-elle en branlant du chef. Je m'inquiète tellement pour mes données et Colleen… Mon Dieu, pauvre Colleen.

Elle se mit à pleurer et s'essuya doucement les yeux.

— Je suis vraiment désolée. J'essaie de ne pas m'effondrer, mais rien qu'à l'idée que cette femme magnifique est morte… ajouta-t-elle en pivotant pour considérer les hommes. Si vous me dites qu'elle a été assassinée, je ne sais simplement pas ce que je ferai.

— Pourquoi supposeriez-vous qu'elle a été assassinée ?

— Je ne le suppose pas, répondit-elle en les dévisageant, mais vous venez de parler d'incendie criminel, et elle est morte dans la tente. Est-ce que c'était pour couvrir son meurtre ? Ou a-t-elle été asphyxiée par la fumée ? Ou est-ce que c'était simplement un horrible accident ?

— Était-elle fatiguée ? demanda un des policiers. Ferait-elle la sieste dans la tente ?

— Non, c'est une tente de travail, argua Bristol en fronçant les sourcils. Ce n'est pas très confortable. Elle a peut-être posé la tête dans ses mains un instant, mais je doute qu'elle soit restée endormie pendant l'incendie. Assurément, elle se serait réveillée à ce moment-là. Est-ce qu'on peut retourner à la tente et vérifier mon matériel, s'il vous plaît ? s'impatienta-t-elle.

Les deux policiers postés à l'entrée de la tente s'écartèrent. Elle croisa Morgan qui entrait pour sa propre session de questions. Mais celle-ci était militaire, rattachée à ce poste de formation. Les deux instructrices se prirent les mains et se les serrèrent rapidement avant de s'éloigner dans des directions opposées.

Devlin regarda Bristol se diriger à grands pas vers sa tente de travail. Les deux officiers l'observèrent.

— Avez-vous quelque chose à ajouter ?

Il secoua la tête et la suivit d'un pas tranquille. Elle avait soulevé des points intéressants. Est-ce que Colleen avait été tuée ? Le feu déclenché intentionnellement ? Si on répondait oui à une de ces questions, est-ce que la recherche et le matériel de Bristol en étaient la raison ?

Il jeta un œil autour de la base. Il y avait encore plusieurs personnes qui examinaient la catastrophe. Mais une bonne partie de la foule s'était dispersée. Il arriva à la tente juste derrière elle. Comme elle trébuchait, il la rattrapa.

— Allons-y doucement. Procédons méthodiquement.

Elle se retourna, le reconnut et baissa les épaules.

— C'est l'idée qu'elle a peut-être été assassinée qui me rend folle. Je n'arrive à penser à rien d'autre.

— Visiblement, c'est une question très importante, opina-t-il. Mais on ne peut pas le supposer et on ne veut pas lancer de rumeurs, souligna Devlin en désignant les hommes qui travaillaient. Tout ce que vous faites et dites ici sera enregistré. Alors, allez-y mollo.

Elle prit plusieurs inspirations profondes pour se contrôler puis, comme si elle était un peu plus concentrée, elle entra dans ce qui restait de la tente et se dirigea vers la table. L'ordi portable avait totalement brûlé, tout comme les boîtiers contenant les drones. Elle se figea.

— Oh, merde, marmonna-t-elle.

Devlin était assez près d'elle pour l'entendre, ainsi que plusieurs autres gars.

— *Oh, merde*, quoi ? demanda-t-il à voix basse.

— Bertha a disparu, dit-elle en se tournant et en le dévisageant.

CHAPITRE 3

— BERTHA A disparu ! s'écria-t-elle de nouveau, sous le choc. Elle était dans une grande boîte, posée juste là, déclara-t-elle en indiquant un endroit vide, mais calciné, par terre. Il me faut cette boîte et son contenu.

— Pourquoi ? la questionna Devlin.

L'espace se remplissait tandis que d'autres policiers les rejoignaient sur le lieu de l'incendie.

— C'est le projet sur lequel je suis en train de travailler, expliqua-t-elle d'une voix bien plus basse. Et oui, c'est certainement une chose pour laquelle on peut tuer.

Tout le monde leva les sourcils.

— Personne ne nous en a parlé, déclara un des officiers.

— Bien, dit-elle en le regardant. Personne n'aurait dû être au courant, ajouta-t-elle en ramenant son attention sur les autres caisses. Il ne restait pas grand-chose.

— Un vrai désastre.

— Est-ce que tous les autres drones sont ici ? demanda le même policier.

— Il y en a deux ou trois sur le terrain, dit-elle en se tournant pour le regarder. J'avais l'intention de les rapporter et de travailler dessus après mon café. J'ai des problèmes avec l'un d'eux. Je voulais savoir pourquoi. Donc, ils sont toujours là-bas, finit-elle en poussant un soupir lourd de fatigue, car elle détestait ce que ça signifiait au niveau de ses progrès.

Naturellement, elle avait d'autres parties et pièces dans son labo, et elle serait en mesure d'assembler plusieurs autres drones. Mais elle aurait besoin de Bertha pour finir son contrat. Elle avait beaucoup de matériel pour reconstruire Bertha, mais pas le temps.

Comme la date butoir de son contrat prolongé arrivait vite, elle avait apporté du boulot avec elle pour se rattraper, en espérant que, pendant le vol et son séjour ici, elle pourrait parfaire ces éléments. Mais ils étaient tous endommagés. Détruits. Brûlés et devenus Dieu seul savait quoi. Elle scruta rapidement autour d'elle, reprit son souffle, et sa gorge se ferma tandis que des larmes lui brûlaient les yeux. Elle se retourna vivement et se rua dehors. Retenant ses larmes, elle se mit à faire les cent pas et se retrouva près de la tente qui contenait leurs affaires personnelles. On avait assigné à Colleen et elle deux tentes, avec Sandra, l'assistante de Brent. Celle de Morgan se trouvait de l'autre côté du camp.

Devlin se tenait comme toujours près d'elle. Pourquoi ? Non qu'elle n'apprécie pas.

— Vous n'êtes pas obligé de rester avec moi, vous savez.

— Je le sais. Mais vous êtes encore assez stressée et sous le choc. Ce n'est facile pour personne. Et on doit trouver Sandra.

À ces mots, elle ralentit. Elle sortit son téléphone, déroula ses contacts et pressa sur « Appel ». *Pourvu qu'elle réponde.* Lorsque Sandra décrocha, Bristol cria :

— Oh, mon Dieu, Sandra, ça va ?

— Bien sûr. Qu'est-ce qu'il y a ? demanda cette dernière d'une voix curieuse, mais pas trop inquiète.

Se trouvant devant sa tente de couchage, Bristol se rua à l'intérieur et s'assit sur son lit. Elle était près de trembler.

— Tu as entendu parler du feu ?

— Bien sûr, je prenais mon café et mon dîner. J'ai décidé de rester là parce qu'on aurait dit que tous les autres étaient partis jeter un œil, déclara Sandra d'une voix ironique. Il y a suffisamment de gens là-bas, et je n'avais pas envie de me perdre dans la foule non plus.

— C'était notre tente.

Silence.

— Qu'est-ce que tu veux dire, notre tente ?

— Notre tente de travail. Tout le matériel est détruit. Pire même, ajouta-t-elle en reprenant son souffle avant de poursuivre.

Mais les larmes lui serraient la gorge.

— Colleen est morte.

— Quoi ?

Un silence choqué fut suivi de « Oh, mon Dieu ! Oh, mon Dieu ! Oh, mon Dieu ! »

— Tu es sérieuse ? Comment ? Qu'est-ce qui est arrivé ?

À l'autre bout de la ligne, le gémissement se termina en sanglot.

— Où es-tu ? finit par demander Sandra.

— Dans nos quartiers, déclara doucement Bristol. La police militaire m'a interrogée. J'ai fouillé la tente incendiée pour voir ce que je pouvais récupérer, mais tout a été détruit.

— Tu es sûre que c'est Colleen ? s'écria doucement Sandra.

— J'en suis sûre. C'est moi qui l'ai identifiée.

— Reste où tu es. J'arrive.

Bristol raccrocha et demeura assise là. Elle n'était pas sûre de la façon dont elle devait agir. Le cœur lourd, elle leva les yeux, surprise de voir que Devin était encore ici. Comme il l'avait été depuis l'incendie. Une présence réconfortante.

Jusqu'à présent, il ne lui avait rien demandé, mais était là pour la soutenir. Ce dont elle avait bien besoin en ce moment.

— Merci d'être resté, lui souffla-t-elle avec sincérité. Sandra arrive. Ça ira.

— Est-ce que Bertha est si importante ? la questionna-t-il en hochant la tête.

— Bertha, c'est mon prototype pour le niveau suivant des drones, opina-t-elle. Je ne peux pas vraiment vous donner tous les détails, seulement que je prends ce qui est disponible et l'améliore beaucoup. L'espionnage est toujours un problème à ce niveau de technologie. Je n'ai jamais pensé que Bertha serait en danger alors qu'on est au milieu d'une base militaire, concéda-t-elle en branlant du chef. Je leur avais dit que je ne voulais pas venir. On est tellement en retard. Je n'avais pas de temps à perdre, même quelques heures ici, sans travailler, alors j'ai apporté Bertha avec moi.

— Quand vous dites « leur », je suppose que vous parlez de la compagnie qui achète vos drones. Ils étaient au courant pour Bertha ?

— Oui, acquiesça-t-elle en hochant la tête, et Brent et son patron sont là tous les deux.

Elle ouvrit la porte de la tente.

— Je devrais les contacter.

— Plus tard, tempéra Devlin. Ils auront entendu la nouvelle. Je m'attends à ce qu'ils vous cherchent eux-mêmes.

— Peu probable, dit-elle, amère. Brent ne s'inquiétera que pour les drones. Ils ne gaspilleront pas de temps à s'en faire pour nous, les travailleurs.

— Mais vous êtes bien l'ingénieure de la conception, non ?

— Oui, et c'est mon logiciel. Quoi qu'ils veuillent en

faire, il est à moi. Mais j'ai un contrat avec la compagnie.

— Pourquoi aviez-vous des problèmes avec les drones ? demanda Devlin.

— Parce qu'ils ne sont pas prêts pour la démonstration, répondit-elle simplement. J'essaie de creuser pour résoudre un drôle de bogue du logiciel. On ne devrait même pas être ici, déplora-t-elle en secouant la tête.

— Je suis désolé pour le décès de votre amie. Mais nous ne savons encore rien, alors ne tirez pas de conclusions hâtives.

— Oh, on en sait beaucoup ! s'exclama-t-elle, amère. Bertha a disparu. Aucun signe d'elle. Et ce n'est pas une de mes petites créations sans valeur. La femme qui la surveillait est morte. Ces deux faits-là, on ne peut y échapper. Si on les met ensemble, c'est une mauvaise nouvelle.

Elle ferma les yeux, croisa les mains sur le front et exclut Devlin.

IL N'AVAIT PAS besoin de rester là plus longtemps, mais il ne voulait pas non plus la laisser seule. Pas en ce moment. C'est alors qu'il entendit des pas de course, et une femme – une de celles qu'il avait vues plus tôt – entra en trombe dans la tente, le visage couvert de larmes.

— Bristol ?

Bristol s'assit immédiatement et ouvrit les bras. Sandra s'y jeta. Plus près d'elles désormais, il se rendit compte que cette dernière était plus jeune, entre 25 et 28 ans. Tandis que Bristol paraissait au début de la trentaine. Colleen était un peu plus âgée ; d'après lui, autour de 35 ans.

Il les observa pendant un long moment, mais elles firent abstraction de lui. Il sortit et se dirigea vers la scène de crime.

Parce que c'était bien ça. Le prototype ayant été volé, il n'avait aucun doute sur le fait que soit Colleen était tombée sur quelque chose, soit elle s'était trouvée au mauvais endroit au mauvais moment. Elle aurait pu également être impliquée puis supprimée, mais c'était aussi peu probable que les deux autres scénarios.

Pendant qu'il marchait, il entendit son nom. Il se retourna et vit divers membres des deux unités de SEAL qui parlaient entre eux. Il fit un détour et les rejoignit.

— Putain, qu'est-ce qui se passe ? demanda Mason, tout en étudiant Devlin. Qu'est-ce que c'est que cette histoire de femme morte ?

Devlin les informa rapidement.

— Je viens de raccompagner Bristol à sa tente, ajouta-t-il. Elle est assez retournée. Une autre femme vient d'arriver, alors je pouvais la laisser seule.

Il indiqua la direction qu'il avait prise.

— Je voulais réexaminer la scène de crime.

— *Scène de crime ?* répéta Swede.

Devlin se rendit compte qu'il n'avait pas parlé de Bertha. Il expliqua rapidement.

— La vraie question, c'est de savoir si Colleen participait au vol. Était-elle au mauvais endroit au mauvais moment ? Ou est-ce que tout n'est qu'un affreux accident ?

— Si Bertha a disparu, intervint Mason, j'éliminerais l'accident. Cette tente s'est enflammée plutôt rapidement. La police devrait savoir très rapidement si elle était morte ou pas avant que la tente ne prenne feu. Mais ils ne nous diront rien.

— Honnêtement, reprit Devlin, d'après ce que j'ai vu, il est possible qu'on l'ait aspergée d'un accélérateur. J'espère simplement qu'elle était déjà morte, ajouta-t-il en regardant au loin tout en se rappelant les grands dommages physiques subis par le corps. Car son corps a été considérablement brûlé vu le peu de temps qu'a duré l'incendie.

— Il a peut-être commencé avec elle, suggéra Swede en se croisant les bras. On a tous été confrontés à bien trop de scénarios où on a utilisé le feu pour se débarrasser de preuves.

— Le problème, opina Devlin, c'est qu'on ne peut rien faire ici. La police militaire est partout.

— Et ça n'a rien à voir avec nous non plus, renchérit Mason en l'observant avec soin.

— Je suis d'accord, confirma Devlin en hochant la tête. J'étais simplement là et j'ai trouvé Bristol. Elle est assez bouleversée, naturellement, déclara-t-il en considérant les autres. Ça ne va pas affecter mon retour aux États-Unis demain, si ?

— Non, c'est bon, tu peux partir, dit Mason. Moi, je reste encore deux, trois jours.

Devlin n'était pas sûr que Bristol ait le droit de s'en aller le lendemain, mais il l'espérait pour son bien. Sans parler du fait qu'ils devaient rapatrier le corps de son amie.

— La compagnie qui a un contrat pour ses drones a deux représentants ici. Ils lèchent les bottes aux gros bonnets.

— Si Bertha était si importante, pourquoi est-ce qu'elle est même ici ? s'étonna Mason.

— Je le lui ai demandé, indiqua Devlin, et elle a répondu un truc du genre : les patrons de la compagnie ne voulaient pas lui donner de temps libre, elle était en retard, et donc elle a été forcée de l'apporter ici pour continuer à y travailler pendant la journée et le soir.

— C'est dur, commenta Swede.

— C'est aussi très pratique s'il est installé en avance, renchérit Mason. Un excellent moyen de sortir Bertha du labo.

— Ce n'est peut-être pas son seul prototype, souligna Devlin.

Les hommes le fixèrent des yeux.

— Si j'étais à sa place, vous savez que j'aurais des copies, ajouta-t-il en haussant les épaules.

— Bonne remarque, opina Mason, pensivement. Tu devrais lui poser la question.

— J'en ai l'intention. Je lui laissais un peu de temps toute seule. Les deux femmes pleurent le décès de leur amie. Ça rend un peu difficile une intrusion.

— Mais il faut poser la question, et maintenant, insista Mason en se tournant en direction de la tente de Bristol. Je l'ai simplement rencontrée brièvement ce matin, donc je ne la connais pas très bien, mais j'aimerais quand même avoir une réponse à ces interrogations parce que la police ne partagera pas ses informations.

Tandis que Mason se dirigeait vers la tente de Bristol, Devlin le rejoignit au petit trot.

— Je t'accompagne.

— Pas la peine, déclina Mason avec un sourire.

— Ça ne me dérange pas.

Mason ricana à ses côtés.

— Quand même, renchérit Devlin en lui lançant un regard.

— Je te jure. À propos, dis-toi que ça ne dérange aucun de nous.

— Je doute que l'effet que font les bons soit si fort qu'en passant quelques semaines avec vous on devient un bon à notre tour, plaisanta Devlin. Mais au cas où, tu peux t'attendre à ce que Ryder et Easton s'enfuient de l'autre côté de la base et restent bien loin de toi.

— Je t'en ficherais, lâcha Mason avec bonhomie. Tu

auras sacrément de la chance si tu trouves la même chose que nous, le défia-t-il en s'arrêtant devant la tente où il vit Bristol et Sandra. En réalité, si tu y arrives, Devlin, tu serais un homme meilleur que ce à quoi je me serais jamais attendu. D'après ce que j'ai entendu, Bristol est une bonne personne.

Mason entra, laissant Devlin derrière lui se demander ce que Mason avait bien voulu dire.

CHAPITRE 4

B RISTOL SE LEVA, laissant Sandra assise sur le lit, et essuya ses larmes pour faire face à Devlin et à un autre homme à côté de lui.

— Vous êtes Mason, n'est-ce pas ?

Il pencha la tête et l'observa, puis inclina brièvement la tête.

— Oui, c'est moi. Vous êtes Bristol, je crois. J'ai beaucoup entendu parler de vous.

— Tesla, devina-t-elle en souriant. C'est une de mes meilleures amies.

— Alors, vous êtes vraiment chanceuse, déclara-t-il avant de se détendre.

— Je vois que vous l'êtes aussi, dit-elle en riant et en hochant la tête. Elle est merveilleuse.

— En effet, confirma-t-il d'un ton extrêmement satisfait qui la rendit toute chose.

— Qu'est-ce que je peux faire pour vous, messieurs ? demanda-t-elle en regardant Devlin.

— La police militaire ne nous donne pas beaucoup d'infos, relata Mason, mais on aimerait avoir des réponses à nos questions, si vous avez un moment.

— Faites-vous partie de l'enquête ? l'interrogea-t-elle en fronçant les sourcils.

— Vous comprenez que nous sommes dans une base

remplie de certaines des meilleures machines de guerre existantes, réfuta-t-il en secouant la tête. Et on gère ce genre de choses quotidiennement. Peut-être pas exactement comme ça, mais…

— Mais quelque chose comme ça, l'interrompit Devlin.

— Je me souviens que Tesla m'avait tout raconté à propos de l'homme qu'elle épousait, indiqua-t-elle. Appartenez-vous à l'unité de Mason ? demanda-t-elle en se tournant vers Devlin.

— Même équipe, unité différente. Je suis ici avec trois membres de mon unité, et Mason avec quatre de la sienne. Mais on participe tous à la formation avec les drones.

Tesla lui avait raconté que Mason faisait partie des SEAL. Elle ignorait si les SEAL étaient en réalité présents ici ou pas, mais ça avait du sens. Personne ne mentionnait jamais ce nom. Tout était très secret et archisecret. Devlin possédait la même allure – un de ces hommes qui géraient n'importe quelle situation. Il lui avait été d'un grand secours cet après-midi-là. Elle ne s'effondrait pas souvent, mais en voyant son amie calcinée… eh bien, ça suffisait à ébranler la maîtrise de n'importe qui.

— Asseyez-vous, leur proposa-t-elle en désignant un des autres lits.

Mason et Devlin s'assirent l'un à côté de l'autre tandis que Bristol se réinstallait près de Sandra.

— Que vouliez-vous savoir ? reprit Bristol.

— Je suis perplexe quant à la présence de Bertha ici, déclara Mason. Et c'est votre seul prototype ?

— C'est sur elle que je travaillais, dit-elle en haussant les sourcils. J'avais effectué quelques réglages, raison pour laquelle sa perte me coûte du temps et des efforts. Est-ce que je peux les répéter sur mon propre prototype de retour chez moi ? Oui. Donc, vous êtes concernés par l'aspect de l'espionnage ?

— Ça pourrait bien être la raison du décès de votre amie.

— En réalité, c'est ce que je pense.

Elle jeta un œil à Sandra qui se leva et la serra dans ses bras.

— Je reviendrai plus tard.

Bristol regarda de nouveau les deux hommes.

— Colleen et moi, on a reçu toutes les deux des *propositions*, dirons-nous. On nous offrait un bon paquet d'argent pour détourner notre attention d'un projet auquel on participait il y a plus d'un an.

Elle leva la main pour empêcher les gars de poser les questions que leur bouche formulait déjà.

— Aucune de nous ne l'a pris au sérieux. Mais ça nous rappelait que notre travail est toujours convoité par d'autres. Sans vouloir me vanter, je suis la meilleure dans mon domaine. Quand un concepteur parle, les autres écoutent attentivement. C'est une des raisons pour lesquelles j'ai refusé l'idée que la compagnie ait un arrangement global grâce auquel elle posséderait toutes mes inventions. Je travaille toujours sur de nouveaux produits.

— D'accord, mais ça ne répond toujours pas à la question.

— Non, bien sûr, acquiesça-t-elle en secouant la tête. Parce que la réponse est que, même si Bertha était unique, elle ne l'était pas à cent pour cent, contrairement aux modifications que j'ai apportées depuis que j'ai quitté le labo, vraiment spécifiques à ce modèle.

— Combien de personnes savaient que vous apportiez Bertha ?

— J'ignorais même que je l'apporterais jusqu'à mon départ, admit-elle en branlant du chef. Alors, il n'y a que ceux qui l'ont vue ici qui étaient au courant.

— Et pourquoi l'avez-vous apportée ? demanda Mason.

Elle le fixa des yeux, et les coins de sa bouche se baissèrent.

— J'ai un contrat vraiment moche. Le problème avec les gens qui s'attendent au génie sans comprendre ce qui se passe lors de la création, c'est qu'ils ont des dates butoir, et c'est difficile pour eux. Une extension de trente jours, mais aucune autre sous peine de grosses pénalités. Ça ne laisse pas de place aux problèmes, au dépannage, au temps de réflexion ou à la recherche de solutions. Et quand je rencontre un souci, il faut du temps pour le régler, poursuivit-elle en branlant du chef. Ce contretemps sonnera la fin financière de ma compagnie.

Alors qu'ils discutaient tous les trois, ils furent interrompus par l'ouverture de la tente. Deux policiers militaires entrèrent, saluèrent de la tête Mason et Devlin, puis se tournèrent vers Bristol.

— Madame, si vous voulez bien nous accompagner.

— Bien sûr, acquiesça Bristol en se levant lentement, les sourcils encore plus froncés. Pouvez-vous me dire de quoi il s'agit ?

— Ça fait partie de l'enquête, madame.

Elle se tourna pour regarder Mason et jeta un œil à Devlin.

— Pourquoi ce que j'entends ne me plaît pas ?

— Allez-y, la rassura Mason d'un sourire. On va continuer à fouiller.

Elle tenta de paraître apaisée, mais elle lança de nouveau un coup d'œil à Devlin, en se demandant s'il l'accompagnerait cette fois-ci. Puis elle redressa les épaules et comprit qu'elle devait simplement faire face à *ce que ce serait*. Elle n'avait rien fait de mal, et il ne devrait y avoir aucune raison qu'elle se sente comme si elle s'était mal conduite.

Elle prit son sac à main et se dirigea confiante vers les deux policiers. Devlin lui saisit le bras au passage. Il se pencha et lui murmura à l'oreille :

— Vous avez un avocat ?

— Il m'en faut un ? s'étonna-t-elle en lui jetant un regard horrifié.

— A-t-elle besoin d'une assistance juridique ? demanda-t-il en considérant les policiers.

— Pas pour le moment, déclara l'un des deux officiers après avoir regardé son collègue, Bristol puis Devlin.

— Pas sûr d'aimer l'hésitation dans cette réponse, indiqua ce dernier à Mason. Je l'accompagne.

— Parfait, acquiesça Mason. Je vais appeler Tesla, afin de voir quelles ressources on peut déterrer pour aider Bristol.

— Je n'ai rien fait, protesta celle-ci. C'est mon matériel de recherche qui a été volé et mon amie qui a été assassinée.

— *La compagnie* a d'autres suggestions, répliqua l'un des policiers.

— ENFAQ ? Vraiment ? s'insurgea-t-elle en se figeant.

Elle se tut, essayant de comprendre. Puis elle secoua la tête.

— Jamais de la vie. J'ignore de quoi vous parlez, mais je n'entreprendrais jamais rien qui fasse du mal à Colleen ou nuise à mon travail.

— Madame, intervint le second policier en ouvrant le rabat de la tente.

Elle opina du chef et observa Devlin.

— Ça vous dérangerait ? lui murmura-t-elle.

Il lui prit la main.

— Je ne vais pas vous laisser entrer seule dans l'inconnu, répondit-il en lançant un regard cool aux policiers.

Et il la suivit dehors.

DOMMAGE QU'IL NE connaisse aucun avocat. Il avait un minimum de notions en droit, assez pour causer des ennuis à quelqu'un. Ce n'était pas là-dessus qu'il s'était concentré. Le droit le fascinait, mais il aurait toujours soutenu le perdant. Et même s'il aimait bien Bristol et la croyait vraiment innocente dans tout ce bazar, il avait déjà été roulé par des menteurs et des tricheurs. Certaines personnes étaient si douées qu'il était impossible de le deviner jusqu'à ce qu'elles soient prises par un mensonge. Il ne pouvait simplement pas accepter que Bristol soit l'une de ces personnes.

Il se passait un truc bizarre, et Mason et ses relations allaient tirer tout ça au clair sacrément vite. Le problème, c'était que Devlin n'avait pas le droit de s'en mêler. Mais ça ne signifiait pas qu'il ne pouvait pas la soutenir et voir quelles infos sortiraient de cette rencontre. Quand il entra derrière elle dans la pièce, il entendit des murmures. On n'attendait pas sa présence. Vraiment dommage. Elle avait le droit d'être soutenue.

Bristol se tenait droite au centre de la tente. On ne lui proposa pas de s'asseoir. Pas bon signe.

— Je crois, messieurs, que vous avez d'autres questions pour moi ?

Plusieurs policiers militaires étaient assis tout au fond à gauche, et Bristol était au milieu de la pièce. D'autres étaient debout à droite et observaient la procédure, presque comme dans un procès. Devlin n'eut aucun problème à avancer de deux pas pour se tenir à côté d'elle. L'homme installé au milieu leva un regard dur et froid sur elle.

— Il y a certaines divergences entre votre déclaration et celle de quelqu'un d'autre.

— Et qui est-ce ?

— Nous ne sommes pas libres de le révéler.

— Et pourtant, on me juge et on ne me permet pas de me confronter à la personne qui m'accuse ? rétorqua-t-elle d'une voix égale. Messieurs, je n'ai absolument pas menti.

— Et pourtant, vous nous avez fait croire que tout allait bien dans votre société.

— Dans ma société, oui, confirma-t-elle en haussant les sourcils. Si vous parlez d'ENFAQ Ltd., c'est une histoire différente. Vous ne m'avez jamais interrogée sur l'atmosphère ou la relation qui existe entre cette entreprise et moi. Alors, je ne suis pas sûre de la raison pour laquelle vous supposez que c'est moi qui ai dit ça.

Le type du milieu souleva une feuille de papier.

— D'après ce papier, on vous a effectivement posé cette question, et vous avez répondu que vous étiez parfaitement heureuse dans cette société et qu'à votre connaissance, il n'existait aucun problème de relation de travail.

— J'aimerais voir cette déclaration, s'il vous plaît, demanda-t-elle en levant la main.

Il la lui tendit.

Elle l'examina et ricana.

— Êtes-vous en train de me dire que vous ne voyez pas que cette écriture-là est différente de celle du haut ? Quand j'ai signé en bas et que j'ai écrit le reste, il n'y avait pas ce paragraphe. Et de plus, je serais heureuse de vous décrire comment est l'atmosphère entre la compagnie et moi. Et c'est… tendu, dit-elle en reculant et en croisant les bras.

Le policier examina la feuille.

— C'est une accusation grave que d'affirmer que quelqu'un a modifié votre déclaration.

— Je me moque de savoir à quel point vous pensez que c'est une accusation grave. Cette partie a été ajoutée après ma signature, renchérit-elle en lui jetant un regard noir. Donc, tout ce que vous dites ou faites en ce moment sera suspect, et, en tant que tel, vous avez un problème de votre côté.

Les hommes assis à la table se concertèrent.

— J'aimerais rencontrer la personne qui m'accuse, reprit-elle en tournant les yeux et en fixant délibérément du regard un type debout sur la droite. Brent, peux-tu me répondre ?

— Répondre à quoi ? demanda l'homme que Devlin avait rencontré plus tôt, qui se redressa et lança à Bristol un regard noir. C'est toi qu'on interroge.

Les sourcils de Bristol eurent le même pli moqueur que ses lèvres.

— Et comment se fait-il que je sois interrogée ? C'est *mon* amie qui a été assassinée. C'est *mon* projet qui a été volé. Est-ce qu'on s'est intéressé à toi ?

— Comment pourrait-on me blâmer ? fit-il en jetant un œil choqué alentour.

— Et pourtant, tu n'as apparemment aucun problème à jeter le blâme sur moi.

— Ce n'est pas ce que j'ai fait. J'ai simplement suggéré qu'on s'intéresse à toi d'un peu plus près.

— Ce qui revient à me blâmer, rétorqua-t-elle en se retournant vers les trois gars qui observaient cette conversation avec grand intérêt. Ce que vous devez comprendre, c'est que la recherche m'appartenait. J'ai un contrat avec la compagnie, mais ce projet en particulier m'appartient jusqu'à ce qu'il soit fini et livré. Lui le possédera essentiellement une fois réalisé. Ce qui n'est pas le cas.

— Mais il aurait dû l'être ! s'écria Brent, frustré.

— Oui, le coupa-t-elle, mais il me reste encore dix jours de l'extension. *Dix jours.* C'est tout. Et pourquoi suis-je en retard ? Parce que vous n'avez pas apporté l'aide que vous aviez promise – et pourtant, vous le devez selon le contrat –, pas plus que le matériel que vous deviez aussi fournir selon le contrat.

Debout au milieu de la pièce, elle se mit à taper du pied.

— Leur suggérer d'examiner les motifs que, *moi*, j'aurais de perdre *ma* propre recherche, c'est tout simplement trop incroyable.

— Eh bien, puisqu'il est assuré, et si tu l'as perdu, il y aura un énorme remboursement, ça a du sens.

— Si mon logiciel ne marche pas, mon nom et ma réputation vont s'effondrer, répliqua-t-elle en jetant un regard encore plus noir. Et bien sûr, si je ne respecte pas l'échéancier…

— Ce que tu ne fais pas.

— Le compte à rebours de l'extension commence à trente jours, et il en reste dix, ajouta-t-elle d'une voix dure. Ensuite, je te dois un pourcentage du contrat pour chaque jour de retard. Mais on n'en est pas encore là, puisqu'il me reste dix jours pour finir.

Elle ricana et agita la main.

— Mais mes recherches ont disparu, mon assistante a été assassinée, et j'ai vraiment beaucoup de mal à respecter la date butoir. Ce qui signifie que je vais payer une grosse amende, même si j'ai effectué tout le travail, déclara-t-elle avant de souffler profondément. Alors, pourquoi ça m'aiderait d'assassiner Colleen, mon amie et assistante, et de perdre mon prototype ? Si quelqu'un doit tirer profit de ce cauchemar, c'est toi, ajouta-t-elle avec une douceur mortelle.

On n'entendit plus que le silence.

Devlin les considéra tous les deux avec un grand intérêt. Il détourna les yeux et observa tous les autres hommes dans la pièce. Elle avait apporté un argument parfaitement valable. Ce qu'elle avait perdu lui coûterait au niveau financier, sans oublier le fait que sa réputation serait ternie, et qu'elle avait subi une perte émotionnelle aussi, avec le décès de son amie.

En faisant le tour de la pièce, il vit un homme dont le visage exprimait sa compréhension subite, un autre qui était d'accord, un troisième qui ne l'était pas, probablement quelqu'un qui ne pensait pas qu'une femme devrait garder en otage ce type de recherches. Mais là encore, si ça avait été un gars, il n'aurait probablement pas eu de problème avec ce scénario.

Après ça, la session ne dura pas longtemps. Les policiers avaient deux, trois questions auxquelles elle répondit facilement. L'homme que Devlin fixait des yeux ne dit absolument rien. Devlin ne connaissait pas Brent, mais il ferait tout ce qui était en son pouvoir pour découvrir qui il était.

Quand les officiers indiquèrent à Bristol qu'elle pouvait y aller, Devlin avait mémorisé le visage du type. Il sortit son portable, se tourna négligemment vers elle et prit une photo des trois hommes debout à droite. Il passa le bras autour des épaules de Bristol et l'escorta hors de la tente.

Il ne voulait pas que les autres voient que les jambes de Bristol tremblaient. Elle avait subi l'interrogatoire plutôt bien. Et avait répondu avec suffisamment de bravoure pour cacher sa colère. Et la douleur. Sa fougue rageuse l'avait vidée : sa seule option était de tenir le coup. Il la ramena directement à sa tente.

Sandra n'était pas encore revenue. Bristol s'effondra sur son lit et se cacha le visage dans les mains.

— Oh, mon Dieu ! Qu'est-ce que je vais faire ?

Il comprit que c'était une question rhétorique et qu'il n'avait absolument aucune réponse. Elle était sur le point de tout perdre.

CHAPITRE 5

SON CORPS ÉTAIT parcouru de tremblements. Elle s'efforçait à grand-peine de ne pas hurler. D'un certain côté, elle était contente que Devlin soit là. Sa présence lui permettait de se contrôler un minimum. Elle ne se rappelait pas un autre moment de sa vie où elle avait été sur le point de craquer comme ça. Elle voulait ramper et se cacher quelque part. Mais elle ne le pouvait pas.

Et puis il y avait Colleen. La belle, amicale et avenante Colleen. Elle n'était pas seulement une amie, elle était aussi son assistante. Elle avait été indispensable pour établir l'échéancier de Bristol. Qu'allait-elle faire maintenant ?

On lui avait prêté Sandra pour la session de formation, comme elles avaient déjà collaboré plusieurs fois, mais ce n'était pas la même chose qu'avec Colleen. Non que Sandra ne soit pas bien, mais elle ne faisait pas preuve de la même motivation ou de l'attention méticuleuse aux détails de Colleen. Et bien sûr, Sandra travaillait pour Brent. Elle était jeune. Elle n'était pas encore assez mûre pour comprendre l'importance de tous les aspects du boulot. Elle en était encore à prendre du bon temps, pas nécessairement un long moment.

Bristol secoua la tête, perdue.

— Je dois rentrer dès que possible.

— Quand prends-tu l'avion ?

— Demain midi.

Elle se tourna pour pouvoir s'allonger sur le lit et permettre à ses membres qui tremblaient de se relaxer. Elle avait conscience que ça lui prendrait entre trente et soixante bonnes minutes avant que la tension qui montait et descendait le long de son dos ne s'atténue.

— Mais je ne peux pas attendre. Pas après aujourd'hui. J'ai trop perdu – mon prototype, des pièces spéciales, plus de temps… Colleen, ajouta-t-elle en détournant son regard éploré vers Devlin. Mais si je pars plus tôt, on dira que j'ai l'air coupable, non ?

— Je ne m'inquiéterais pas des on-dit, tempéra-t-il, sourcils froncés. Vous avez un travail, un contrat et une date butoir. Et un énorme bazar dans les mains. Vous devez gérer tout ça et vous ressaisir, continua-t-il en lui prenant la main. Vous voulez que je voie si j'arrive à faire changer vos billets ?

— Je ne crois pas qu'on l'autorisera, déplora-t-elle. C'était un vol militaire arrangé par la compagnie.

— Avez-vous envisagé la possibilité que, parce que vous ne vouliez pas venir, la compagnie ait en réalité quelque chose à voir avec le vol de Bertha ?

Elle ouvrit grand les yeux et examina Devlin, confuse.

— Mais en quoi est-ce que ça l'aiderait ? Si je ne fournis pas de drones qui travaillent activement, je suis en rupture de contrat, et elle n'aura pas son produit.

— Je me suis aussi posé la question, admit-il en se réinstallant, soulevant une jambe qu'il entoura de ses mains tout en réfléchissant. Est-il possible qu'elle ait quelqu'un d'autre à disposition pour ces drones ? Peut-être quelqu'un en qui ENFAQ a investi ? S'ils sont en mesure de se débarrasser de vous – et même mieux, de ruiner totalement votre réputation en même temps –, eh bien, la nouvelle entreprise se joindra à lui, saisira le contrat, et cette personne – oui, c'est peut-être Brent – recevra un gros paquet d'argent.

Elle s'assit lentement et le fixa des yeux avec horreur.

— Je n'aime pas la façon dont votre esprit travaille, murmura-t-elle. Ça serait trop…

— Réaliste ? extrapola-t-il en lui jetant un regard de côté. Dans ma profession, je vois certaines des pires choses que les gens s'infligent presque tous les jours. Rien ne peut me surprendre. Mais le pouvoir, l'amour, l'argent et le sexe gouvernent presque toutes nos actions, déclara-t-il en indiquant le rabat ouvert de la tente. Brent et vous, vous ne vous aimez pas. Comme vous détenez tout le pouvoir, il est impuissant et déteste ça. S'il peut gagner de l'argent d'une autre façon, et vous détruire en même temps, eh bien, vous avez une série de motifs presque parfaits.

Elle retomba sur le lit et gémit, en fermant les paupières.

— Vous pouvez ajouter le sexe à la liste.

Elle sentit qu'il lui jetait un regard étonné, mais n'ouvrit pas les yeux.

— Non, on n'était pas amants, mais il a sacrément essayé. Et j'ai toujours refusé.

— Pourquoi ?

Elle ricana et le considéra.

— Parce qu'il ne m'attirait pas. Parce qu'il insistait lourdement. Et c'est un de ces types qui pense que le sexe est un moyen de contrôler une femme. Et quand je couche avec un homme, je le fais parce que c'est avec lui que je veux être à ce moment-là. Et pour aucune autre raison.

— Bien, acquiesça-t-il, en souriant. Content de le savoir, ajouta-t-il gaiement. On est d'accord sur ce point.

— Pourquoi est-ce que j'imagine que votre tête est pleine de cases à cocher ? demanda-t-elle, sourcils froncés.

— Parce que c'est vrai. Passons à la suite, éluda-t-il en lui tapotant le genou, avant de se lever. Et en passant, ce n'était pas un tapotement condescendant. Je vérifiais si les tremblements de vos jambes s'étaient apaisés.

— C'était affreux, hein ? confessa-t-elle. Je n'ai pas l'habitude de justifier mes actions ni de me défendre comme ça.

— Oui, c'était affreux, mais même si vous étiez nerveuse, vous vous êtes très bien comportée pendant l'interrogatoire. Vous avez campé sur vos positions et vous êtes défendue logiquement.

— Mais quand même, j'ai ce sentiment de *et s'ils revenaient ?* Et si quelqu'un d'autre… commença-t-elle en sautant sur ses pieds. Je dois faire mes bagages. Je dois m'y mettre. Je dois fiche le camp d'ici, ajouta-t-elle avant de lever les mains. Il n'y a rien à sauver dans la tente de travail. Je n'ai pratiquement rien à emporter.

Devlin la prit par les épaules et la fit gentiment se rasseoir.

— Arrêtez. Est-ce que tous les éléments des drones étaient dans la tente de travail ou avez-vous entreposé quelque chose ailleurs ?

— Tout était là, dit-elle en levant des yeux énormes sur lui. Sauf mon sac perso et tout le matériel de formation. Tout le reste est chez moi, dans mon labo.

— Où ça ?

— En Californie.

— Alors, vous devez y retourner avant que ça ne disparaisse aussi. Vous devriez rentrer chez vous et tirer ça au clair.

— *Avant que ça ne disparaisse aussi,* murmura-t-elle, pleinement consciente des propos que tenait Devlin.

Elle devait rester calme. Elle inspira profondément et se

redressa de nouveau.

— Vous avez raison. Je vais voir si je peux prendre un vol plus tôt pour rentrer.

— Laissez-moi parler à Mason, suggéra Devlin en se-couant la tête et en sortant son portable. Si quelqu'un est capable de tirer quelques ficelles pour vous permettre de rentrer plus vite, c'est bien lui.

Elle attendit – patiemment, espérait-elle – tandis qu'il appelait Mason. Elle avait encore peur de paraître coupable, comme si elle s'enfuyait. Et si la police militaire en avait vent ? Ils ne la laisseraient pas partir. Elle se sentait prise au piège ici – sur une base militaire au milieu de nulle part. Pas vraiment le lieu où elle trouverait facilement un vol commer-cial pour retourner chez elle. Putain, n'importe quel endroit en dehors de la base serait un cauchemar. Elle était venue avec un vol militaire et elle s'attendait à repartir de la même façon.

Elle entendit Devlin discuter avec Mason. Elle le fixa du regard et écouta. Il était incroyablement serviable. Ce dont elle avait besoin. Bordel, elle avait aussi besoin de lui. Un sentiment qu'elle avait du mal à concilier avec le reste de sa vie. Elle ne s'était jamais appuyée sur quelqu'un. Était-ce si mal en ce moment même ?

— Mason, elle doit rentrer et régler le problème. On ne peut rien récupérer de tout le matériel qu'elle avait dans la tente. J'ignore si tu as entendu parler de ce qui est arrivé à la réunion d'aujourd'hui. Ouais, opina-t-il, les nouvelles vont vite, hein ? Alors, tu comprends qu'elle doit retourner chez elle et se mettre au travail, sinon elle perd tout. Et c'est probablement le motif qui se cache derrière cette affaire. Quelqu'un a saboté toute la vie de Bristol d'un seul coup. Mais elle doit faire son possible pour aller de l'avant.

Devlin écouta Mason puis hocha la tête.

— Oui. Est-ce qu'elle a une chance de partir d'ici ce soir ? Genre, dans deux, trois heures, ce serait super. Il faut qu'elle rentre au pays et se ressaisisse.

Il raccrocha et se tourna pour la considérer.

— Mason n'est qu'à quelques minutes d'ici. On va lui donner le temps de voir ce qu'il peut faire, et il nous rappellera.

— Dieu merci, dit-elle avec un sourire éclatant.

DEVLIN LA REGARDA lever une main tremblante pour repousser les cheveux de son front. Courts et blonds. Efficace. Pratique, tout comme elle. Mais il voyait bien qu'elle frissonnait encore. Elle avait traversé une sacrée épreuve. Il ne croyait pas qu'elle devrait rentrer au pays seule, qui plus est le demeurer.

— Vous avez de la famille chez qui rester ? Je ne suis pas sûr que vous deviez être toute seule.

— Je serai dans mon labo à temps plein les dix prochains jours, dit-elle. Et même là, je n'ai aucun fichu espoir de répondre aux exigences de mon contrat.

— Et si vous aviez de l'aide ?

— Je ne pourrais compter que sur quelqu'un qui sait comment utiliser le matériel. Je n'ai pas le temps de former qui que ce soit. Et je serai totalement crevée, rien qu'en changeant le logiciel, si je parviens à me procurer tout le matériel. Mais j'en ai commandé un de plus, au cas où. On a déjà eu des problèmes quand certains plastiques se sont fissurés.

— Si je trouvais deux, trois personnes, pourriez-vous réfléchir à leur capacité à travailler pour vous ?

— Vous connaissez des gens qui s'y connaissent en technologie IT ? demanda-t-elle en le fixant de ses yeux écarquillés.

— On en connaît tous, acquiesça-t-il en souriant. Il s'agit de trouver les bons.

— Il y a aussi la question de la sécurité.

— Et si c'étaient d'anciens SEAL ?

— Vous pensez à qui ? le questionna-t-elle, la mine renfrognée.

— Harrison et Rhodes sont terriblement doués pour le matériel, poursuivit-il avec un rictus. Harrison, c'est un génie, et Rhodes le suit de près. Ils sont aussi assez bons côté logiciels.

— Ces noms ne me disent rien, admit-elle en secouant la tête.

— Non, mais peut-être à l'avenir. C'étaient des SEAL. Et ils bossent en ce moment pour un de nos amis chez Legendary Security. Ils traitent beaucoup de matériels.

— Je ne suis pas en position de refuser, déclara-t-elle lentement. S'ils travaillent pour une compagnie de sécurité, ils sont sans doute cautionnables. Ça dépend de leurs compétences, de leur disponibilité et de mes moyens financiers, confessa-t-elle.

— Je connais la plupart des gars qui y travaillent, indiqua Devlin en opinant du chef. Peut-être qu'on peut faire bouger les choses, ajouta-t-il avant de s'arrêter et de la regarder. Il vous faudrait combien d'hommes, en fait ?

— Autant d'experts que possible.

— Eh bien, lança-t-il en pinçant la bouche et en réfléchissant, je vais voir ce que je peux faire.

Il parcourut la tente pour aller observer dehors. Il ne voulait pas que quelqu'un écoute cette conversation. Il ne faisait pas confiance au patron de Bristol, en tout cas. La dernière chose qu'il souhaitait, c'était que quelqu'un de la compagnie comprenne qu'il y avait un minuscule espoir qu'elle remplisse son contrat. Et sur ce, il se rendit compte que la tente était peut-être sur écoute.

— Merde ! s'écria-t-il.

— Quoi, merde ? demanda-t-elle, alarmée.

— Je viens de me rendre compte que j'ai supposé que cet endroit était sûr pour discuter et que ce n'est pas une bonne chose de le croire, déplora-t-il en secouant la tête.

Il sortit son portable et envoya un message à Ryder.

Tu as un détecteur de micros pour vérifier la tente de Bristol ?

Ryder répondit :

J'en prends un et j'arrive dans quelques minutes.

Devlin rangea son téléphone.

— Mon pote arrive. On va s'assurer que tout va bien.

— Oh, mon Dieu ! lâcha-t-elle, simplement assise, bouche bée.

Il opina et se mit un doigt sur la bouche.

— On a peut-être déjà gaffé. Mais vérifions. On sera dorénavant en sécurité autant que possible.

Ryder entra à peine quelques minutes plus tard. Il jeta un coup d'œil à Bristol, assise jambes croisées sur le lit, et sourit.

— Madame, la salua-t-il en soulevant le chapeau imaginaire qu'il portait toujours quand il n'était pas de service.

Elle lui adressa un sourire en retour, mais il était tremblotant.

— À toi l'honneur ou à moi ? demanda-t-il à Devlin en lui tendant l'appareil de contrôle.

— Appuie simplement sur le bouton « Down ».

Ryder alluma, mais le bouton était vert et ne clignotait pas. Ryder fit lentement le tour de la tente.

— Rien à signaler.

— Bien, opina Devlin. J'aimerais entrer dans la tente de travail pour voir s'il y en avait un. Mais il a probablement été calciné lui aussi. S'il marchait, ce n'est certainement plus le cas.

— Et le problème, c'est qu'on ignore si quelqu'un a récolté des infos avant l'incendie, déclara Ryder avant de se tourner vers Bristol. Madame, savez-vous si vous parliez de quelque chose d'important avant l'incendie ?

— Franchement ? dit-elle, le regard vitreux. Je ne me rappelle vraiment pas grand-chose avant l'incendie. C'est comme si désormais il y avait ma vie d'avant et celle d'après, déplora-t-elle en branlant du chef. On discutait à propos des drones. On avait un drôle de problème avec eux, mais je n'avais pas le temps de creuser. On m'a forcée à venir ici.

Bristol indiqua la base de la main.

— Colleen avait mentionné plus tôt un truc sur le fait que la base était possédée. C'étaient ses propres mots.

— C'est ça, confirma-t-elle avant de se lever lentement. Il y a peut-être un ou deux drones dans les zones de formation. Il faut que j'aille voir. Sandra était censée faire le ménage et rapporter tout à la tente, mais elle n'est peut-être pas allée si loin, supposa-t-elle.

Elle se rua à l'extérieur.

— Garde ça sous la main, dit Devlin en désignant l'appareil dans les mains de Ryder, avant de se précipiter après elle.

CHAPITRE 6

ELLE SE RUA à l'extérieur vers la zone de formation avec les drones. Avec un peu de chance, bien des parties et des pièces qu'elle pouvait utiliser étaient encore là. Toutefois, ce qu'il lui fallait vraiment, c'étaient les drones. Les ordis portables étaient accessoires, mais si elle n'était pas obligée de les remplacer, ce serait super. Devlin lui courut après.

— Allez voir au fond, là où vous vous entraîniez plus tôt, lui suggéra-t-elle.

Sandra avait apparemment nettoyé la zone de formation. Si c'était le cas, où étaient les ordis ? Et les drones ? Les avait-elle rapportés à la tente où ils auraient brûlé eux aussi ? Sandra était malheureusement connue pour ne pas ranger le matériel. Elle jetait tout sur son lit et procrastinait. Mais il n'y avait rien dans leur tente. Bristol sortit son portable et l'appela.

— Sandra, est-ce que tu as rangé tout le matériel qu'on a utilisé cet après-midi ?

— Tout est dans le camion. J'ai pensé qu'on ne mettrait pas tout en ordre avant demain matin.

— Le camion ? répéta-t-elle en se retournant. Quel camion ?

— Brent en avait garé un auprès, afin de nous éviter de faire des allers-retours.

— Aucun signe de quoi que ce soit, indiqua Devlin en

courant vers elle et en secouant la tête.

Elle raccrocha au nez de Sandra et relaya l'info à propos du véhicule.

— C'était pour aider ou pour gêner ? l'interrogea Devlin.

Elle haussa les épaules.

— On dirait qu'il y a longtemps que ce type travaille contre vous.

— J'ai besoin des drones et de tout ce qui est disponible, lâcha-t-elle en regardant autour d'elle. Ça m'appartient.

— Allons les chercher, déclara-t-il.

Puis il sortit son portable et appela Mason. Il laissa un message concis.

— J'ai besoin de tout le monde en qui on a confiance.

Elle le regarda et se demanda s'il était seulement conscient de ce qui était en jeu. Il avait été à ses côtés depuis le début de l'affaire. Et semblait toujours savoir comment aller de l'avant. Et peut-être bien que c'était le cas.

En quelques minutes, une douzaine d'hommes les entouraient. Et quand ils comprirent ce qui se passait, ils disparurent totalement – tous dans des directions différentes. Ils travaillaient selon une sorte d'organisation fondamentale, qu'elle ne comprenait pas. Mais elle était sûre qu'ils cherchaient tous le camion contenant le reste de l'équipement.

S'il en subsistait quelque chose.

Elle devait rentrer au pays et dans son labo. S'il y avait eu un sabotage ici, il y avait alors un risque plus important que quelqu'un détruise aussi son labo de base. Ce qui serait fatal pour elle et ceux qu'elle employait. Si on s'en était pris à son labo, elle ne serait absolument pas en mesure d'honorer son contrat, et elle perdrait tout. Au départ, elle avait été aux anges quand elle avait conclu ce marché. C'était une affaire tellement juteuse qu'il fallait la tenter. Toutefois, à bien y réfléchir, face à de tels adversaires, comment était-elle censée agir ? Elle n'avait ni le personnel ni l'expertise pour empêcher un nouveau sabotage. Elle pourrait encore compléter le contrat à ce stade… peut-être… mais il n'y avait que de mauvaises nouvelles.

— Qu'est-ce qu'on fait pendant qu'ils cherchent ? demanda-t-elle à Devlin.

— On parle d'abord à Mason, lança-t-il derrière elle.

Elle se retourna et vit Mason qui se dirigeait vers eux. Celui-ci souriait.

— Le vol a été changé. Vous partez dans deux heures.

Elle le prit dans ses bras et le serra fort.

— Oh, merci, mon Dieu ! Si on pouvait trouver ce fichu matériel, il repartirait avec moi.

— On va le trouver. Ne vous inquiétez pas. Vous êtes-vous assurée qu'il n'y avait rien d'utilisable dans la tente de travail ?

— Franchement, non, dit-elle. C'est une option ?

— Ça devrait l'être. Allons voir.

Flanquée des deux hommes imposants, Bristol se rendit jusqu'à la tente carbonisée. Elle détestait revoir les restes calcinés de son amie, même en pensée sachant que le corps de Colleen avait été enlevé. La tension s'enroula de nouveau fortement dans son dos et ses épaules quand elle pénétra dans la tente de travail. Elle devait être réaliste face à tout le scénario. Si on pouvait récupérer quelque chose, elle devait mettre la main dessus. Elle avait déjà tellement perdu.

Elle essuya les larmes qui menaçaient de prendre le dessus et s'avança. Même un tournevis, c'était un truc en moins à remplacer.

En parcourant le tout des yeux, elle vit qu'il ne restait

pas grand-chose. C'était probablement sa seule occasion d'y regarder de plus près, alors elle s'avança et dépassa résolument l'endroit où elle avait vu le corps de Colleen par terre. Ses éléments de puces électroniques à côté d'elle. Elle avait des parties et des pièces en plastique parce qu'elle essayait de construire davantage la petite carte-mère pour les panneaux de contrôle des drones. Le plastique avait fondu autour des pièces métalliques squelettiques et noircies encore reliées aux câbles. Tout ça était à jeter. Elle poursuivit sa recherche, mais il n'y avait vraiment rien.

Enfin, comme elle était bredouille, elle dut accepter la vérité. Elle se retourna vers les autres.

— Je ne peux rien récupérer ici.

— Ça fait une demi-heure, annonça Devlin en consultant sa montre. On va vous aider à préparer vos bagages pour le vol. Voulez-vous manger quelque chose avant de partir ?

— J'ai l'estomac un peu barbouillé, déclina-t-elle en secouant la tête.

— Ce qui est habituellement un signe que vous devriez manger, interpréta Mason doucement. En temps de stress important, le corps a toujours besoin de carburant.

— Je crois que j'ai quelques barres de céréales dans mon sac. Ça me permettra de tenir jusqu'à chez moi.

Elle fit un dernier tour du regard et sortit de la tente.

— Quand est-ce que je pourrai obtenir la dépouille de Colleen ?

— Pas tout de suite. Le plus proche parent doit être avisé, et c'est lui qui choisira.

— Je parlerai à sa maman à mon retour, opina-t-elle.

— Bonne idée, décréta Devlin tout en la raccompagnant vers sa tente. Et Sandra ?

— Elle était ici plus tôt. Elle a trouvé un groupe avec qui

elle traîne. Elle est très sociable. Je suis sûre que ce ne serait pas difficile de la retrouver. Elle est venue avec Brent et le reste du personnel de la compagnie. Toujours pas de nouvelles du camion ? demanda-t-elle en se tournant vers Mason.

— On me contactera quand il y en aura, répondit celui-ci en levant son portable.

Dans sa tente, elle s'affaissa sur son lit de nouveau, incapable de penser clairement. Elle balaya du regard le petit espace, puis chercha sous le lit son unique sac qu'elle tira à elle. Comme ça devait être un voyage court, elle avait apporté peu de choses. Elle prit le pull qu'elle avait laissé au pied du lit – utile la nuit ou en avion –, l'enfila, passa son sac à dos à une épaule puis récupéra son ordi portable qui était sous le lit. Elle se leva et pivota vers les hommes.

— Je suis prête.

— C'est tout ? demanda Devlin en levant les sourcils.

— Tout a brûlé dans l'incendie, déplora-t-elle avant de soulever la sacoche de son ordi portable. Voici l'autre moitié de ma vie.

— Laissez-moi vérifier que tout est sécurisé.

— Il me quitte rarement, dit-elle en fronçant les sourcils, même s'il a traversé tout ce bazar.

Elle s'assit de nouveau, défit la fermeture à glissière, sortit son ordinateur portable qu'elle ouvrit et démarra rapidement. Une fois qu'il fut allumé, elle prit quelques minutes pour vérifier si quelqu'un y avait eu accès. Quand elle fit défiler l'historique des dernières vingt-quatre heures, il n'y eut aucun signe de piratage. Rassurée, elle ferma l'appareil et le remit dans la sacoche.

— Tout a l'air bon.

— Bien.

À ce moment-là, le portable de Mason sonna. Il s'éloigna de quelques pas et répondit. Il se retourna, toujours au téléphone.

— Super nouvelle. On y sera dans quelques minutes.

— On a trouvé le camion, annonça-t-il en souriant. Il est garé seulement à quelques tentes de là, à côté de celle de votre compagnie.

— Vous voulez dire la compagnie de Brent, pas la mienne. Vers où ? demanda-t-elle, tournant déjà vers la gauche.

— Par ici, indiqua Mason. Suivez-moi.

Il lui fit contourner plusieurs tentes jusqu'à ce qu'il arrive à un véhicule, gardé par quatre hommes. Alors qu'elle s'approchait, Brent sortit en trombe.

— Tu ne peux toucher à rien ! hurla-t-il.

— Tout ceci m'appartient, rétorqua-t-elle en le fixant des yeux.

— Pour encore dix jours selon le contrat. Ensuite, ce sera à moi. Nos avocats te contacteront, rugit-il.

— Envoie-les donc. Je les attendrai, le provoqua-t-elle avant de se tourner vers les gardes près du camion. Je dois avoir chargé tout ça dans l'avion que je prends dans une heure.

Tandis que Brent fulminait, sans absolument aucun droit sur la question, les hommes préparèrent rapidement les drones, les ordis portables et les télécommandes.

Elle fixa des yeux les quelques cartons et secoua la tête.

— Ce n'est rien en comparaison avec ce que j'avais apporté. C'est sans aucune valeur à côté de ce que j'ai perdu aujourd'hui. Si je découvre que tu avais quelque chose à voir avec le sabotage… dit-elle en pivotant vers Brent.

— Qu'est-ce que tu ferais ? rétorqua-t-il. Tout ça n'est

qu'une escroquerie. Tu ne sais même pas ce que tu fous. J'ai vu ce drone plonger depuis le ciel. Sans Colleen, tu ne pourras pas le contrôler. Tu n'as rien à proposer. Rien que de la merde.

— Mais c'est la mienne, pas la tienne, répliqua-t-elle en souriant.

Puis elle tourna les talons et s'en alla.

DEVLIN PRIT NOTE de la conversation. Il n'était pas exactement certain de ce qui se passait, parce qu'il ne s'attendait pas à ce genre de comportement de la part de quelqu'un sous contrat pour des drones de véritable qualité conçus par Bristol, que Brent pouvait facilement vendre au ministère de la Défense pour un paquet de fric. Il se tramait un truc ici, et ça ne plaisait pas du tout à Devlin. Bret devait avoir un quelconque intérêt à ce que les choses se déroulent ainsi.

D'après ce qu'il comprenait, Brent n'était pas tout en haut de l'échelle de l'entreprise. ENFAQ Ltd. était énorme, et donc, tout ça n'avait guère de sens pour Devlin. Il rattrapa Bristol qui marchait à grandes enjambées sur la route.

— Brent ne possède pas la compagnie, c'est ça ?

— Non, confirma-t-elle en secouant la tête, mais c'est lui qui a influencé les autres pour m'accorder le contrat. Au départ, j'étais une employée, avant d'établir ma propre affaire. Quand l'occasion s'est présentée, j'ai fait une offre. On connaissait déjà mon travail.

— Sa place est sur la sellette, devina Devlin.

Elle opina du chef.

— On comprend mieux son comportement, ajouta-t-il alors.

— C'est compréhensible, oui. Justifiable, non.

Elle avançait vite et allait s'engager de nouveau dans la mauvaise direction.

— Doucement. On aurait pu rester au camion et se faire conduire à l'aéroport, vous savez.

Elle s'arrêta abruptement et ferma les yeux, se balançant sur place.

— Je suis désolée. Je suis tellement en colère.

— On ne peut rien y faire maintenant. Assurons-nous que vous rentriez saine et sauve chez vous.

En entendant une Jeep, il pivota et vit Mason au volant.

— Voilà notre taxi. Mason a tous les cartons. Sortons vous et votre ordi de cet endroit.

En vingt minutes, ils furent à l'avion. Le matériel était chargé et enfermé au fond. Elle remplit toute la paperasse pour monter dans l'appareil. Presque avant qu'elle n'ait eu le temps de s'en rendre compte, Devlin avait veillé à ce qu'elle soit assise et ait bouclé sa ceinture.

Il ressortit et discuta avec Mason.

— Je déteste le fait qu'elle voyage seule.

Mason opina du chef et indiqua un sac de sport à l'arrière de la Jeep.

— C'est pour ça qu'on a empaqueté tes affaires. Tu as une perm de quatre jours qui arrive. Elle vient d'être accordée.

— Je me suis demandé si je pouvais en solliciter une, déclara Devlin avec un sourire.

— Pas besoin de poser la question. Si tu trouves une preuve ou si quelque chose part en eau de boudin, appelle-moi. On le rendra aussi officiel que possible. Comme ça, tu ne perdras pas tes jours.

— Merci. Je préférerais ne pas le perdre, renchérit De-vlin. Mais ce qui arrive est une mascarade. Elle est sur le point de prendre un sacré coup.

— Je suis d'accord, acquiesça Mason. Je vais m'en occuper de ce côté pendant que je suis ici, tant que tu restes en contact. Je vais appeler Levi et Tesla pour voir si quelqu'un est en mesure d'aider Bristol.

Il leva la main et serra celle de Devlin, en le fixant intensément des yeux.

Alors qu'il allait embarquer, une seconde Jeep arriva sur les chapeaux de roue. Il s'arrêta pour regarder. Ryder, Easton et Corey sautèrent du véhicule.

— Hé, les gars, je prends une perm de quatre jours ! Ça change un peu la donne.

Les hommes opinèrent du chef. Ils attrapèrent chacun un gros sac qu'ils se mirent sur l'épaule.

— Le commandant vient de modifier totalement le quart. Avec le meurtre et tout le toutim, tout le monde fait marche arrière. De toute façon, on devait partir demain, donc ils ont raccourci le délai. Nous aussi, on rentre.

Ils dévisagèrent Devlin de la même manière que Mason.

En son for intérieur, Devlin sentit l'espoir naître, et il éprouva un sentiment total de fraternité qu'il n'avait jamais éprouvé auparavant.

— Juste à temps, dit-il en hochant brièvement la tête vers chacun.

— Toujours. On te protège, déclara Ryder en jetant au passage un regard noir à Devlin en entrant dans le petit avion. Putain, comment tu as pu croire que tu pouvais partir sans nous ?

Easton ne prit pas la peine de parler. Il se contenta de considérer Devlin au passage.

— J'ignorais ce qui se passait, bordel, se défendit Corey en souriant. Je tourne les yeux et je te vois dans la panade.

— C'est toi qui as arrangé ça ? demanda Devlin en fixant Mason du regard.

— J'ai peut-être suggéré qu'ils pouvaient rentrer avec ton vol. Ce qu'ils fabriquent une fois qu'ils ont quitté la base, c'est leur affaire. De plus, tout le monde ici souhaite sacrément savoir ce qui se passe. Un sabotage dans une base militaire, c'est une affaire sérieuse. On ne peut pas se permettre de laisser le travail de Bristol tomber dans des mains ennemies.

— Et ce n'est toujours pas officiel ?

— Certaines choses requièrent du temps, répliqua Mason en agitant une main. Donne-moi quelque chose à leur soumettre, et là, on le rendra officiel. Sinon, c'est un congé sans solde.

Devlin embarqua et ferma la porte derrière lui. Mason avait raison. Devlin s'était déjà mouillé.

Et il le devait, pour Bristol. Il alla s'asseoir à côté d'elle.

— Vous rentrez ? demanda-t-elle en le considérant, agréablement surprise.

— Avec toute mon unité, confirma-t-il.

Elle sourit, apparemment à court de mots.

— Je suis censé avoir une permission de quatre jours. Je vais au pays pour vous donner un coup de main. Ces gars constituent mon unité, alors on les renvoie aussi, et ils seront à Coronado.

— Non, moi aussi, j'ai quatre jours, intervint Ryder. Et je n'ai rien de mieux à faire pour passer le temps.

— Moi itou, déclara Easton.

— Hé, Bristol, c'est possible de boire une bière chez vous ? la questionna Corey avec un énorme sourire. On mange aussi beaucoup.

— Pourquoi ? l'interrogea-t-elle, choquée, tandis que ses

yeux passaient d'un homme à l'autre.

— On le découvrira. Il y a de grandes chances que Colleen n'ait pas été la cible, mais vous et votre travail, et qu'ils ont l'intention de saboter le projet, relata Devlin. Et on est ici pour nous assurer que le tueur n'ait pas une seconde occasion.

CHAPITRE 7

— Je n'ai jamais pensé que… dit-elle en secouant la tête. Oh, mon Dieu ! Comment est-ce qu'on se retrouve dans un truc pareil ? Ce n'est pas comme ça que j'avais envisagé ma vie. Quand j'ai dit que je ne voulais pas faire ce voyage, j'étais sérieuse. Et je travaillerai toutes les nuits parce que je sais pertinemment que j'ai peu de temps. Mais j'y serais arrivée si les choses s'étaient bien passées avec l'aide de Colleen.

— Vous devrez trouver la solution pendant le vol de retour, indiqua Ryder.

— Je suppose que la compagnie ne vous fournira aucune sorte de sécurité, déclara Easton.

— Je ne l'ai jamais demandé, dit-elle doucement. Et elle ne fera rien pour moi maintenant. La sécurité n'a jamais été un problème. Mais là, c'est mon premier gros contrat, alors je ne m'y connais pas. Et apparemment, j'ai eu les yeux plus gros que le ventre.

— Pas du tout. Quelqu'un s'assure que vous ne digériez pas, tempéra Devlin.

— Pas de souci, intervint Corey avec un sourire difficile à retenir. On ne laissera pas de deuxième occasion à ce quelqu'un.

Puis il considéra Devlin et ricana.

— Je t'ai vu traîner près de Mason un petit peu trop.

Devlin fronça durement les sourcils.

Bristol ne comprit pas exactement la référence. Mais elle ne permettrait aucune offense envers Mason.

— Mason est vraiment un type super. Tesla est une de mes amies. Je ne veux pas vous entendre dire un truc contre lui, gronda-t-elle à l'attention de Corey.

— Je ne ferai jamais ça, gloussa-t-il. Mason est super. Et Tesla – il secoua la tête –, elle est du tonnerre.

— Ça, c'est vrai.

Devlin regarda Easton.

— Hé, mec, comment tu te débrouilles en matière de matériel ?

— Armes et bombes ? demanda doucement Easton. Je me débrouille plutôt bien avec les deux.

— Ce n'est pas ce que je voulais dire. Tu es expert avec les deux. Je songeais à l'informatique.

— Vachement bon. Pourquoi ?

— Devlin, vous y pensez vraiment ? demanda-t-elle, dubitative. Mon travail n'a pas vraiment de lien avec la force de frappe.

— Mais si. Jusque-là, vous avez maîtrisé cette technologie, qui est incroyablement précise.

— Ces drones marchent plutôt bien, en réalité. Les boîtes de mise à feu n'avaient pas encore été envoyées, alors, avec un peu de chance, elles fonctionneront bien. Mais pour le reste des drones, on devrait les assembler.

— Bien, acquiesça Corey avec un sourire de vainqueur. Je ne suis pas aussi doué avec les ordis qu'Easton et Ryder, mais je suis vraiment bon en mécanique.

— Quiconque sait se servir d'un tournevis et suivre des directions simples aiderait énormément, dit Bristol doucement.

Devlin expliqua rapidement le problème aux gars.

— Ça, c'est vraiment le bordel ! s'exclama Easton en secouant la tête.

Puis il regarda par le hublot et pensa aux implications.

— C'est certainement du sabotage. Et c'est un contrat tordu. Je suppose qu'on parle de gros sous, là ?

— Les plus gros, opina-t-elle. Je ferai faillite si je ne respecte pas la date butoir.

Ses lèvres tremblèrent.

— Je l'ai déjà dit, j'ai eu les yeux plus gros que le ventre.

— Réussiriez-vous sans tous ces problèmes ? la questionna Ryder. Je suis toujours heureux d'aider le perdant, mais je préfère que ce soit un combat loyal dès le début. Ou viviez-vous sérieusement dans le monde des Bisounours ?

— Je pensais honnêtement que j'y arriverais, se défendit-elle en s'inclinant vers l'arrière et en fermant les yeux. Mais il y a eu des revers en série. Et maintenant, ça.

— Des revers ? claqua sèchement la voix de Devlin.

Elle tourna la tête vers lui et ouvrit les yeux.

— Oui, des bogues de logiciel, des virus, peut-être du piratage, énuméra-t-elle en haussant les épaules. Je n'ai pas vraiment eu le temps de m'en occuper parce que quelque chose d'autre se passait. Je résolvais un problème et hop, un autre survenait. J'étais sacrément près d'avoir réussi, fini et d'être prête, ajouta-t-elle en branlant du chef. J'aurais respecté la première date butoir s'il n'y avait pas eu tous ces soucis.

— Est-ce que ce sont des soucis de recherche et développement normaux ? demanda Corey. Parce que tout le monde ajoute dans tous les projets un certain délai pour résoudre ce genre de trucs.

— Non, du moins, c'est ce que je dirais, répondit-elle en secouant la tête. Que de petits trucs. Comme lorsque je n'ai pas pu recevoir l'envoi de plastiques parce qu'on avait cambriolé l'entrepôt et qu'il avait fallu refaire la plupart des moules, car tout avait été volé. Ça n'aurait pas dû affecter mon travail. C'était leur problème. Mais en même temps, ça m'a retardée de plusieurs semaines. Pareil avec le logiciel final. Mes serveurs ont planté. J'ai immédiatement perdu du temps quand c'est arrivé. J'ai une banque de serveurs extrêmement chère pour tout ça, mais je suis quasiment sûre que quelqu'un la piratait. J'ai perdu quarante-huit heures à rebâtir un système de sécurité inviolable. Et depuis, je n'ai plus été embêtée par des tentatives de piratage ou des virus.

— D'après moi, on dirait du sabotage à long terme, déclara Ryder d'une voix dure et implacable. Et une chose sur laquelle vous auriez dû enquêter il y a déjà quelque temps.

— J'en ai parlé à Brent. Je lui ai demandé de l'aide, et il a dit que c'était mon problème, déplora-t-elle en considérant Ryder, sourcils froncés. J'avais deux formidables programmeurs qui sont tous les deux partis travailler ailleurs — le même jour.

Bristol savait exactement de quoi ça avait l'air, ce que ça signifiait.

— J'ai fini par comprendre que certaines personnes ne voulaient pas que je finisse à temps. C'est une activité brutale, précisa-t-elle en réinclinant la tête vers l'arrière et en fermant les yeux. Comme Tesla en est bien consciente.

Elle sentit que tous les hommes se détendirent en entendant le prénom de Tesla, parce que, bien sûr, cette femme-là avait vécu l'enfer avec ses propres programmes.

— On est des cibles quoi qu'on fasse, déplora Bristol. Je me suis mis une mire sur le front quand j'ai eu ce contrat.

— Il y a eu beaucoup de concurrence pour ce travail ? la questionna Devlin. Ce n'est pas négatif de ma part, mais pourquoi l'avez-vous obtenu ?

— J'affrontais de grands noms, mais mon prototype était exactement ce que la compagnie souhaitait. Ils salivaient à l'idée de l'obtenir. Ils ne voulaient pas attendre, déclara-t-elle en souriant. Et c'était pour des versions précédant Bertha.

— Bertha ? rebondit Corey. Je sais ce que c'est, mais pourquoi l'appeler ainsi ?

— Hé, les gars, vous n'aimez pas son nom ? demanda-t-elle en entendant les autres ricaner.

— C'est quoi, ce nom poussif ? Ça me fait penser à la Grosse Bertha, intervint Corey.

— Exactement, acquiesça-t-elle avec un petit rictus discret.

Elle lui avait donné cette apparence parce que personne, alors, ne saurait à quoi elle ressemblait vraiment.

Instantanément, les hommes remuèrent sur leurs sièges. Ils n'aimaient rien de mieux que des jouets furtifs. Enfin, ce n'était pas ce qu'elle pensait. Et le modèle volant de Bertha n'avait rien de poussif. Mais Bristol ne souhaitait rien révéler de plus parce que, bien qu'ils soient dans cet avion et qu'elle s'y sente en sécurité, il y avait d'autres types – même s'ils étaient assis plus loin vers le fond de l'appareil, pas regroupés comme eux, mais ce n'était pas exactement sans danger.

Elle indiqua les autres gars, et Easton hocha la tête. Jusque-là, on n'avait rien dit qui causerait des problèmes à Bristol, et elle n'avait pas envie de commencer maintenant.

Elle ne voulait pas non plus parler de quelque chose qui attirerait des ennuis à ces mecs. Ils avaient été merveilleux avec elle. Surtout Devlin. Elle ferma les yeux de nouveau.

— Les gars, ça vous gêne si je pique du nez pendant quelques minutes ?

Elle se détendit et se laissa dériver dans un état de demi-sommeil, demi-éveil où elle effectuait la plupart de son travail de conception. Un état de dépannage et de résolution de problèmes où elle pouvait lâcher son monde actuel et dériver dans un autre dans lequel il n'existait aucun bazar de cet ordre. S'il y avait bien un moment où elle devait s'y trouver, c'était celui-ci.

Dans sa tête, elle passa au crible la logistique de la construction du nombre de drones qu'elle avait promis et de l'arrangement du logiciel pour qu'il marche quand on en avait besoin. C'était possible si elle avait les pièces. Mais il lui fallait des mains expertes, et des gens pour fabriquer les drones, installer les logiciels et les puces, et tester les appareils. Et puis il y avait aussi ses problèmes de logiciels.

Elle devait encore effectuer quelques réglages, pas beaucoup, mais elle savait à quel point ils pouvaient finir par s'avérer difficiles. Le simple fait qu'elle supposait que ça irait vite ne signifiait pas que ce serait le cas. Il y avait toujours des soucis. Et elle était relativement sûre de comprendre ce qui avait mal fonctionné avec les drones d'entraînement. Il lui suffisait de déterminer comment et pourquoi, et si les autres présentaient des signes du même dysfonctionnement. Et le cas échéant, elle devrait trouver comment s'en débarrasser.

Elle avait passé toute sa vie à construire et à créer. Elle trouvait très difficile la gestion des autres aspects – comme chasser les gens qui mettaient le nez dans ses affaires quand ils ne le devraient pas. L'espionnage dans son domaine était incroyablement mauvais. Et elle avait passé beaucoup de temps à créer des systèmes de sécurité pour protéger ses projets. En aucun cas elle ne pouvait savoir qui c'était en ce moment. Elle pensait que quelqu'un avait peut-être pris le contrôle à distance du drone, simplement pour la ridiculiser.

Le souci, c'était qu'il avait réussi de façon magistrale.

DEVLIN LA REGARDA se reposer. Il voyait ses yeux bouger sous les paupières ; il avait donc conscience qu'elle n'était pas vraiment endormie, simplement à moitié, préservant son énergie. Pour un ordi, ça s'appelle le mode veille. Mais chez les humains… eh bien, pas tant que ça. Ce qu'il lui fallait vraiment, c'étaient plusieurs bonnes heures de récupération dans un sommeil profond pour dépasser le traumatisme émotionnel de ce qui venait d'arriver. Ça faisait longtemps qu'elle vivait beaucoup de stress. Il était évident que de petits problèmes étaient devenus plus grands jusqu'à ce plus grand de tous. Rien que ça devait la tuer, mais elle arborait un air presque calme qu'il ne reconnaissait pas.

Il savait toutefois que la mort de son amie la touchait très durement. Il ne pouvait s'empêcher de se demander si Colleen avait été la cible ou si c'était elle qui en réalité sabotait le travail de Bristol – seule ou de mèche avec quelqu'un d'autre. Si c'était le cas et qu'elle rencontrait cette personne à la base durant les sessions de formation, ses partenaires avaient peut-être décidé de l'éliminer. Une façon de s'en séparer.

Il préférait quand même sa théorie originale : Colleen s'était trouvée au mauvais endroit au mauvais moment. Ou alors, on avait cru que c'était Bristol, et on l'avait éliminée. Ça avait dû être un choc de voir Bristol toujours en vie. Auquel cas, elle était encore en danger. Et si on avait essayé une fois, il y avait de très fortes chances qu'on tente une deuxième fois.

Et ça, il ne le permettrait pas. Dans son monde, il se battait – longuement et durement. Jusqu'au bout. Et il savait que chacun de ses hommes serait d'accord. Ils étaient ainsi faits. Les SEAL ne s'arrêtaient pas ; ils faisaient ce qu'ils faisaient le mieux : ils se battaient. Donc, quiconque luttait contre Bristol serait bien avisé d'être sur ses gardes parce qu'il avait tué la mauvaise femme. Il avait supposé que personne autour d'elle ne l'aiderait. Il avait tort : elle avait des amis aux bons endroits. Et aucun d'eux ne la laisserait perdre sans avoir déclaré une guerre à outrance.

CHAPITRE 8

— BRISTOL ?

Cette voix pénétra son inconscient. La voix dont elle avait rêvé à peine quelques minutes auparavant. Elle ouvrit les paupières et les cligna bêtement vers Devlin, réalisant que quelque chose avait bougé. Elle se redressa sur son siège et regarda autour d'elle.

— On est arrivés ? Je suis vraiment contente d'avoir pu dormir. Je ne m'étais pas rendu compte à quel point j'étais fatiguée, confessa-t-elle.

— Oui. On va atterrir dans quelques minutes.

Elle essuya le sommeil de ses yeux et se rendit aux toilettes. À son retour, elle se rassit et se rattacha.

— Il n'y a rien de mieux qu'une sieste pour guérir pas mal de choses qui nous font souffrir.

Il s'écoula encore deux heures entre l'atterrissage, le passage aux douanes, le chargement de son matériel et des bagages perso dans les voitures, la reconduite à sa propre voiture puis le retour chez elle. Elle vivait à une demi-heure de Los Angeles. Même si ce qu'elle appelait la banlieue apparaissait comme la cambrousse à Devlin. Il décida de monter avec elle tandis que le reste de son unité était dans les autres véhicules et escortait le matériel des drones.

— Est-ce que votre labo est chez vous ? demanda-t-il.

— Oui, opina-t-elle en lui lançant un sourire. C'est une

des raisons pour lesquelles j'habite ici. J'ai de la place, dit-elle en observant derrière pour vérifier que le reste des hommes suivaient.

Elle pencha la tête vers Devlin.

— Ils n'ont pas vraiment besoin de venir, vous savez, ajouta-t-elle. Ça me gêne de les priver de leur permission.

Il éclata d'un rire dur qui la fit grimacer.

— De toute façon, il vaut mieux qu'ils aient de l'occupation durant leurs jours de congé. Ryder sort d'une vilaine relation. Corey ferait probablement la fête ou s'attirerait des ennuis, et Easton… Eh bien, c'est un gars qui passerait le temps plutôt intelligemment que tout seul.

Il fallut quelques minutes à Bristol pour digérer tout ça. Elle comprit qu'ils pouvaient aussi bien lui prêter main-forte. Elle pouvait certainement se servir d'eux.

— Alors, merci, vous tous, de venir m'aider.

— Il me faut votre adresse pour la transmettre à Levi.

— Levi ?

— Oui, il envoie Harrison et Rhodes chez vous. Ils sont tous les deux des champions en informatique. Harrison est un expert en logiciel et en matériel.

Elle fronça les sourcils. Plus de monde. Elle avait besoin d'eux, mais était-ce bien sécuritaire de tous les faire entrer dans son labo ?

Il lui lança un regard qu'elle vit du coin de l'œil. Elle quitta l'autoroute, vérifiant que les gars étaient derrière eux. Sa voiture était petite en comparaison avec leurs deux véhicules – une grosse Jeep et un camion. Elle ne comprenait simplement pas : qu'est-ce que les hommes avaient avec les Jeep ?

Mais ça, c'était une idée à creuser un autre jour.

— C'est dur de se fier à des inconnus, déclara Devlin,

mais s'il vous faut avoir confiance en quelqu'un, autant que ça soit moi. Levi est une bonne personne, et il a des gars bien. Il est très ambitieux. Lui et Ice participent déjà à certaines des missions les plus secrètes en sécurité privée actuelles.

— Ice, répéta-t-elle, c'est vrai. J'ai déjà entendu ce nom. Ce n'est pas cette excellente pilote d'hélicoptère ?

— La meilleure, confirma Devlin. Je n'ai jamais eu l'occasion de voler avec elle. J'aurais bien aimé. Elle est censée être quelque chose.

— Elle a quitté l'armée, elle aussi ?

— Disons qu'elle est restée avec Levi.

— Ah !

Et c'était un truc que Bristol comprenait aussi, même si elle n'avait jamais eu une relation dans laquelle elle aurait pu avoir la même envie. Mais si c'était un jour le cas, si ça en valait la peine, elle partirait elle aussi. Elle ne put s'empêcher de jeter un regard en douce à l'homme assis près d'elle. Ouais, elle était idiote.

— Votre adresse, la pressa-t-il.

Elle la débita.

— Ils ont besoin d'une habilitation pour entrer.

— On s'y attend. La taille de votre propriété ?

— C'est grand. J'ai un grand hangar et un vaste espace de test dehors. Il me fallait ce vaste espace pour tester les drones, dit-elle. J'ai différents endroits où je les emporte pour un réglage final, mais j'ai assez de place pour les faire voler chez moi.

Ils s'éloignaient de plus en plus de la grande ville pour entrer dans un paysage ouvert.

— Je crois qu'une de mes amies vit ici aussi.

— On dirait que vous connaissez tout le monde, dit-elle

en le regardant rapidement.

— Non, mais Hawk et sa sœur ont une propriété dans cette région. Elle dirige un refuge pour animaux. Au début qu'elle sortait avec Swede, un autre SEAL, son frère et elle vivaient dans un autre État. Mais Swede et elle ne supportaient pas d'être aussi souvent éloignés l'un de l'autre. C'était trop loin pour qu'il fasse les allers-retours, et elle ne pouvait pas laisser les animaux, alors le frère et la sœur ont vendu cette demeure-là et en ont acheté une autre ici. Je suis sûr que ce n'est pas loin, relata-t-il en observant le voisinage.

— Il y a un refuge pas très loin de chez moi. Je ne me rappelle pas son nom, mais ils traitent toutes sortes d'animaux.

— C'est probablement eux, acquiesça-t-il en riant. Vous avez peut-être vu Swede en Afghanistan. C'était le gars d'une taille monstrueuse.

— Je me souviens de lui ! s'exclama-t-elle. Vous dites que c'est chez lui ?

— Je crois que c'est en partie à lui. Il est avec Mia. Le frère et la sœur devaient acheter la propriété, donc je crois qu'elle leur appartient collectivement ou un truc du genre, expliqua-t-il en haussant les épaules. Aucune idée de la façon dont ça marche. Ils travaillent bien tous les trois ensemble. Eh bien, Hawk est maintenant fiancé à la meilleure amie de sa sœur.

— Oh ! alors, c'est parfait.

— Vous croyez ? la railla-t-il en riant. C'est la pique que Corey a faite à propos de Mason plus tôt.

Il digressa rapidement un petit peu à propos des « Bons de Mason ».

— Bravo, Mason, lâcha-t-elle en riant. Il devrait y avoir un peu plus de lumière et de soleil dans ce monde parmi toute cette méchanceté.

Elle mit le clignotant et tourna à droite.

— On y est presque.

Elle négocia plusieurs virages puis s'arrêta devant un très grand portail en acier avec des caméras de sécurité installées des deux côtés.

— Bienvenue chez moi.

DEVLIN ÉCARQUILLA LES yeux en voyant les murs en pierre qui entouraient la propriété et le grand portail double de sécurité. Bristol alla jusqu'à un poteau central, tapa des chiffres et attendit qu'il s'ouvre. Devlin lui jeta un coup d'œil.

— Je ne m'attendais pas à ce niveau de sécurité.

— C'est mon père qui l'a mis en place il y a des années. Sinon, il n'y en aurait pas.

— Votre père ?

— Oui, c'est un inventeur, un ingénieur mécanique qui s'intéresse à tout ce qui est informatique.

Voilà qui expliquait en partie son histoire à elle.

Elle avança suffisamment la voiture pour la garer au fond.

— Je dois laisser entrer les autres.

Elle sortit, retourna sur ses pas et appuya sur un bouton qui maintint le portail ouvert. Les deux véhicules contenant le reste de l'unité entrèrent. Elle manipula rapidement une série de touches sur le clavier numérique, attendit que le portail se referme et rejoignit la voiture.

— On peut y aller, annonça-t-elle en se rasseyant.

Il se demanda à quel point elle se croyait en sécurité une fois franchi le portail avec toutes ces caméras et ces codes de sécurité. Dans sa tête, il répertoriait déjà le moyen le plus facile d'entrer et d'accéder à sa propriété. Ça ne nécessiterait pas beaucoup d'efforts. La clôture n'était ni assez haute ni électrifiée. Ce serait simple de neutraliser tout le système en premier, selon le délai imparti.

Elle stationna à côté d'un ranch au toit en tuiles.

— Au moins, un toit pareil, on n'a pas besoin de le remplacer trop souvent, souligna-t-il en souriant.

— Mon père, encore. Tout ce qu'il a fait, il l'a fait pour le long terme.

— Est-ce que votre père travaille encore ici ?

— En quelque sorte, éluda-t-elle en lui jetant un regard voilé.

Elle ouvrit la portière et sortit. Il l'imita. Ils se dirigèrent vers le camion qui contenait le reste du matériel et aidèrent les gars à décharger. Une fois que ce fut terminé, il se tourna vers elle.

— Où voulez-vous qu'on mette ça ?

— Suivez-moi, les invita-t-elle avec un sourire.

Elle avança vers la porte d'entrée et entra dans la maison. Devlin la suivit de près avec un gros carton dans les mains. La maison était un plan ouvert, carrelé et spacieux. Il en tomba amoureux immédiatement.

— C'est parfait, déclara-t-il. J'adore les fenêtres.

Tout le mur du fond était vitré. Et de là, il voyait une énorme piscine, entourée sur trois côtés par le ranch.

— Par ici, indiqua-t-elle en tournant à gauche.

Il remarqua une très grande porte d'ascenseur et fronça les sourcils.

— Peu de gens ont un monte-charge intérieur.

— Vous n'avez aucune idée de ce qui se trouve en bas, dit-elle en riant. J'ai grandi dans cette maison. Pour moi, c'est normal, mais les rares fois où j'ai reçu des gens, c'était tout le contraire.

L'ascenseur était assez grand pour tous les contenir. En regardant autour de lui, Devlin se rendit compte qu'ils étaient cinq, les bras tous chargés ; donc, le monte-charge pouvait emporter dix à douze personnes facilement. En vérifiant le panneau, il constata qu'il y avait deux niveaux. Et pourtant, il y avait une piscine extérieure, et la maison était de plain-pied. Il secoua la tête.

— Personne ne se rend compte qu'il y a un autre étage ici.

— Exactement, acquiesça-t-elle avec le même regard voilé.

Et il comprit ce qu'elle entendait par sécurité. Comment quelqu'un qui infiltrerait sa compagnie connaîtrait la situation ?

Les portes s'ouvrirent au premier sous-plancher. Elle pénétra dans un énorme labo. Il entendit les exclamations et les sifflets des mecs derrière lui. Tous appréciaient un bon centre de travail, et celui-ci était ultramoderne. À gauche se trouvaient un mur massif d'ordinateurs et plusieurs postes de travail. À droite, d'autres ordinateurs, reliés eux à du matériel. On avait assemblé d'énormes tables de travail – vingt de dix mètres chacune. Presque comme une chaîne de montage, mais à une échelle bien plus petite.

— Est-ce que Colleen travaillait avec vous ici ?

— Oui.

— Et Sandra ?

— Non, dit-elle en secouant la tête, c'est l'assistante de Brent chez ENFAQ. Alors que Colleen travaillait à temps plein pour moi.

— Elle était aussi salariée de ENFAQ ?

Bristol le considéra et fronça les sourcils.

— En réalité, je n'en sais rien, mais je ne crois pas.

Devlin échangea un regard avec Easton.

— L'espionnage est toujours plus facile quand quelqu'un est dans l'entreprise.

S'il n'y avait que Colleen et elle, ça jouait contre Colleen.

— Qui d'autre travaille pour vous ? demanda Ryder.

— Des commis-comptables, des comptables et des avocats, énonça-t-elle en riant. Certains viennent ici, d'autres non. Très peu d'entre eux sont allés en bas.

— Pouvez-vous nous dire *qui* est descendu ?

Elle se retourna pour observer Devlin, l'évaluant des yeux, tentant de deviner son point de vue.

— Je cherche qui aurait pu y avoir accès pour installer des micros, j'aimerais voir l'installation actuelle et le type de logiciel que vous utilisez, et je voudrais aussi savoir qui aurait pu avoir accès à la sécurité que vous avez mise en place, énuméra-t-il en haussant les épaules. Plus on a d'informations, plus notre boulot est facile.

— Au fait, c'est quoi, votre travail ? fit-elle.

— Sauver votre peau, répondit-il en souriant.

Un rire surpris lui échappa.

— Je n'ai rien contre. Quant à votre première question, l'agent d'assurance est venu ici. Il ne m'a pas crue quand je lui ai parlé de l'électronique et de mon installation. J'ai dû tout assurer, toute la propriété intellectuelle et le matériel.

— On doit tout savoir sur ce genre de trucs. Exactement, tout ça est couvert pour quel montant ?

— Sept millions, annonça-t-elle à voix basse en lui lançant un coup d'œil.

Un « waouh ! » éclata après un silence.

— Je crois, tempéra-t-elle en hochant la tête, que l'évaluation de la propriété a été de trois millions. Le reste, c'est l'entreprise.

— Que doit-il se passer pour obtenir un remboursement ? demanda Ryder.

Devlin grimaça en entendant le ton de Ryder, mais il fallait poser ces questions.

— En gros, dit-elle en se raidissant, perte totale de la propriété et de l'entreprise. Je pense à un incendie important ou à une bombe, expliqua-t-elle en haussant les épaules. Un truc à grande échelle dans le genre.

— Je parie que votre gars de l'assurance n'a pas apprécié la piscine au-dessus, intervint Corey d'un ton léger. Imaginez un peu les dégâts des eaux.

— Non, il n'a pas aimé du tout, ricana-t-elle.

— Je vois que vous avez un système de filtres, souligna Devlin en se retournant. Vous travaillez avec des gaz et des produits chimiques ici ?

— Le système est là, mais pas branché. Je voulais faire un autre boulot. Donc, je ne m'en suis pas encore occupée.

— Un autre boulot ?

— Mon père était concepteur d'armes, gémit-elle. J'ai suggéré le système de filtre HEPA pour une mission qu'il a effectuée.

Les quatre hommes se raidirent en entendant les mots *concepteur d'armes*.

— C'est comme ça que vous vous êtes intéressée aux drones ? extrapola Devlin.

— Oui. Mais mon père n'est plus l'homme qu'il était. C'est une des raisons de la sécurité.

Puis elle se tut, refusant d'en dévoiler davantage.

Après quelques minutes inconfortables, Corey s'avança.

— Je ne suis pas simplement beau gosse. Moi aussi, je suis assez capable.

— J'espère vraiment que c'est vrai parce qu'on a du pain sur la planche, répondit-elle avec un sourire.

CHAPITRE 9

C'ÉTAIT DIFFICILE DE ne pas apprécier ces hommes. L'attitude enjouée de Corey semblait imprégner tout le groupe. Elle fit rapidement déballer les parties et les pièces qu'elle avait rapportées. Elle installa le tout sur son principal poste de travail. Puis elle les mena à l'un des grands placards qu'elle utilisait pour entreposer. Elle ouvrit les portes, soulagée de voir tous les éléments nécessaires à son travail. Peut-être qu'ils pourraient réussir après tout.

— La commande initiale était de cinquante drones. Après quoi, si le client était satisfait, on devait en fabriquer deux cents de plus. Mais c'était une simple discussion, hors contrat. Les cinquante drones devaient être livrés en moins de dix jours. J'ai le gros du plastique ici. On a eu des problèmes avec deux d'entre eux qui présentaient des fissures. La qualité est très importante quand on effectue nos tests.

Elle les mena à l'intérieur de la réserve où tout était parfaitement organisé et étiqueté – les étagères garnies à gauche et à droite. Au fond de la pièce, elle leur montra les rayonnages de plastique et l'équipement pour faire la découpe.

— Ça, c'est simplement le plastique, dit-elle en les considérant. Vous comprenez, hein ? C'est un terme que j'utilise librement.

Les hommes hochèrent la tête.

— On a potassé votre travail, déclara Easton. C'est du

matériel ultramoderne, superléger, sans surface brillante réfléchissante illuminée par le soleil. Presque comme du nylon texturé.

— Et pare-balles, ajouta-t-elle doucement.

Le regard des hommes se concentra sur l'équipement.

— C'est l'une des raisons pour lesquelles ils sont ultra-modernes, opina-t-elle. Il faudrait un lance-roquettes pour les détruire. Bien sûr, une balle pourrait les faire dévier, mais c'est pour ça que je bosse sur le logiciel. Parce qu'une fois orientés, ils devraient être verrouillés, et toute déviation de leur position devrait être corrigée automatiquement.

Les hommes s'observèrent et sourirent par anticipation.

— Il nous faut ces bébés, lança Easton.

— Je fais de mon mieux pour vous les livrer, argua-t-elle. Mais quand je dis qu'une erreur sur n'importe lequel d'entre eux coûte un tas de fric, vous savez de quoi je parle.

Les gars se retournèrent avec bien plus de respect pour examiner les rayonnages pleins.

— Bon, d'accord. Au boulot. Qui est doué ici avec les logiciels ?

— Je me débrouille, opina Ryder. Tout comme Easton.

— Et quand je dis *doué*, je dois savoir si vous êtes ca-pables de programmer des langages web. D'après vous, votre niveau est-il expert, intermédiaire ? Autrement, vous travail-lerez sur le matériel.

Elle tenta de laisser l'ego hors du sujet, car elle compre-nait que, souvent, les programmeurs devenaient extrêmement compétitifs. Les hackers vivaient dans une sous-culture, et, la plupart du temps, ils se mettaient au défi de dépasser leur propre travail ou celui de quelqu'un d'autre. Elle espérait qu'il y en ait un ou deux dans ce groupe. Mais ils devraient admettre leur niveau d'excellence parce qu'elle ne laisserait personne d'autre qu'un programmeur intermédiaire ou un hacker solide toucher à ses créations.

— Je suis doué, annonça Easton. Je peux hacker, mais je n'ai jamais tenté de réaliser un truc trop extrême.

Ryder prit une minute avant de répondre.

— Mon niveau est légèrement en dessous.

— C'est bon à savoir. Matériel.

Les deux acquiescèrent.

— Et vous deux ? demanda-t-elle en se tournant vers Devlin et Corey.

— On se débrouille avec les ordis, indiqua Devlin, mais uniquement avec leur fonctionnement – pas de réparation ni de piratage.

— Vos outils, dit-elle en attrapant derrière elle deux tournevis qu'elle leur tendit.

Le groupe éclata de rire.

— Vous deux, vous commencez avec la masse et les cadres. Les Thermopanes doivent être à cent pour cent aérodynamiques. Je vous montre.

Elle procéda au montage du drone de base. Il lui fallut quatre-vingt-dix minutes du début à la fin, mais il y avait longtemps qu'elle y travaillait.

— Des questions ? demanda-t-elle quand elle eut fini, en levant les yeux vers les gars.

— On l'a sur vidéo, répondit Devlin. Si on a des questions, on les posera. Et oui, on vous promet de détruire la vidéo avant notre départ.

— Ce n'est peut-être pas important, si on ne les a pas à temps, tempéra-t-elle en pivotant vers les deux autres. Suivez-moi, je vais vous faire travailler sur les boîtiers.

— Les boîtiers ? répéta Ryder.

Elle les guida vers une pièce, un espace totalement différent.

Il y avait un drôle de mur en Plexiglas avec une série de portes. Elle ôta la sécurité, en ouvrit une et les laissa entrer.

— C'est une zone sans poussière. Je m'efforce de minimiser les interférences. Vous devez construire les boîtiers des ordis. J'avais les cinquante. Mais les puces étaient défectueuses, et toutes doivent être changées.

— Chargez-vous de la première, l'invita Easton. On s'occupera du reste.

Elle le regarda et, en constatant la réalité et la vérité de cette déclaration, elle sentit son for intérieur se calmer.

— Vous ai-je déjà dit « Merci » ?

Ryder sourit et hocha la tête vers Easton.

— Vous nous remercierez quand on aura fini. Allez, on s'y met. On n'a pas de temps à perdre.

Deux heures plus tard, elle sortit de la salle. Elle alla voir comment Devlin et Corey se débrouillaient et vit qu'ils avaient installé un système de travail à la chaîne où ils effectuaient chacun une partie. Elle les observa un moment et sourit.

— C'est évident que vous, les gars, avez l'habitude de travailler en équipe.

— Les équipes nous ont sauvé la peau plus de fois qu'on se le rappelle, répliqua Corey. Dans la vie, on peut être tout seul jusqu'à un certain point.

Elle opina.

— Même si je bosse la nuit, je ne m'attends pas à ça de votre part, les gars. Alors, j'ai pensé qu'on s'arrêterait dans deux heures. Puis je vous emmènerai à l'étage pour dîner et vous montrerai vos chambres.

— Dîner ! s'écria Corey, joyeux. Elle va nous nourrir en plus ! lâcha-t-il en tapant sur l'épaule de Devlin. Putain, mec, on a de la chance !

— Est-ce que vous savez que ces types mangent énormément ? souligna Devlin en souriant.

— Est-ce que vous savez que moi aussi ? lui répondit-elle en souriant aussi.

Elle avait déjà prévenu Carmelita, la gouvernante de l'étage, que quatre hommes seraient là au dîner et qu'elle ne devrait pas lésiner sur le bœuf. Bristol devait aussi aller rendre visite à son père, mais ça devrait attendre un peu plus. Elle avait annoncé deux heures et elle était sérieuse. Elle n'osait pas perdre de temps.

Elle se dirigea vers ce qui lui restait des essais et y procéda rapidement, vérifiant les dégâts. Tout semblait marcher. C'était déjà ça – même si ce n'était pas grand-chose. Elle lança la sécurité pour effectuer un nettoyage complet de chaque ordi portable et mit les drones sous clé. Ils requéraient beaucoup de travail. Mais elle n'en avait pas le temps en ce moment. Après le repas, elle descendrait et démonterait ce drone. Elle avait sa petite idée sur ce qui n'avait pas marché, mais devait le prouver. Et ça pouvait être bien plus difficile.

Dix minutes avant qu'elle ne soit prête à déclarer qu'il fallait s'arrêter, son portable sonna. C'était Carmelita.

— Vous avez de la compagnie. Je les ai fait entrer dans la propriété.

Stupéfaite par sa décision, Bristol jeta un coup d'œil à Devlin.

— Vous attendez quelqu'un ?

Devlin sortit son téléphone qui s'était aussi mis à sonner. Il répondit et se tourna vers elle, en opinant du chef.

— On dirait que vous avez de l'aide supplémentaire.

— Vraiment ? rétorqua-t-elle, incrédule. Des gens capables ?

— Oh oui ! confirma-t-il avec un rictus en coin qui fit battre son cœur.

Elle tapa à la vitre pour signifier aux gars dans la salle des ordis que c'était l'heure. Ils posèrent leurs outils et sortirent. Tous ensemble, ils montèrent à l'étage principal. Elle se dirigea vers la porte d'entrée, la déverrouilla et l'ouvrit. Et éclata en sanglots.

— Bristol ! s'écria Tesla qui jeta ses bras autour d'elle. On peut entrer ? demanda-t-elle après l'avoir étreinte.

Immédiatement, tout le monde recula pour laisser entrer les nouveaux arrivants.

Bristol secoua la tête, comprenant maintenant le geste de Carmelita qui connaissait bien Tesla. Elle s'essuya les yeux, mais s'accrocha à la main de Tesla.

— Je n'arrive pas à croire que tu es venue.

— Mais bien sûr. Je n'arrive pas à croire que tu as accepté ce foutu contrat. Je t'avais dit de ne pas le faire, souligna celle-ci, mais sans méchanceté.

Elle s'était trouvée dans cette situation et comprenait.

Bristol lui sourit puis observa les nouveaux arrivants.

— Moi, c'est Harrison, se présenta le premier en s'avançant.

— Rhodes, déclara le second.

Elle jeta un œil à Devlin.

— Je vous revaudrai ça, les gars, dit Devlin en lui serrant la main.

— Tu en parleras à Levi. Pour nous, quand il y en a un qui plonge, on sera toujours là pour l'aider.

Bristol concevait ce sentiment, elle ignorait simplement ce qu'elle avait fait pour le mériter.

— Entrez, je vous prie. Soyez les bienvenus.

— Ça n'a pas changé, remarqua Tesla en regardant autour d'elle.

— Bien sûr, opina Bristol en souriant, c'est chez moi.

Elle les mena vers la salle à manger.

— Vous êtes arrivés pour le dîner.

— On ne voulait pas vous déranger pendant le repas, indiqua Harrison.

— Ça signifie que vous ne pouvez pas manger ? demanda-t-elle en le fixant.

— Madame, je peux manger à n'importe quel moment de la journée, rétorqua-t-il en souriant.

Elle considéra Rhodes qui se frottait déjà le ventre. Elle secoua la tête.

— Allons-y.

Elle les conduisit vers l'énorme salle à manger et leur indiqua les sièges.

— Asseyez-vous. Je dois parler avec ma gouvernante.

Elle s'éloigna, disparut dans la cuisine et y trouva Carmelita en pleine action.

— Trois de plus sont arrivés, lui apprit-elle à voix basse. Je suis désolée.

— Pas de soucis, tempéra Carmelita. Il y a ce qu'il faut.

Soulagée, Bristol tourna les talons et regagna la salle à manger. La chaise de son père en bout de table était vide, tout comme la place à côté – attendant sa présence et celle de son père.

— Excusez-moi, dit-elle en hochant la tête, je vais chercher mon père.

Elle pivota et s'éloigna de nouveau. Elle sentit dans son dos la surprise du groupe et sut qu'elle se multiplierait pendant son absence. Mais elle vivait avec cette réalité. Elle entra dans la bibliothèque et y trouva son paternel endormi.

Elle lui tapota gentiment le bras. Il se réveilla en sursaut, la dévisagea confus et fronça les sourcils.

— Tout va bien, père. C'est l'heure de dîner.

Elle l'aida à se mettre debout et le mena à la salle à manger. Devlin se leva et contourna la table pour aller tirer sa chaise.

Son père regarda Bristol, puis Devlin, puis de nouveau Bristol.

— Je vous connais ? demanda-t-il.

— Oui, père, répondit-elle avec tristesse. Assieds-toi. Ton repas arrive.

Il s'installa. Elle remercia Devlin des yeux et s'assit à son tour.

Avant qu'il n'y ait besoin de faire la conversation, Carmelita poussa une desserte. Devlin sauta sur ses pieds pour lui prêter main-forte. Il posa des plats chargés de rosbif sur la table, suivis d'autres pleins de légumes, une énorme salade et le plat favori de Carmelita à chaque repas, du riz.

Elle repoussa la desserte et revint avec une seule assiette qu'elle posa devant le père de Bristol.

Celle-ci caressa la main de ce dernier.

— Père, ton assiette est devant toi. Mange, s'il te plaît.

Il l'observa et fronça les sourcils. Elle lui mit une fourchette dans la main et, d'un geste très tremblant, il recueillit un peu de sa nourriture molle sur son assiette. Mais il mangea. Et elle en était reconnaissante. Gardant un œil sur lui, elle s'adressa aux autres.

— Servez-vous.

Les hommes se jetèrent sur les plats. Elle se servit un petit peu, toujours l'œil fixé sur son paternel. C'était tellement bouleversant qu'il ne la reconnaisse pas. Elle ne lui manquait pas quand elle partait, et il n'avait pas conscience qu'elle était revenue. Elle vivait avec cette situation depuis ces dernières années. Et ça empirait. Elle devrait agir de façon permanente bientôt. Mais elle espérait le garder à la maison le plus longtemps possible.

Si elle ne respectait pas le contrat, elle perdrait la maison et aussi la possibilité de prendre soin de son père. Au bord des larmes, elle se força à finir son repas. Son père lâcha sa fourchette qui cliqueta dans l'assiette. Elle examina la quantité qu'il avait avalée et hocha la tête. Il faudrait s'en contenter.

— Je le ramène dans sa chambre, annonça Carmelita qui était apparue presque instantanément.

Bristol opina et se leva. Son père debout, elle lui embrassa la joue.

— Bonsoir, père.

Mais il ne parut pas la remarquer. Il y avait longtemps que ce n'était plus le cas.

Dès qu'ils furent partis, elle inspira profondément, déglutit et se rassit. Elle avala encore quelques bouchées pour reprendre son contrôle puis regarda les hommes. Ils avaient observé la scène – bien sûr –, mais ils étaient tous en train de manger.

— Ça fait combien de temps ? demanda Devlin d'une voix basse et bienveillante.

— Deux ans. C'était la dernière fois qu'il m'a reconnue, raconta-t-elle avant de se remettre à manger. Une raison de plus à l'importance de ce contrat.

— Deux très longues années, renchérit Tesla, compatissante. C'était un homme si vibrant, souligna-t-elle en observant les autres autour de la table. Bristol et moi, on a fait un stage au MIT. Je suis venue ici en vacances deux, trois fois. Son père était fascinant. Il s'occupait d'un million de concepts différents. Il traitait de tout, des logiciels aux armes chimiques.

— Le problème, c'est que je ne me suis pas rendu compte ces cinq dernières années qu'il glissait déjà, déplora Bristol. Alors, quand il s'est mis aux armes chimiques – et quelques autres aventures –, c'est devenu un peu effrayant.

— Plutôt, confirma Corey en secouant la tête. Les armes chimiques sont une science en elles-mêmes.

— Et pourtant, mon père détient plusieurs doctorats, dit Bristol avec le sourire.

Un silence stupéfait emplit la salle. Puis Ryder gémit.

— C'est à ce moment que je me dis que je suis probablement la personne la moins instruite assise à cette table.

— Peut-être, intervint Devlin, mais tu es le meilleur pour cerner les gens et ça, on ne l'apprend pas dans un livre. Rien qu'en se basant là-dessus, Ryder nous a évité bien des problèmes, déclara-t-il en considérant Bristol.

— Intéressant, souffla cette dernière. C'est un concept fascinant, ajouta-t-elle en haussant les épaules. Moi, je suis nulle dans ce domaine. Mais je suis capable de dire quand les gens ont faim et les assiettes sont vides. Il y a tout plein de nourriture, alors resservez-vous.

Plusieurs des hommes s'exécutèrent. Toutefois, après dix minutes, Ryder se leva.

— Merci, madame. C'était excellent, et j'aimerais me remettre au travail maintenant.

Les autres gars se mirent debout et l'imitèrent. Bristol regarda rapidement Tesla qui souriait comme une idiote.

— Oui, ils sont sérieux, lâcha-t-elle en se penchant en avant.

Bristol se leva alors.

— Eh bien, ce n'est pas moi qui vais arrêter le train de

travaux. Allons-y.

Sur ce, elle se retourna et les mena au sous-sol. Seulement, cette fois-ci, Tesla était à ses côtés. Et bon sang, que c'était bon de revoir sa vieille amie.

EN BAS, LES deux groupes précédents retournèrent à leurs tâches. Rhodes regarda Bristol.

— Je suis venu vous aider à construire les drones, mais Harris et moi, on est des pros pour trouver les hackers et les violations de sécurité.

Elle leva les sourcils de surprise. Devlin sourit. Il avait écouté, mais ne savait pas si elle le croyait ou pas.

— Bristol, c'est ce que j'ai dit initialement sur ces deux-là.

— Je suis partagée, concéda-t-elle, entre l'envie de vous faire démonter mon système pour trouver ce qui se passe ou celle de solliciter votre aide pour le logiciel que je dois développer.

— Les deux, répliqua Harrison. On fait ce qu'on peut sur le premier, on voit s'il y a une fuite, et dans ce cas-là, on la colmate. Comme ça, rien d'autre ne se détraque. Personne ne doit savoir que vous avez toute cette aide, avec la possibilité de remplir votre contrat. Parce qu'alors, ils renforceront leur stratégie. Qu'ils pensent que vous êtes un canard boiteux aujourd'hui, qui va être abattu.

Devlin grimaça devant l'analogie, mais constata qu'elle avait compris.

— Qu'est-ce que je peux faire pour vous ? demanda-t-elle tout en hochant la tête.

— Nous donner la permission d'accéder à votre système.

Cette fois-ci, ce fut Bristol qui grimaça.

Tesla avança la main pour serrer l'épaule de son amie.

— Je sais exactement ce que tu ressens. Mais tu dois le faire.

— Je ne suis pas exactement certaine de ce à quoi vous pouvez accéder, tempéra Bristol. Les ordis sur la table sont allés partout en Afghanistan lors de la session de formation, et mon serveur principal est derrière cette porte.

Harrison se tourna vers le serveur.

Devlin interrompit sa tâche et alla voir Bristol.

— Vous devez les laisser entrer dans le serveur.

Elle relâcha son souffle dans un sifflement.

— D'accord, acquiesça-t-elle avant d'ouvrir la double-porte.

Devlin la suivit. Il pila quand il remarqua la banque de serveurs.

— Vraiment ?

Mais Harrison était au milieu de la pièce et se frottait les mains en jubilant.

— Oh ! j'adore quand les gens investissent l'argent où il doit l'être.

— C'est super, siffla Rhodes.

— Contente que vous approuviez, dit Bristol. Ça a coûté beaucoup d'argent pour monter ça. Le problème, à ma connaissance, c'est que quelqu'un me frappe durement dans le dos.

Harrison consulta sa montre.

— Il y a plus de matériel que ce que je pensais, donc j'aurai besoin de quelques heures. Vous devez aussi vous connecter et nous laisser travailler, Rhodes et moi.

Devlin retint son souffle. Pour Bristol, c'était un énorme moment pour accorder sa confiance. Mais étant donné la situation dans laquelle elle se trouvait, elle n'avait pas vraiment le choix. Si elle ne faisait pas confiance à ces hommes – ceux qui étaient susceptibles de l'aider –, il n'y avait aucun moyen de la sauver. Mais dans le cas contraire, elle était susceptible de réussir.

Elle avança, posa le clavier à son niveau inférieur et tapa rapidement son mot de passe. Instantanément, une banque d'écrans sur quatre murs se mit en route.

— Vous savez ce que vous faites, alors ? demanda-t-elle à Harrison, en le considérant.

— Ça ira. Laissez-moi simplement y jeter un coup d'œil.

Elle secoua la tête et, avec un frisson, tourna les talons puis ressortit. À la porte, Devlin passa un bras autour d'elle, l'attira pour la prendre dans ses bras et lui embrassa la tempe.

— Avoir confiance. Rappelez-vous ça.

— C'est un peu dur en ce moment, admit-elle en levant de grands yeux confus sur lui.

— Mais vous perdrez tout si vous ne nous laissez pas vous aider, opina-t-il.

Elle hocha la tête, et il laissa retomber les bras pour se tourner vers Corey qui les avait regardés avec un certain intérêt. Devlin pivota pour observer Tesla qui prit sa place, et, à son tour, serra Bristol dans ses bras. C'était évident que les deux femmes étaient proches.

Pour Devlon, la vie de Bristol tournait autour de son travail et de son père. Colleen aurait été un pilier. Et avec son assassinat, eh bien, il semblait qu'un soutien de plus avait disparu de la vie de Bristol.

Son père. Son contrat. Et l'idée que quelqu'un la sabotait – ça aurait été la fin pour la plupart des gens. Mais Bristol était forte. Elle se tenait droite et s'était déjà remise au travail. Tesla était à côté d'elle quand elles examinèrent le drone. Il aurait aimé être avec elles, afin d'apprendre et écouter. Les bribes qu'il distinguait n'avaient aucun sens pour lui. Elles discutaient à un niveau de connaissance bien supérieur au sien. Il était super content de la présence de Tesla. Bristol avait besoin d'elle. Bordel, elle avait besoin d'eux tous.

CHAPITRE 10

— JE SUIS si heureuse que tu sois venue, dit Bristol.

— Je l'aurais fait plus tôt si j'avais su que tu avais ce genre de soucis, répondit Tesla d'une voix basse, emplie de compassion.

— Je gérais jusqu'à ce bazar, se défendit Bristol plus fort qu'elle ne s'en rendit compte.

Elle se força à se reconcentrer.

— Bon, je crois que c'est le problème sur lequel on doit travailler d'abord.

Elles s'étaient toutes les deux penchées sur l'ordi portable et testaient le logiciel dans le drone. Ça allait de pair avec ce que cherchaient Harrison et Rhodes. Logiciel de dépannage, code de débogage – pratiquement un travail à temps plein.

— Colleen m'a expliqué qu'elle avait des soucis. À ce moment-là, je croyais que quelque chose n'allait pas avec le matériel, comme un court-circuit. Tu sais ce qui risque de mal tourner avec une mauvaise connexion.

— Mais tu penses qu'on a trafiqué le logiciel, que quelqu'un aurait pris le contrôle à distance par exemple ? la questionna Tesla en hochant la tête.

— Je me le suis demandé, admit Bristol. Mais dans ce cas-là, ça a été mal exécuté parce que le drone volait mal aussi. Il ne faisait que des plongeons et des voltiges de dingue. Le but était peut-être de prendre le contrôle, mais ça n'a réussi qu'en partie.

— Si on a changé ton logiciel ne serait-ce qu'un peu, ça suffisait à tout faire foirer. Mais c'était seulement un de ces ordis ?

— Oui, celui-ci, acquiesça-t-elle en tapotant l'appareil. Avec cette télécommande, ajouta-t-elle en désignant cette dernière. Elle est connectée au système.

— Laisse-moi voir.

Bristol se rassit et laissa Tesla étudier le code tandis qu'elle balayait la pièce du regard. Elle n'avait jamais eu autant de gens qui travaillaient pour elle ou l'aidaient. Et pourtant, même s'il y avait six hommes de plus, on se sentait à l'aise. Son labo offrait suffisamment d'espace pour que ses occupants ne se bousculent pas.

— J'ai trouvé.

Bristol baissa les yeux et vit Tesla indiquer une série d'ordres.

— Ils sont mal tapés, mais c'est pour bousiller tes commandes principales, expliqua Tesla tout en continuant à dérouler, à chercher et à surligner le texte.

Bristol se rendit compte que quelqu'un manquait soit de compétences, soit de temps.

— Là, c'est correct.

— Quelqu'un y a eu accès suffisamment longtemps quand j'étais en Afghanistan.

— Il y avait combien de personnes ? l'interrogea Tesla en la considérant.

— Des centaines, si ce n'est des milliers, à la base. Quant au nombre de personnes qui ont vraiment eu accès à ma tente ? Pas beaucoup. La compagnie, Colleen, Sandra, Morgan, David et moi. Et à l'occasion, quelqu'un qui est venu et reparti. Quelques policiers militaires.

— C'est aussi envisageable que quelqu'un y ait accédé à distance, renchérit Tesla.

— Nettoyons le code.

Toutes les deux observèrent la double-porte de la salle du serveur.

— Je dois l'enlever pour le tester, confirmer que notre intervention a corrigé le problème et voir ce qu'ont trouvé Harrison et Rhodes.

— Et je m'attends à t'aider avec le reste des ordis, ajouta Tesla en se levant. J'ai pris ma semaine de congé. D'après ce que j'entends, on n'a vraiment pas beaucoup de temps. Et il te faut cinquante unités pour remplir ton contrat ?

— Oui, confirma Bristol en regardant son amie avec reconnaissance. Si on pouvait y arriver…

— On peut faire tout le nécessaire pour s'assurer que tu ne perdes pas cette maison, proclama Tesla en la prenant de nouveau dans ses bras.

— C'est ma faute. Ce foutu contrat. Tu avais raison dès le début.

— Avec le recul, tout est clair. On ne peut que se concentrer sur ce qui est devant nous, déclara Tesla fermement. Réfléchissons ensemble à ce problème, penchons-nous dessus et réparons-le. Tu n'es plus toute seule, tu te rappelles ? ajouta-t-elle en laissant retomber ses bras.

— Merci, souffla Bristol avec un sourire.

Elle inclina la tête et travailla intensément sur les soucis.

Quand elle releva la tête en se frottant les tempes et parcourut la pièce des yeux, elle constata qu'aucun des hommes n'avait abandonné. S'ils étaient fatigués, ils n'en disaient rien. Ils étaient déterminés à poursuivre leurs efforts. Mais elle avait également conscience qu'en poussant trop fort, les accidents et les erreurs risquaient d'arriver. Et elle ne pouvait se permettre aucun des deux scénarios.

Elle consulta sa montre.

— Oh, mon Dieu ! s'écria-t-elle, horrifiée. Il est plus de deux heures du matin. Vous devez être épuisés, lâcha-t-elle en sautant sur ses pieds.

— Moi oui, admit Tesla en bâillant, maintenant que tu en parles. Tu dois dire aux gars d'arrêter, sinon ils ne le feront pas jusqu'à ce que toi tu arrêtes, ajouta-t-elle en observant autour d'elle.

— Bon.

Bristol se frotta les yeux, se dirigea vers la salle du serveur et vit les hommes debout qui travaillaient comme des fous, ainsi que les placards ouverts. Elle se racla la gorge. Ils ne remarquèrent rien.

— Harrison ? Rhodes ? Et si vous arrêtiez pour ce soir et recommenciez de bonne heure demain matin ?

Les deux gars se retournèrent vivement et la fusillèrent du regard. Instinctivement, elle se redressa.

Harrison fixa des yeux l'ordi devant lui, jeta un coup d'œil à Rhodes puis parla très poliment.

— Il ne vaudrait mieux pas. On vient de faire une percée. Je ne veux pas revenir le matin pour découvrir que quelqu'un a vu ce qu'on faisait et a créé un portail pour aller dans une direction totalement différente.

— Votre choix, abdiqua-t-elle en levant les mains. Je ne veux pas que vous vous épuisiez à la tâche.

— On a à peine commencé, la raillèrent-ils en ricanant.

Elle secoua la tête, sortit de la pièce et se dirigea vers le reste de l'équipe. Elle toucha l'épaule de Devlin et sentit la chaleur qui émanait de son corps. Il baissa le regard, passa un bras autour d'elle et la serra contre lui. Vraiment, elle ne devrait pas le laisser agir de la sorte. Ils se connaissaient à peine. Mais le réconfort était tellement bon qu'elle s'appuya contre lui et accepta ce qu'il lui offrait.

— Je pensais qu'il était temps d'aller se coucher, dit-elle aux hommes. Vous avez vraiment bossé comme des fous.

Corey ricana.

Au début, elle ne comprit pas son insinuation, mais ensuite, elle sentit ses joues devenir écarlates.

— On n'est plus au lycée, lâcha-t-elle en lui jetant un regard noir.

— Ah, mais on a vraiment vécu de bons moments en ce temps-là, plaisanta-t-il en riant aux éclats.

— Vous peut-être, marmonna-t-elle, moi, pas trop.

Devlin baissa les yeux sur elle, un sourire en coin.

— Trop futée ?

— Trop futée, pas assez douée socialement et un père très bizarre, énuméra-t-elle en haussant les épaules. Quoi qu'il en soit, je ne correspondais à personne.

— Pas important, mon chou. J'ai laissé l'école derrière moi il y a longtemps.

Devlin sourit, et elle soupira, souhaitant presque être de retour au lycée à cause des sentiments adolescents qui la parcouraient. Qui était cet homme qui la bouleversait tant ? Qui était venu à son secours encore et encore ?

— Exactement.

Comme Corey ricanait, elle roula des yeux et réprima fortement la vague émotionnelle. Pas le moment ni l'endroit.

— J'essayais de dire que c'est l'heure d'arrêter pour cette nuit, pour reprendre demain matin.

Devlin observa autour de lui et remarqua que personne ne s'était interrompu.

Elle suivit son regard et vit que même Tesla s'était remise au travail.

— Je ne m'attendais pas à ce que vous passiez la nuit à bosser, vous savez.

— Harrison et Rhodes ? Ils sont prêts à s'arrêter ?

— Je ne pense pas que tu puisses dire quoi que ce soit pour les forcer à arrêter, souligna-t-elle en mettant l'emphase sur le dernier mot. Et apparemment, ils ont fait une sorte de percée et n'ont pas envie de laisser tomber en ce moment.

— C'est bon. On va continuer jusqu'à ce qu'ils trouvent. Si on part tous ensemble, on peut recommencer en même temps demain matin.

Le bras de Devlin lui serra gentiment l'épaule, puis il le laissa retomber et retourna à ses occupations.

Elle haussa les épaules et se dirigea vers les deux derniers gars.

— Je doute que ça fasse une quelconque différence, annonça-t-elle, mais je suggérais aux autres de stopper pour la nuit.

Easton et Ryder levèrent les yeux vers elle, et elle sut qu'ils avaient vu tout le monde et entendu ce qu'elle avait dit.

— Je suppose que personne n'a écouté ? demanda Ryder avec un sourire. On n'est pas bons pour laisser tomber.

— Je vois ça, déplora-t-elle, exaspérée. Mais même les SEAL doivent manger et boire de façon régulière.

— Écoute un peu, pouffa Easton. Elle est drôle.

— Ça compte si moi je suis prête à arrêter ? le questionna-t-elle avec un regard noir.

Les gars s'interrompirent instantanément et la dévisagèrent.

— D'accord, je blague, ricana-t-elle. Mais bientôt. Encore une heure, peut-être.

— D'accord pour une heure.

Elle se retourna vers Devlin, et leur regard se connecta.

— Une heure, répéta-t-elle.

Il opina, mais ne pipa mot.

— Une autre heure, déclara-t-elle en passant devant la salle du serveur.

Tesla lui sourit quand elle réapparut à ses côtés.

— Ils sont toujours comme ça ? lui murmura Bristol, impressionnée.

— Eh oui.

QUAND L'HEURE FUT passée, aucun d'entre eux ne cessa de travailler. Devlin savait qu'elle avait raison – ils devaient se reposer. Mais il savait aussi que personne n'arrêterait jusqu'à ce que Harrison et Rhodes aient fini ce qu'ils devaient faire. Devlin était curieux de voir comment ça allait. Mais à entendre les jurons marmonnés qui sortaient de la pièce de temps en temps, il se dit que les choses n'étaient pas idéales.

Soudain, on entendit un cri de joie. Rhodes sortit.

— On l'a.

— On a quoi ? demanda Bristol.

— On a installé un piège. On ne trouvait pas qui pénétrait votre système jusqu'à ce qu'il revienne il y a environ quarante minutes. Votre système a attrapé et mis en quarantaine un enregistreur de clé, mais il y a eu d'autres tentatives. J'ai comblé deux, trois brèches, annonça-t-il avec un grand sourire. Harrison essaie d'en tracer l'origine. Pendant ce temps, on installe un nouveau dispositif de sécurité et deux ou trois niveaux supplémentaires de protection.

Devlin remarqua que Bristol était restée bouche bée.

— Comme ça, j'ai été *piratée* ?

— Oh oui ! confirma Harrison avec le sourire, se joignant à Rhodes. Je peux affirmer que ça provenait d'ENFAQ Ltd., mais je ne suis pas en mesure de remonter jusqu'au responsable.

— Depuis combien de temps, vous avez une idée ? tenta-t-elle faiblement.

— Plutôt récemment, mais on ignore totalement jusqu'où les tentatives précédentes ont réussi à s'introduire. On le saura assez tôt.

— Je suis très heureuse d'entendre qu'il a été viré, dit-elle en opinant du chef.

— Viré, bloqué, et le système a été renforcé. Pour le moment, impossible de savoir qui et quoi, mais j'y travaillerai demain, relata Harrison avant de se diriger de nouveau vers la salle du serveur, de s'arrêter et de se retourner. Mais je peux vous jurer que ça prendra sacrément plus de temps pour entrer désormais.

— Je vous avais dit qu'ils étaient doués, intervint Devlin en souriant.

Le regard hébété, Bristol l'examina. Elle acquiesça et se tourna pour leur faire face à tous.

— Merci beaucoup.

— Ce bazar de hacker est lié au problème du drone, annonça Tesla. On s'est douté que quelqu'un accédait à l'ordi, se concentrait sur les télécommandes et foutait en l'air les ordres, avec comme objectif final potentiel de prendre le contrôle des drones.

— Comme en Afghanistan, quand les drones ne réagissaient pas aux commandes de Colleen ? demanda Devlin.

— C'est ce qu'on croit, confirma Bristol. On doit s'assurer que ces types n'ont pas causé d'autres dégâts quand ils étaient à l'intérieur. Et ça représente beaucoup de codes à vérifier. En plus, il nous faut quelqu'un pour tester les drones. Et ça ne peut pas être un débutant, anticipa-t-elle en jetant un coup d'œil à Devlin. Désolée. Je sais que vous vouliez vraiment le faire, mais il faut quelqu'un qui a des compétences bien plus élevées.

— C'est le problème de demain, tempéra Devlin doucement. La nuit porte conseil.

— Bien vrai. Restons-en là pour ce soir, opina-t-elle en se retournant vers Harrison. Est-ce que le serveur est prêt pour le soir ?

— Demain, je vous montrerai ce qu'on a fait, déclara-t-il en hochant la tête.

— Bien. Allons-y, dit-elle en prenant le chemin de l'ascenseur.

Tandis que les autres montaient dans la cabine, Bristol tapa un code spécial de sécurité dans la salle puis les rejoignit. Derrière elle, Devlin regarda les rayons de sécurité infrarouge quadriller la pièce.

— Joli ! s'exclama-t-il.

— Aussi moderne que je peux le produire, lança-t-elle. Ceux-là sont relativement faciles à installer, mais le truc informatique… Les hackers évoluent constamment et représentent parfois ce qui est le plus difficile à bloquer.

— Bien des entreprises se fraient un chemin dans le monde grâce au piratage, surtout dans l'armement militaire.

Les portes s'ouvrirent au rez-de-chaussée. Elle les fit passer par un couloir que Devlin n'avait pas encore vu. Elle ouvrit la première chambre et désigna les autres.

— Chaque chambre a sa propre salle de bain et deux très grands lits. J'espère que vous serez à l'aise.

Puis elle continua et ouvrit d'autres portes.

— Peu m'importe qui va où et combien vous serez. Pour le moment, vous pouvez avoir votre propre chambre, mais si j'amène d'autres personnes, on devra peut-être être deux par chambre.

Harrison et Rhodes prirent la première.

— On sera bien. C'est bien plus confortable que ce qu'on a la plupart du temps.

Tandis que Devlin regardait à l'intérieur, il confirma. D'énormes fenêtres, des balcons, des portes-fenêtres et des salles de bain privées. Il observa les autres.

— Belle façon de passer quelques jours de congé.

Les deux hommes sourirent.

— Vous pouvez nous demander de venir n'importe quand, la railla Harrison.

Tesla était au bout du couloir et parlait à Bristol. Les deux femmes s'étreignirent, puis Tesla entra dans sa chambre et en ferma la porte.

Bristol se tourna vers la porte en face de celle de Tesla et l'indiqua à Devlin.

— Votre chambre.

— Et où est la vôtre ? la questionna Devlin en fronçant les sourcils.

Elle l'imita.

Il pouvait voir la confusion dans son regard et les cernes prononcés sous ses yeux.

— La chambre principale est par là, répondit-elle en pointant vers la gauche, ainsi que celle de mon père.

— Et s'il y a un problème, comment vous joint-on ?

Elle se mordit la lèvre inférieure et se passa les doigts dans les cheveux.

— Il y a une autre chambre là-bas, si vous voulez être plus près et mieux dormir.

— Elle est pour moi, opina-t-il. Quelqu'un doit être assez proche pour vous entendre si vous appelez.

— Je n'y ai jamais pensé, tempéra-t-elle en le frôlant.

Elle lui montra la chambre, indiqua celle de son père puis la sienne. Il entra dans cette dernière, en fit le tour et évalua la sécurité. Il y en avait très peu. Il se dirigea vers les fenêtres et les portes. Le sol descendait sur une courte distance derrière, et il voyait la même énorme piscine, entourée d'un grand jardin.

Il pivota et la regarda.

— Vous fermez à clé toutes ces portes et ces fenêtres la nuit ?

— Pas récemment, admit-elle. Mais je suppose que je vais y songer désormais.

— Ce soir et tous les soirs durant cette opération, renchérit-il en l'observant pour s'assurer qu'elle comprenait.

Quand elle hocha la tête, il la serra brièvement dans les bras.

— Et maintenant, au lit, lui intima-t-il avant d'aller à la porte où il se retourna. Ne verrouillez pas cette porte au cas où je doive entrer.

Il ferma la porte et testa la sécurité du pêne, qui bougea dans un murmure. Il répéta le geste, mémorisa le bruit puis se rendit à sa chambre. Il se tint sur le seuil et sourit. Ce ne serait pas difficile de rester ici pendant quelques jours.

Son balcon faisait face au reste de la propriété. Il vit une grande zone cimentée, peut-être une aire d'atterrissage. Plusieurs annexes et ce qui ressemblait à deux garages séparés pour trois voitures chacun se trouvaient à l'autre bout. Il adorerait passer du temps à explorer, découvrir ce qu'il y avait. Tandis qu'il examinait de nouveau l'hélisurface, il lui vint une idée.

Il envoya rapidement un texto et sauta dans la douche. Quand il en ressortit, il s'effondra sur le lit. Le lendemain serait un tout nouveau jour. Ils n'avaient pas convenu d'une heure de réveil. Mais il avait conscience que les gars seraient debout vers six heures. Ils étaient simplement comme ça. Et toujours prêts à l'action.

Lui ne pouvait pas faire moins.

CHAPITRE 11

BRISTOL SE RÉVEILLA le matin, groggy et désorientée. Elle entendit un drôle de bruit tourbillonnant, mais sans comprendre. Elle bondit hors du lit et observa dehors, même si elle ne distinguait rien. Elle s'habilla rapidement et descendit en courant jusqu'au salon principal. Elle sortit et vit avec effarement un hélicoptère atterrir devant elle. Elle secoua la tête, attendit que les pales ralentissent et s'approcha.

— Attendez, dit quelqu'un qui l'arrêta.

Elle se tourna et vit Devlin, à côté de Rhodes et de Harrison.

— Hé, les gars, vous attendez quelqu'un ?

À ce moment-là, une grande blonde aux yeux bleu pâle – comme de la glace gelée depuis trop longtemps – se dirigea vers eux. Elle portait un jean et un t-shirt noirs. Elle était grande, mince et avait l'air sérieux.

L'hélico s'éleva derrière elle et s'envola.

La femme les étudia tous les quatre du regard. Elle adressa un signe de tête aux hommes puis se concentra sur Bristol. Elle s'arrêta devant elle et lui tendit la main.

— Salut, moi, c'est Ice.

Le soufflé coupé, Bristol tendit immédiatement la sienne et serra la main offerte.

— Oh, ça alors ! J'ai entendu parler de vous. Mais

j'ignorais totalement que vous viendriez.

— Vous serez bientôt épatée, déclara Harrison avec le sourire. C'est une super opératrice de drone. Il vous fallait quelqu'un pour les tests.

Bristol se tourna vers Harrison et surprit le rictus diabolique de Devlin.

— C'est vous qui êtes responsable de ça, hein ?

— La nuit dernière, Tesla et vous expliquiez que vous auriez bientôt besoin de quelqu'un pour tester les drones et que ça ne pouvait pas être un débutant. Elle n'est peut-être pas à votre niveau puisque vous avez inventé ces trucs, mais j'ai entendu dire qu'elle était douée, se justifia-t-il en pivotant vers Harrison et Rhodes. Et elle est la moitié de Legendary Security pour qui ces gars travaillent.

Bristol ne sut pas quoi répondre. Elle n'avait jamais envisagé que tant de personnes viendraient à son aide. Elle était un peu confuse et se demandait quel en serait le prix. Un prix qu'elle ne serait pas en mesure de payer si tout ça lui sautait à la figure. Mais ils connaissaient tous les enjeux et venaient prêter main-forte quand même. Stupéfiant.

— Merci beaucoup d'être venue, dit-elle en suivant l'hélico qui disparaissait au loin. C'est le vôtre ou celui d'un ami ?

— Un ami. J'ai pris l'avion jusqu'à San Diego, et il m'a amenée. C'est loin pour venir toute seule du Texas, souligna Ice en souriant. En plus, mes bébés sont à la maison avec des mises à jour.

Harrison et Rhodes la pressèrent de questions.

— Quelles mises à jour ? Qu'est-ce que tu ajoutes, Ice ?

— Une baie de stockage et quelques télécommandes portables de plus, avec quelques avantages, énuméra-t-elle tout sourire.

— Avantages ? répéta Bristol. De quelle sorte ?

— Une simple petite artillerie supplémentaire, indiqua-t-elle complaisamment.

Le visage des gars s'éclaira.

— On a tous envie de t'entendre, lâcha Devlin en riant, mais on a aussi désespérément besoin d'un petit-déjeuner et de café.

Bristol sourit à ce rappel.

— Suivez-moi, déclara-t-elle.

Elle les ramena à l'intérieur tandis que les autres discutaient derrière elle.

Devlin marchait à ses côtés.

— J'espère que ça ne vous dérange pas, dit-il à voix basse.

— Même si j'apprécie énormément, tempéra Bristol en lui jetant un regard acéré, je ne suis pas sûre qu'elle soit capable de tenir toute la journée sans dormir si elle a voyagé toute la nuit.

— Montrez-lui sa chambre, lui suggéra Rhodes qui les avait entendus. Cette femme peut faire des micro-siestes comme personne. Si elle en a besoin, elle en fera une.

— Vraiment ? Elle tiendrait le jour et la nuit ?

— Ça a souvent été le cas et le sera encore, confirma-t-il. C'est la compagne de Levi, ajouta-t-il d'une voix bien plus basse.

Bristol devait admettre qu'elle n'en savait que peu sur Levi et ce que lui avait raconté Devlin à propos de Legendary Security.

Elle les mena à la salle à manger, en s'arrêtant rapidement à la cuisine. Sa gouvernante était occupée à préparer le petit-déjeuner.

— Il y en a une de plus, lui annonça-t-elle.

— J'ai entendu l'hélicoptère, opina Carmelita en souriant. Alors, j'en ai préparé plus.

— Une bonne chose, dit Bristol avec le sourire. Je ne l'ai appris qu'à son arrivée.

— Ils font une bonne action pour vous. Vous avez besoin d'aide, déclara Carmelita en reprenant le pancake qu'elle s'occupait de retourner.

Bristol était capable de gérer des codes, des machines et n'importe quelle quantité de petites parties et pièces finies. Mais la création de plats dans la cuisine était un échec complet. Et ces pancakes avaient l'air divins. Elle entendait déjà son estomac gronder.

— Ils ont l'air super.

— Tu adores mes pancakes, c'est vrai.

Bristol quitta la cuisine et retourna à ses invités, heureuse de les voir déjà dans la salle à manger, avec la cafetière en marche sur le buffet. Alors qu'elle se dirigeait vers celle-ci en espérant qu'il en restait assez pour une tasse, Devlin se plaça devant elle et lui tendit une tasse.

— Je craignais qu'il n'y en ait plus, dit-elle en souriant.

— Mais si, répliqua-t-il joyeusement. Il y a un deuxième service.

Elle opina du chef vers lui, ravie d'avoir des convives qui non seulement connaissaient les limites, mais qui savaient également quand c'était le moment de les dépasser, comme lancer une deuxième tournée de café. Ils étaient si sacrément autonomes qu'elle était stupéfaite de voir ce qu'ils étaient capables d'accomplir. Pour la première fois depuis un long moment, son cœur connaissait l'espoir. Peut-être qu'avec leur aide, elle réussirait.

— Ice, après le petit-déjeuner, je vous montrerai votre chambre, déclara-t-elle, suivant le conseil de Rhodes.

Comme ça, si vous avez besoin de vous reposer à n'importe quel moment, ne vous gênez pas.

Ice hocha sa tête majestueuse.

— Merci. Ça serait magnifique, acquiesça-t-elle en parcourant la salle du regard. Peut-être qu'avec un peu de chance on pourra tous aller se baigner aussi aujourd'hui.

— Quelle bonne idée ! approuva Bristol. On a tous besoin d'une pause pendant le travail.

— Il faut dire que Ice veut que Levi installe une piscine à la base, annonça Harrison, rieur.

— Vraiment ? s'étonna Rhodes en se tournant vers Ice. Ça serait formidable.

— N'est-ce pas ? renchérit celle-ci en riant. Mais Levi n'est pas encore tout à fait convaincu.

— Ah ! Tous les SEAL adorent l'eau. Il changera d'avis. Je suis sûr que c'est plus une question de budget que d'autre chose.

— En effet, mais il y a une bonne raison, tempéra Ice. On a acheté le terrain près de chez nous.

Après un moment de silence, Rhodes et Harrison levèrent un poing serré en disant en chœur « Yes ».

— C'est incroyable. Super travail, Ice.

— Ce n'est pas simplement moi, minimisa-t-elle, tête penchée sur le côté et tout sourire.

— Ça n'a pas été facile de l'acquérir.

— Et qui pourrait bien penser qu'on en aurait besoin ? demanda Ice. On a déjà une énorme propriété.

— Ouais, mais je parie que l'hélisurface fera partie du nouveau terrain.

— Et on prévoit un troisième hélico, ajouta-t-elle avec un rictus.

Les hommes la dévisagèrent simplement avec de grands

sourires.

— Alors, il y aura peut-être de la place pour une piscine ?

— Je ne le crois pas, contra Devlin, mais je pense qu'en réalité, je suis jaloux.

— On a une chambre et de la place pour toi quand tu veux emménager, argua Ice en se tournant vers lui pour le considérer.

Bristol avait observé cet échange. La dynamique entre ces trois personnes qui travaillaient évidemment ensemble révélait une affection et une confiance profondes qu'elle avait rarement vues.

Elle se rendit compte que Devlin, Easton, Ryder et Corey étaient encore dans l'armée. Les trois autres plus maintenant, mais bossaient pour l'entreprise de Levi.

— Ça doit être un grand soulagement, quand on a terminé son service militaire, de savoir qu'on peut aller chez Legendary Security, dit-elle.

— J'allais justement demander à Ice s'ils avaient besoin de plus de monde, intervint Easton.

Ice posa le regard sur lui et sourit.

— Quand j'ai dit qu'il y avait de la place pour Devlin, je ne parlais pas que de lui. Ça t'incluait avec les autres. Je ne peux pas imaginer refuser un jour un SEAL, même si un ou deux ne feraient pas vraiment l'affaire, admit-elle.

Elle se tourna pour donner une explication à Bristol.

— On est un groupe soudé, et il faut quelqu'un de spécial pour s'y intégrer. Le truc à propos des SEAL, c'est qu'ils sont de gros durs motivés. Beaucoup d'alpha parmi eux. Mais ils ont l'habitude de suivre les ordres. Et ça compense pas mal.

Rhodes était déjà assis à la table, avachi sur sa chaise.

— On est de gros durs, confirma-t-il. Mais comme plusieurs d'entre nous ont trouvé une compagne récemment, on s'est calmés.

— Compagnes ? répéta Devlin. Aux dernières nouvelles, c'était simplement Levi et Ice.

— Alors, tu es carrément hors circuit, ricana Harrison. En plus de « Héros à louer », il y a « Héros du cœur » et « Héros du paradis ». Cette fichue base est en train de devenir un site de rencontres.

— Quoi ? Je trouvais que le groupe des Bons de Mason avec Tesla était terrible.

Tesla entra, se frottant les yeux pleins de sommeil. Elle s'arrêta pour observer la troupe tout en souriant.

— Qu'est-ce que vous disiez sur Mason ?

Ice gloussa. En voyant la confusion de Bristol, elle expliqua.

— Tesla et Mason ont lancé le mouvement. L'unité de Mason – et rapidement tous ceux qui par extension sont allés en mission avec lui – a trouvé de nouvelles relations. Et elles durent toutes et se portent bien, merci beaucoup, poursuivit-elle.

— Depuis lors, le groupe de Mason a été surnommé « les Bons », ajouta Devlin. N'importe quel homme qui sort avec l'unité de Mason trouve inévitablement l'amour juste là. Un à la fois, ils tombent tous.

— Tu piges ? la questionna Tesla en souriant. Parce que tous ces hommes sont des *bons*. Donc le nom est resté, continua-t-elle en pivotant vers Ice. Mais « Héros à louer », c'est parfait.

— J'ai bien peur de l'avoir lancé, opina Ice. Levi n'était pas impressionné. Mais avec d'autres femmes en plus, chacun a proposé sa propre version. La compagnie s'appelle Legendary Security, mais je crains que les Héros à louer, du cœur et du paradis ne soient restés.

— J'adore, approuva Bristol avant de considérer Easton, Ryder, Corey, et enfin Devlin. Alors, lequel d'entre vous sera le prochain à tomber ? Je vous ai tous vus travailler avec Mason en Afghanistan.

Les autres se mirent à rire.

— Il y en aura un, puis un autre, c'est sûr, déclara Ice. La chaîne n'a pas encore été interrompue.

— Eh bien, tempéra Easton, le regard noir, si elle se dirige vers moi, je la torpillerai.

Il secoua la tête et s'assit à table, le nez en l'air.

— Ça sent le petit-déjeuner.

— Il est probablement prêt, acquiesça Bristol. On peut s'asseoir, mais ça ne changera pas le sujet, Easton.

— Ça sera Devlin, éluda-t-il en lançant un regard entendu à Bristol.

Instantanément, elle sentit une chaleur lui remonter dans le cou. Elle aimait bien Devlin, mais seulement ça, ça ne signifiait pas, loin de là, avoir une relation avec lui.

— Même si c'est Devlin, vous êtes encore sur la sellette.

— Fichtre non, contra-t-il joyeusement. Il faut d'abord que quelqu'un m'attrape.

Carmelita arriva à ce moment-là, poussant une grande desserte. Ceux qui étaient encore debout allèrent s'asseoir. Devlin aida Carmelita à déposer les plats de nourriture. Ceux-ci regorgeaient d'œufs brouillés dorés et onctueux et de saucisses, de toasts beurrés chauds et d'un grand tas de pancakes. Bristol était ravie. Elle secoua la tête et se demanda comment elle avait eu la chance d'avoir Carmelita.

— Mangez. Ce n'est pas ce qui manque.

★

DEVLIN PIQUA IMMÉDIATEMENT trois pancakes et les posa sur son assiette. Devant lui se trouvait une tonne de nourriture. Il ne ressentait absolument pas le besoin de se retenir. Ce serait potentiellement une longue journée chargée de travail, et il faudrait de l'énergie. Il manquait aussi de sommeil. Il avait eu du mal à s'endormir en sachant que Bristol était dans le très grand lit de sa chambre toute seule.

Elle était si petite qu'elle devait avoir l'air d'une naine dans ce lit. Et sa chambre à lui était incroyablement confortable. Pas luxueuse, mais pas loin. Élégante et raffinée. Et en découvrant que Ice avait passé la nuit en avion pour venir les aider, eh bien, c'était plutôt difficile de ne pas être ravi.

Si jamais Bristol avait besoin de renouveler sa foi en l'humanité, ça devrait le faire.

Le fait que les gars aient trouvé et arrêté le hacker était énorme. S'ils parvenaient à bloquer la fuite de l'information et que les autres reconstruisaient les drones, elle ne devrait pas s'inquiéter. Ils espéraient réussir.

Ce fichu contrat stupide. Il voulait qu'elle consulte un avocat à ce sujet. Le problème toutefois, c'était qu'elle avait signé. Des contrats comme ça vous tuaient.

Elle ne l'aurait peut-être pas eu si elle avait tenté de le réécrire. Et il comprenait tout à fait qu'elle ait tenté sa chance. Elle se ferait connaître grâce à lui.

— Je commencerai là où j'ai arrêté hier soir ? demanda-t-il.

Il s'assit à côté d'elle de nouveau et, en voyant le peu de nourriture qu'elle avait dans son assiette, il fronça les sourcils. Il attrapa un autre tas de pancakes qu'il déposa dans l'assiette de Bristol.

— Vous devez manger.

— Il y a longtemps que je me nourris, merci bien, le

gronda-t-elle en se tournant pour lui jeter un regard noir.

— Et vous êtes blême et fatiguée.

Il retourna à son assiette, saisit le sirop d'érable, constata que c'était du vrai et en versa généreusement sur ses pancakes. Puis il se mit à manger.

Il sentait qu'elle bouillonnait à côté de lui. Il lui jeta un œil.

— Faites-vous-y.

— Me faire à quoi ? répondit-elle à voix basse.

— À ce qu'on s'occupe de vous pour changer, répondit-il en scrutant autour de la table. Où est votre père ? A-t-il bien dormi ?

— Il doit encore dormir. Je déteste le déranger le matin.

Il hocha la tête. C'était normal. Et puis avec l'arrivée de Ice, la routine matinale de Bristol avait été bousculée.

— Peut-être que quand le petit-déjeuner sera fini, vous pourrez vous échapper et passer quelques minutes avec lui.

— C'était mon intention, acquiesça-t-elle à voix basse. Je lui porterai son petit-déjeuner et verrai comment il va.

— Je peux emmener tout le monde en bas, si nécessaire.

— Vous êtes vraiment gentil, Devlin, dit-elle en le regardant et en souriant.

— Je n'ai rien de gentil, grimaça-t-il.

Il surprit le rictus de Rhodes, lui jeta un regard noir et vit que le sourire se répandait dans la salle. Mais personne ne prononça un mot, et, comme tout le monde était silencieux, il reprit son repas. Il finit rapidement son assiette et la repoussa.

— Votre gouvernante est merveilleuse. C'était formidable. Merci, déclara-t-il en attrapant sa tasse de café.

Il se leva pour se resservir et retourna s'asseoir. Voyant que celle de Bristol était vide, il la remplit aussi.

Tandis qu'il se réinstallait, Bristol s'adressa à tout le monde.

— Je dois passer du temps avec mon père en début de journée. Devlin vous emmènera au sous-sol d'ici dix minutes. Peut-être pourrais-tu expliquer à Ice ce qu'on a fait, poursuivit-elle en considérant Tesla.

— Bien sûr, accepta celle-ci gaiement. Je suis sûre qu'elle va adorer les nouveaux drones.

— Franchement, tempéra Ice, je n'en ai pas beaucoup entendu parler.

— Camouflage, pare-balles et, même dévié par une arme, il peut toujours se réaligner.

— On y va, lâcha Ice en abandonnant immédiatement sa fourchette et son couteau avant de se lever.

— Ah ! s'exclama Tesla en repoussant son assiette avant de saisir une autre tasse de café. Tout le monde est prêt ?

Tout le monde se mit debout, se resservit du café et, Devlin en tête, quitta la salle tandis que Bristol regardait.

CHAPITRE 12

BRISTOL VIT LES portes de l'ascenseur se refermer devant elle. Elle ouvrit un panneau à côté de l'ascenseur et coupa la sécurité du sous-sol.

— Ce sont de bonnes personnes, déclara Carmelita qui l'avait rejointe.

— Les meilleures, répondit Bristol qui se tourna et la serra dans ses bras.

— Le petit-déjeuner de votre père est prêt, annonça Carmelita en lui tapotant l'épaule.

Bristol se rendit à la cuisine pour se charger du plateau déjà prêt et alla voir son père. Elle frappa à la porte et entendit un murmure confus à l'intérieur. Elle poussa la porte et entra. Il était assis dans le lit, un livre à la main, et observait le monde à travers le filtre flou dans lequel il vivait à présent.

— Bonjour, père. J'apporte le petit-déjeuner.

— Bien, fit-il en la regardant. J'ai plutôt faim aujourd'hui.

Soulagée qu'il soit cohérent, elle déposa le petit plateau sur ses genoux et s'assit sur le lit.

— Je n'ai besoin de rien d'autre, dit-il en la renvoyant. Vous pouvez y aller.

Elle se mit debout en soupirant lourdement, voyant que ce jour était un jour normal. Il ne la reconnaissait pas comme étant sa fille. Mais elle persista.

— Je suis ta fille, père. Je suis venue te rendre visite.

— Je n'ai pas de fille, rétorqua-t-il en secouant la tête.

Bon. Un de ces jours-là. Les bons jours où il se rappelait sa vie n'existaient pas. De temps en temps, il y avait des lueurs de conscience, pas de son identité à elle, mais au moins de la sienne. C'étaient de petites lumières dorées qui lui rendaient, à elle, le reste tellement plus facile.

Elle se leva, se tourna vers lui et l'embrassa gentiment.

Il était cependant irritable et la repoussa de nouveau. Il désigna la porte d'une main.

— Sortez.

Elle pivota avec tristesse et sortit. Alors qu'elle fermait la porte, elle retint son souffle et s'efforça de refouler ses larmes. C'était tellement dur de le voir dans cet état.

Mais ce jour-là, elle devait se concentrer et se mettre au travail. Elle redressa le dos, s'essuya les larmes au coin des yeux et descendit. Tout le monde était venu l'aider. La moindre des choses, c'était de se montrer et d'être la responsable.

À l'ouverture des portes de l'ascenseur, elle pénétra dans son labo et remarqua que tout le monde avait repris son poste, et que Tesla et Ice étaient penchées sur l'ordi qui programmait les télécommandes situées devant elle la veille au soir.

Elle n'avait jamais envisagé que quelqu'un ici pourrait en réalité répandre des secrets. Et elle n'avait jamais demandé ou fait signer à qui que ce soit un accord de confidentialité. Elle devrait probablement y songer. Elle n'était certainement pas avocate ni ne s'inquiétait de trucs que son équipe d'avocats aurait aimé qu'elle s'inquiète. Mais elle n'avait eu aucun moment de libre. Quand des gens capables souhaitaient l'aider et étaient prêts, elle ne voulait pas les insulter en leur demandant de signer un tel papier.

En plus, elle s'imaginait que dans leur activité, ils faisaient ce genre de trucs tout le temps. Le secret entraînait le secret. Et ces hommes et ces femmes vivaient avec. Bristol était sacrément heureuse de leur présence.

Ice était non seulement censée être une opératrice de drones exceptionnellement douée, mais elle était aussi intuitive et comprenait facilement les mécanismes internes. Elle était un atout considérable en ce moment même. Naturellement, selon les conditions de test de Bristol, celle-ci ne verrait pas Ice se relâcher totalement et être créative avec elles, tout comme il n'y aurait pas de temps pour s'amuser, seulement pour travailler – mais pas assez d'heures pour rendre justice à ce travail non plus. Elles enlevèrent très rapidement les drones que Bristol avait rapportés d'Afghanistan du support, insérèrent de nouvelles puces dans chacun d'eux ; puis les trois femmes apportèrent chacune un drone dehors. Bristol fit s'envoler le sien. Il s'en sortit bien.

— Fais-le manœuvrer, dit-elle en le tendant à Ice. Tu n'as pas idée de tout ce dont il est capable, donc c'est vraiment un très bon test du point de vue d'un nouvel utilisateur. Je veux regarder et voir ce qui se passe. J'ai des outils ici qui me donneront un meilleur aperçu des commandes tandis que je traverse le champ avec lui.

Elle leva un des appareils de test spéciaux qu'elle avait créés et regarda tandis que Ice se mit au travail avec le drone. Non seulement elle était prudente, mais elle était également douée. Le drone s'éleva et vola au-dessus de leur tête en une magnifique ligne droite.

Bristol enclencha le traceur qui mesurerait le vol de l'appareil et le ferait correspondre aux commandes. Il fallait qu'ils soient exacts pour la précision.

Elle passa le reste de l'après-midi à s'affairer, à ajuster et à se frustrer de plus en plus. Finalement, à la fin de la journée, ses optimisations étaient sacrément près d'aboutir. Ice était partie s'allonger.

Bristol fit voler le drone dans le ciel, ôta la télécommande, la recalibra et fit exécuter une série de manœuvres à l'appareil. Elle ne s'exercerait jamais assez. Chaque fois, le calibrage devait revenir parfaitement. La seule façon d'y parvenir, c'était de faire voler le drone, de mesurer grâce au testeur absolument tous les mouvements qu'il effectuait puis de comparer les relevés au code et aux résultats. Puis elle ajustait de nouveau et renvoyait le drone dans les airs encore une fois. Finalement, elle fut satisfaite d'être allée aussi loin vu les contraintes actuelles de temps. Son calepin ouvert, elle écrivit plusieurs notes, bloqua le code, saisit la télécommande et se dirigea derrière sa propriété.

Elle n'avait même pas envisagé de demander à quelqu'un de venir l'aider. Tout le monde était occupé à l'intérieur. Tesla aussi se reposait, n'ayant pas beaucoup dormi la veille. En outre, c'était une étape de test totalement différente. Les résultats devaient être exacts ; il valait donc mieux qu'elle s'en charge elle-même.

L'entraînement était important pour elle. Les drones étaient l'arme ultime, et, pour cela, ils devaient avoir une précision incomparable. À ce stade, elle avait finalement bloqué le code et, si son porte-bonheur fonctionnait, elle arriverait à trouver les bogues dans cette partie du programme. Elle s'y enfonça, faisant passer les tests au drone : tir unique, tir en rafale, manœuvres d'évasion, et puis, alors que le drone volait haut, elle sortit un revolver de la boîte qu'elle avait apportée. Elle visa et tira. Le drone fut atteint, rebondit sur le côté et tira immédiatement sur sa cible – et la toucha. Elle le remit en marche, ouvrit de nouveau le feu et observa ses mouvements.

Elle regarda le traceur télécharger toutes les données. Toutes les cibles avaient été atteintes en plein centre. Jusque-là, tout allait bien. Il lui fallait quelque chose de beaucoup plus grand et plus lourd. Elle avait un fusil d'assaut. Comme elle n'avait pas de lance-roquettes, elle attendrait les tests militaires pour confirmer ces résultats.

Elle passa en revue toutes les armes dont elle disposait. Elle les avait vidées toutes les trois, alors que le drone était toujours en vol – un peu usé, mais tenant le coup. Elle ouvrit le coffre du fusil, y enferma les armes, puis se retourna et prit son ordi et son testeur. Elle devait télécharger les données. C'était la partie critique.

Pour elle, la performance avait été de 90 pour cent, et il y avait donc matière à amélioration. Mais elle avait parcouru beaucoup de chemin, et ça lui permit de se sentir beaucoup mieux. Tandis qu'elle se retournait pour se diriger vers le labo, elle vit qu'elle n'était pas seule. Elle s'arrêta et remarqua que tout le monde la considérait, sauf Carmelita et son père. Elle leva un sourcil.

— Vous pensiez qu'on serait passé outre les coups de feu ? demanda Corey, souriant.

— C'était une super-performance, déclara Devlin. J'ignorais que vous saviez tirer.

— Une compétence de base dans mon travail, dit-elle calmement.

Elle marcha vers eux et vit qu'ils reculaient tous. Elle se retourna et regarda derrière elle.

— Il y a un problème ?

Ice pointa au-dessus d'elle.

Elle leva les yeux et vit le drone qui flottait toujours au-dessus de sa tête. Elle observa le visage de Ice.

— Ouais, c'est un de leurs trucs. Il est bloqué sur ma position et me suivra, expliqua-t-elle en lui tendant la télécommande. Prends le contrôle.

Ice accepta.

— Il est toujours militarisé ? l'interrogea-t-elle, renfrognée.

— Il n'a plus de munitions, si c'est ta question, répliqua Bristol en riant.

Ice se mit à jouer avec les commandes.

— Je ne peux rien lui faire faire. Pourquoi ?

— J'ai ajouté un antivol. Le drone est bloqué sur moi. Même s'il n'est pas en bon état en ce moment et a besoin de réparations, il reste au-dessus de moi jusqu'à ce que je lui dise d'arrêter.

— Et comment le lui dites-vous ? demanda Devlin en désignant l'appareil qui flottait. J'ai vu ça en Afghanistan. C'était une démonstration assez cool.

Bristol sortit son téléphone. On entendit une série de bips sonores, et le drone descendit pour atterrir tout à côté d'elle.

— En ce moment, j'y ai accès sur mon portable. En réalité, je peux interagir avec presque n'importe quel appareil informatisé. Tant que je peux accéder aux codes, je suis en mesure de bloquer le drone et le faire suivre. Elle cliqua sur une série de boutons différents, et le drone s'envola d'un coup. Elle recula et il suivit.

— Attrapez, lança-t-elle à Devlin.

Il tendit les mains, et elle lui jeta le portable. Immédiatement, le drone se dirigea vers lui et flotta au-dessus de sa tête.

— Waouh, super contrôle !

— Vous le pensez ? demanda-t-elle en souriant.

Elle leva sa tablette, appuya sur un bouton, et le drone retourna vers elle.

— Et si vous perdez votre portable, vous pouvez utiliser un autre appareil, le coder et contrôler le positionnement de départ du drone. J'appelle ça *l'accueil*. Peu importe où il va et avec qui, le bouton « Maison » le ramènera.

— C'est fascinant, souffla Ice. J'ai toujours adoré les drones. Bien sûr, c'est parce qu'ils volent, alors, pour moi, ça fait partie de ce que j'aime vraiment, argumenta-t-elle en souriant. Mais ceux-là sont grands et massifs.

— En effet, acquiesça Bristol. Dans la première livraison, c'est pour la taille. Le prototype qui suit est déjà à un dixième de la taille. L'idée, c'est de fabriquer un prototype à un dixième encore une fois. Le problème, c'est de le concevoir assez petit pour se camoufler, mais assez grand pour porter des armes.

— Avez-vous un prototype de la plus petite taille ? la questionna Devlin. Et est-ce qu'il n'y a qu'une sorte d'arme pour ça ?

— C'est une autre raison qui explique la livraison initiale de modèles plus grands, rétorqua Bristol. L'armée veut réaliser des tests pour différents types d'armes. La taille sera déterminée une fois qu'on saura le poids à transporter. Le poids draine le courant. Plus de courant signifie plus de bruit et donc une détection plus facile, ajouta-t-elle en souriant. Je ne suis pas en train de réinventer la roue. Les drones, c'est une grosse affaire. Ce que je produis, ce sont de très petits appareils individualisés. Il y a un autre aspect pour l'un des modèles à venir. Ce seront des drones pliables, presque d'une taille permettant de les ranger et transporter dans un bagage à main.

Bien des sourcils se levèrent.

— Des applications pour quel genre de trucs ? demanda Tesla.

— La guerre, répondit Bristol avec un sourire en coin. Même si je préférerais largement utiliser ça pour scanner. Je peux insérer des capteurs de chaleur, des détecteurs de métal et… ajouta-t-elle en désignant Tesla, pourquoi pas un logiciel d'enquêtes de terrain ? Je veux dire que les usages possibles sont infinis. Construire de grands VAT ne m'intéresse pas. Les Hellfires sur le terrain font un boulot formidable qui consiste à lâcher vers le haut des bombes de cinquante kilos de charge utile. Moi, mon style, c'est plutôt plus petit, élégant et caché.

Elle prit sa tablette et changea les programmes. Puis elle tendit un bras, et le drone au-dessus d'elle s'éleva un peu plus. Ensuite, avec les deux bras, elle demanda à l'appareil d'atterrir. Ce qu'il fit lentement. Elle le regarda descendre et, en le voyant osciller, comprit la nature des dégâts.

Ignorant totalement les autres, elle vérifia le tissu du drone.

— Ce raccord est encore faible. Je dois le réparer.

— Vraiment ? Vous avez tenté de l'abattre une demi-douzaine de fois. À quoi est-ce que vous vous attendiez ? la questionna Easton, sceptique.

— Je ne m'attendais pas à affaiblir un raccord, répliqua-t-elle en lui jetant un regard. Ils étaient déjà fragiles, donc je les renforce pour que ça n'empire pas. Dans ce cas-ci, ça n'a pas suffi.

Elle sortit sa tablette et entra des notes pendant que tous la considéraient.

— C'est vraiment génial, Bristol ! s'exclama Tesla.

J'ignorais totalement que tu travaillais là-dessus.

— J'y travaille beaucoup, soupira Bristol. Il y a tant de trucs cool que ces bébés peuvent faire. Mais je suis bloquée par ce stupide contrat.

— Pourquoi en veulent-ils autant ? Je ne comprends pas, s'offusqua Devlin. D'habitude, un contrat est fait pour en développer un. Et s'ils aiment le produit, alors ils en commandent d'autres.

— C'est vrai. Mais ceux-ci sont spéciaux. J'ai déjà livré un prototype de base et je leur ai montré une version améliorée que j'avais avec moi à ce moment-là. C'est celui-là dont ils ont passé une commande de cinquante unités. Mais ce qu'ils souhaitaient, c'était le drone plus général, au niveau de la taille. Ils ne connaissent même pas ces autres prototypes. Mon but, c'est de leur donner les cinquante qu'ils ont demandés comme partie du contrat. Pendant que j'étais là, j'espérais leur montrer certaines des nouvelles créations et obtenir un meilleur contrat pour le suivant.

— Ce que vous devriez faire, intervint Ice d'une voix calme, c'est avoir un prototype avancé et voir si ça intéresse l'armée directement.

— Alors, votre contrat n'est pas avec l'armée ? demanda Easton.

— Non, c'est avec ENFAQ, sur la recommandation de Brent. Donc il n'a aucun intérêt à saboter mon travail.

— À moins qu'on le paie pour faire échouer ton contrat en quelque sorte, tempéra Tesla. Je l'en crois capable.

— Ça a beaucoup de sens, acquiesça Ice en observant Tesla.

— Tu connais Brent ?

— Non, fit celle-ci en secouant la tête, mais j'ai géré des contrats militaires. La plupart ne sont pas très plaisants. Et si

Brent est un enfoiré, eh bien…

— Tu étais si excitée par ce contrat au début, rappela-t-elle en se retournant vers Bristol. Tu as vite déchanté. Mais tu ne m'avais pas parlé de différends personnels entre Brent et toi ?

— Il voulait que je lui donne personnellement plus que ce que je n'étais disposée à donner, confirma-t-elle. À l'origine, notre accord verbal était simplement de cinq unités. Puis quand il a montré le contrat, il était passé à cinquante. Il m'a dit qu'il me faciliterait la vie si je lui facilitais la sienne, relata-t-elle en haussant les épaules. Je n'ai pas demandé de détails, simplement répondu « non merci ». Mais le contrat était rédigé. Soit je signais, soit je ne signais pas. À moi de voir. Il y avait plus d'argent en jeu, et j'avais espéré que ça mènerait à de grandes choses.

— Je vais en parler à une ou deux personnes, indiqua Ice. Je crains que vous ne soyez bloquée avec ce contrat, et on s'efforcera de vous aider à le respecter. Cependant, si l'armée découvrait ce que vous faites ici… insista-t-elle en secouant la tête.

— Dommage que Brent ait eu l'intention de vous avoir.

— Presque littéralement, renchérit Bristol en riant. Il n'a pas bien pris mon rejet.

— Tant pis pour lui, lâcha fortement Tesla. Pourquoi est-ce qu'une femme devrait coucher avec un mec pour obtenir un contrat ?

— Je suis d'accord, renchérit Ice. Mais on ne change pas la manière dont tourne le monde en une nuit, souligna-t-elle en souriant aux deux femmes. On doit simplement être meilleures.

Puis, après avoir jeté un regard goguenard aux hommes, elle tourna les talons et rentra.

— Je crois que c'était une *pique* envers nous, les gars, gémit Harrison.

— Tu parles, souffla Rhodes. On ne passe pas après qui que ce soit. Mais je suis d'accord avec Ice. Les femmes ne le devraient pas non plus. Je peux le porter pour vous ? proposa-t-il en indiquant le drone.

— Oui, s'il vous plaît, accepta Bristol en souriant. Merci de votre aide. Ça devient lourd à la fin de la journée. Je ne veux plus le faire voler jusqu'à ce que j'aie arrangé cette aile.

— C'est aussi un tissu très spécial. L'armée s'y intéressera.

— Comme vous le voyez, il est pare-balles, ajouta Bristol, tout sourire. Il est aussi super léger. Mais si je parvenais à l'alléger encore plus, ça serait mieux.

— Pas aujourd'hui, tempéra Devlin à côté d'elle. Vous devez montrer vos nouveaux drones à l'armée. Comme ça, elle négociera directement avec vous. En attendant, on doit s'assurer que personne d'autre n'est au courant de ce que vous fabriquez parce que ça attirera beaucoup d'attention, surtout de la mauvaise sorte.

Bristol jeta un dernier coup d'œil autour d'elle tout en opinant et rentra chez elle. Arrivée à la porte arrière, elle se retourna.

— Les gars, ça vous dérangerait d'emporter ces armes ? Je les ai enfermées dans le boîtier près du tir sur cible. Mais je ne veux vraiment pas qu'elles disparaissent, continua-t-elle en sortant une clé de sa poche qu'elle montra. J'ai une salle d'armes près du labo.

— Je vais les chercher, fit Ryder en s'emparant de la clé. Rien de mieux pour moi qu'un petit moment passé avec des armes.

— Ces types sont merveilleux, gloussa-t-elle tout en le

regardant s'éloigner.

— C'est bien vrai, acquiesça Devlin en lui passant un bras autour des épaules alors qu'ils entraient dans la cuisine. Vous vous êtes bâti une super maison.

— Remerciez mon père, dit-elle en riant.

Au moment où elle passait devant la salle à manger, une alarme retentit dans la demeure. Elle se figea, lâcha tout son matériel et se précipita dans les escaliers. Elle entendit la voix de Devlin derrière elle.

— Putain, qu'est-ce que c'est ? cria-t-il.

— Le labo chimique, hurla-t-elle. Mon père.

Elle franchit en courant la double porte et descendit à la hâte les marches. Elle entendit des pas derrière elle. Elle appuya sur le bouton de la porte à pleine vitesse et traversa en trombe le petit couloir. Elle s'arrêta et observa fixement. Le labo de son père était fermé à double tour comme d'habitude. Elle s'approcha prudemment. Aucun des capteurs extérieurs ne révélait de fuite. Mais le système de sécurité avait noté que quelqu'un était entré.

Elle regarda par la vitre de la porte, mais ne vit rien. Il n'y avait personne à l'intérieur. Elle se tourna, les sourcils froncés. Les autres s'agitaient pour la plupart autour d'elles.

— L'alarme s'est déclenchée, donc quelqu'un s'est introduit par cet étage, expliqua-t-elle en indiquant la salle de chimie. Je m'inquiète pour cette pièce, mais elle est encore sécurisée. Je ne vois personne dedans.

— Il pourrait être déjà parti ?

— Je ne sais pas, concéda-t-elle en haussant les épaules. Carmelita ? répondit-elle quand son portable sonna.

— Votre père a disparu.

— D'accord, gémit-elle. Je vais le chercher. Mon père a disparu, répéta-t-elle aux autres. C'est son labo. Pouvez-vous

vous déployer et voir si vous le trouvez ?

Ils passèrent tous en mode furtif et disparurent. De sa vie, elle n'avait jamais vu autant d'hommes se déplacer si silencieusement.

Elle entra son code de sécurité et pénétra dans le labo de son père.

— Père, vous êtes là ?

Silence. S'il ne l'avait pas reconnue ce matin, ce ne serait probablement pas le cas à cet instant. Mais elle pouvait toujours espérer. Elle alla droit au bureau de son paternel, ouvrit la porte et entra, Devlin sur ses talons.

Quelqu'un se rua près d'elle et la poussa hors de son chemin. Elle aperçut à peine l'homme en noir qui se cogna à un mur de briques nommé Devlin.

L'individu se retrouva instantanément au sol, avec Devlin dessus.

Elle s'appuya à la cloison, la main sur la poitrine. Dieu merci, ce n'était pas son père.

Elle regarda partout puis baissa les yeux sur le type qui tentait de respirer, coincé par le genou de Devlin.

— Déterminez si ce type a fait quelque chose à mon père.

— Regardez dans le bureau, lui indiqua Devlin en opinant du chef. Il y est peut-être.

— Non, il n'y est pas, dit-elle après avoir vérifié et rien trouvé. Aucune trace de lui ? demanda-t-elle à Carmelita qu'elle avait rappelée.

— Non, répondit la gouvernante éplorée avant de se mettre à s'excuser. Je nettoyais les chambres. Je n'ai jamais songé à aller le voir. Il y a tellement de monde que je n'ai pas pensé qu'il pourrait partir sans que personne ne le remarque.

— Quand l'avez-vous vu pour la dernière fois ? la questionna Bristol en se frottant la tempe.

Son père avait déjà disparu, mais pas longtemps. Normalement, il n'allait jamais plus loin que la porte d'entrée. S'il la passait, il n'était pas en mesure de sortir de la propriété. C'était une des choses sur lesquelles elle comptait.

Les gars se réunirent autour de l'intrus.

— Il est toujours introuvable. Pourriez-vous sortir et vérifier le terrain ?

Ils disparurent de nouveau.

— Sortons celui-là, déclara Devlin en attachant des menottes aux poignets dans le dos de l'individu avant de le remettre sur pied. Vous le reconnaissez ?

Elle observa le visage de l'homme puis secoua la tête. Il avait plus l'air d'un cogneur que d'un intrus.

— Pourquoi êtes-vous ici ? le questionna-t-elle en s'approchant.

Il lui lança un regard de côté, mais ne répondit pas.

Elle se sentit idiote. Ces gars-là ne parlaient jamais.

— Vous pourriez peut-être prendre ses empreintes, et on trouvera qui c'est. Après, on pourra appeler l'armée et voir si elle souhaite lui parler.

— L'armée ? demanda l'homme. Pourquoi est-ce que vous me confieriez à elle ?

— Parce qu'en définitive, je travaille sur des armes de défense, dit-elle doucement, et que votre entrée par effraction signifie que vous voulez prendre mon matériel ou saboter mon travail. Auquel cas, l'armée pourrait bien s'intéresser de près à vous.

— Oh non, pas question ! se récria le type. Hors de question que je sois mêlé à ça. On m'a simplement envoyé ici pour déterminer vos progrès puis sortir fissa. J'ai vu la démonstration du drone dehors. Pendant que vous étiez tous à l'extérieur, je suis entré. Mais pas question que vous me mettiez entre les mains de l'armée.

— Si vous avez vu la démonstration, reprit-elle en l'observant avec soin, pour qui pensez-vous que je travaille ?

— J'ai entendu dire que vous avez volé l'information, relata-t-il en observant nerveusement Devlin puis Bristol. Et que vous avez un contrat que vous ne respecterez pas. On veut savoir où vous en êtes.

— Alors, vous travaillez pour Brent ?

— J'ignore complètement qui c'est.

Elle le crut. Brent n'aurait pas embauché ce gars lui-même. Il aurait fait faire le sale boulot par quelqu'un d'autre.

— Travaillez-vous pour une autre compagnie qui cons-truit des drones ? l'interrogea Devlin qui opina du chef quand l'individu pinça les lèvres. Ce sont des armes de niveau militaire. Vous paierez le prix, peu importe pour qui vous bossez.

— Je vous l'ai dit, reprit l'homme en secouant rapide-ment la tête. Je n'ai rien à faire avec l'armée.

— Je me fiche de ce que vous racontez, le coupa-t-elle. Je n'ai pas le temps pour ça. Devlin, appelez le ministère de la Défense. Il peut agir comme bon lui semble avec ce type, même jeter la clé de la prison. Si ça se trouve, on met toujours des mecs comme vous contre un mur pour les fusiller.

Elle tourna les talons et retourna à l'ascenseur avec l'intention de monter. À ce moment-là, la priorité était son père. Elle faisait confiance à Devlin pour tenir ce type à l'œil. Elle croyait ce que l'intrus disait, mais une partie d'elle-même avait compris qu'il n'avait relaté qu'une partie de son histoire. Elle ignorait totalement comment il était entré dans sa propriété, même si l'accès avait été facile. Elle avait laissé celui de derrière ouvert pendant qu'elle travaillait dans la cour. Le gars ignorait totalement à quel point il avait de la chance vu que le labo chimique était en bas. Elle ne savait absolument rien sur ce qu'il contenait. Un jour, son père en était sorti, et elle ne l'avait plus jamais revu lucide. Pour elle, c'était le fait qu'il avait manipulé ces produits chimiques qui avaient provoqué la condition mentale de son père.

Et ça craignait. Énormément. Par conséquent, cet étage était verrouillé pour cette raison. Elle devait trouver un ingénieur chimiste pour passer le labo au crible et s'assurer qu'il était sûr. Son père avait eu plusieurs accidents. Quand on l'avait enfin retrouvé, errant, totalement atteint de démence, il y avait plusieurs semaines qu'elle était partie. Elle avait vu arriver la maladie, mais de façon mineure. Elle ne s'était pas aperçu à quel point il allait mal jusqu'à ce qu'à son retour, elle le découvre, toujours vêtu de sa blouse de labo, manifestement bouleversé à cause d'un accident.

Immédiatement, elle était descendue, avait verrouillé toutes les salles, instauré des codes de sécurité au labo dangereux, et ça avait été la fin de l'incident. Elle l'avait oublié. Elle s'en débarrasserait à un moment donné parce que c'était une bombe à retardement. Mais au moins, il était condamné pour l'instant.

Elle se rua dans la chambre de son père, la trouva vide puis vérifia la salle de bain et passa à sa propre chambre. Une fois qu'elle avait contrôlé toutes les chambres d'amis et était revenue au salon, elle n'avait trouvé aucune trace de lui. Elle se dirigea vers le garage.

Une fois, son père avait tenté de partir avec sa voiture. Curieusement, il était entré dans son véhicule, avait démarré et heurté la porte du garage, mais n'avait même pas fermé sa portière. Malgré tout, il était prêt à conduire. Il était aussi en pyjama, pieds nus.

Aucun signe de lui dans le garage. Elle se rua dehors et vérifia l'avant. Elle repéra la ceinture de la robe de chambre de son père dans l'allée. C'était celle qui pendait toujours de travers. Mais tandis qu'elle se précipitait vers le portail, constatant que le système de sécurité était éteint et que le portail était légèrement entrouvert, elle comprit la vérité.

Il était parti.

Et ce n'était probablement pas par choix.

DEVLIN SORTIT SON portable et appela Mason à qui il expliqua rapidement la situation quand celui-ci répondit.

— Un intrus ? Bon Dieu, elle a déjà assez de problèmes.

— Ouais, je ne sais encore rien à son sujet. Il est ici à côté de moi. Je t'envoie une photo.

Il photographia le visage de l'homme et envoya le cliché à Mason.

— De plus, le père de Bristol a disparu. Tout le monde le cherche partout, alors je ne peux pas dire quelle est exactement la situation en ce moment, mais ça pourrait être de mauvaises nouvelles.

— D'accord. Tiens-moi au courant dès que possible. J'ai la photo. Je la passe à la reconnaissance faciale. Je ne pense pas le reconnaître, ajouta-t-il plus lentement. Je te rappelle si je trouve quelque chose.

Devlin rangea le téléphone dans sa poche, puis il emmena le prisonnier au garage – un endroit plus sûr pour continuer un peu l'interrogatoire –, le rapprocha de l'établi où Devlin saisit plusieurs tendeurs et une chaise, et enfin fit asseoir le gars loin de l'établi, sur le côté. Il lui entoura rapidement les chevilles avec un tendeur. Il n'irait nulle part.

Ensuite, il enroula un autre tendeur autour de ses poignets et de la chaise.

— Et maintenant, tu restes là, pouffa-t-il.

— Vous ne pouvez pas me garder là, grogna l'homme en se débattant.

— C'est toi qui es entré par effraction dans la propriété de Bristol et chez elle, avec l'intention de faire de l'espionnage industriel et de trouver des secrets militaires.

— Je vous ai expliqué que c'était une erreur. La compagnie craint simplement qu'elle ne remplisse pas son contrat.

— Tu veux dire que la compagnie craint qu'elle le *remplisse*, et elle veut savoir où elle en est parce qu'elle souhaite la remplacer.

Quand le gars sursauta et jeta un coup d'œil sur le côté, Devlin comprit qu'il avait tapé dans le mille.

— Donc, dès qu'on arrivera à déterminer quel est votre employeur, on saura exactement qui est derrière le sabotage dans son monde.

— Hé ! se défendit le gars, je n'ai rien saboté. Je cherche seulement des infos.

À ce moment-là, la porte du garage s'ouvrit à toute volée, et Bristol se rua vers l'intrus. Elle prit son élan et lui donna une grande gifle. Elle parla, bouleversée, la voix cassée.

— Oh non, vous n'êtes pas là pour ça, mais pour faire diversion ! Quelqu'un a enlevé mon père, relata-t-elle, les yeux larmoyants. Il connaît à peine son nom. Comment avez-vous pu lui infliger un truc pareil ?

— Non, protesta l'homme en secouant la tête. Non, je n'ai rien à voir avec ça.

— *Ça ?* répéta Devlin d'une voix dure. Donc, tu étais au courant pour le kidnapping ?

Le gars branla du chef avec force, comme s'il comprenait

enfin dans quelle position dangereuse il se trouvait.

— S'il ne nous parle pas, dit-elle en lui jetant un regard noir, amenez-le derrière et tuez-le. Mieux encore, relâchez-le. Je testerai mes drones pour de vrai.

— Holà, holà ! Vous ne pouvez pas faire ça. Ce n'est pas légal, s'indigna l'homme. C'est inhumain.

Elle approcha son visage très près du sien, lui attrapa l'oreille et la tordit durement. Il hurla.

— Tout comme enlever mon père, connard.

Elle le gifla de nouveau.

— On va le retrouver, intervint Devlin qui la prit dans ses bras et la serra. Doucement. Ce gars n'est rien.

— C'est une ordure, lâcha-t-elle avec un regard noir. Tuez-le.

Elle tourna les talons et entra dans la maison.

— Hé, mec ! Je n'ai rien à voir avec l'enlèvement de son père, se défendit l'intrus, paniqué.

— Ouais, mais on ne te croit pas, alors je suppose que je vais faire ce que madame a demandé, déclara Devlin d'une voix calme, douce, détachée.

Suffisamment pour que le type pense qu'il lui causait une irritation supplémentaire dont Devlin n'avait pas besoin.

— Mec, je suis sérieux. D'accord, la compagnie m'a demandé de venir pour vérifier où elle en était parce qu'elle craint qu'elle remplisse son contrat. Je ne sais rien à propos d'un sabotage ou d'un kidnapping. On m'a chargé de venir ici, de prendre des vidéos et de voir si elle se débrouillait. C'est tout.

— Alors, qu'est-ce que tu foutais ici, dans le labo de chimie ?

— Ce n'est pas là où je voulais me retrouver, je vous dis, se défendit-il en secouant la tête. Je croyais que son labo à elle était au sous-sol. Quand je suis arrivé là et que j'ai vu les panneaux, bon Dieu, j'ai vraiment cru que j'étais entré dans un truc semblable à ce qu'il y a dans un film d'horreur, s'écria-t-il. Et puis je n'ai pas trouvé comment foutre le camp sans déclencher encore plus d'alarmes.

— Mais vous étiez dehors à regarder sa démonstration ?

— Ouais, opina-t-il, l'entreprise voulait simplement s'assurer qu'elle ne respecterait pas son contrat. Je ne devrais même pas en révéler autant, ajouta-t-il en secouant la tête.

— Eh bien, continuez, rétorqua Devlin. J'ai encore plein de questions.

CHAPITRE 13

B RISTOL TENAIT LA ceinture de la robe de chambre de son père autour de ses mains au milieu de l'allée et regardait le portail endommagé. Son esprit ne pouvait pas accepter la preuve devant elle. Elle voulait croire que son père était parti de son plein gré. Il n'aurait cependant en aucun cas endommagé le portail. À moins qu'il n'ait pris un véhicule. Elle se retourna et fixa le garage des yeux, cataloguant dans sa tête les véhicules qui s'y trouvaient. Il possédait une voiture classique qu'il aimait conduire par beau temps. Mais il était aussi protecteur de ce bébé-là. Elle devait toutefois le vérifier et s'en assurer. Elle se précipita vers le deuxième garage de l'autre côté.

C'était en réalité un abri pour trois voitures, mais il n'y en avait qu'une à l'intérieur. Elle tapa le code de sécurité et entra par la porte latérale. La Mustang 1969 était là.

— Oh, mon Dieu, souffla-t-elle en ressortant.

Elle ferma le garage à clé et sortit son portable. Il n'aurait pas pu partir tout seul. À moins que l'intrus se soit rué dehors et ait endommagé le portail, et que son père, voyant le portail ouvert, ne soit sorti. C'était une trop grande coïncidence. Il s'agissait sans doute d'une série d'erreurs.

— Qui est-ce que tu appelles ? demanda Tesla en courant vers elle.

— La police. Je ne sais pas qui d'autre contacter, admit-elle en levant un visage dévasté vers son amie. Papa a disparu. Il n'y a aucune trace de lui, et le portail a été abîmé. On a un intrus dans l'autre garage. Devlin le garde prisonnier. Je veux le torturer pour qu'il me révèle où est mon père. Il prétend qu'il n'en sait rien. Mais je ne le crois pas, s'écria-t-elle. Je veux simplement l'information qu'il possède.

— Vérifions d'abord les caméras de sécurité.

— Oh, mon Dieu ! répéta Bristol, choquée, en la dévisageant. Qu'est-ce qui ne va pas chez moi ? Je n'ai pas le sens des priorités, ajouta-t-elle en rangeant difficilement son téléphone dans sa poche d'une main tremblante. Je dois me reprendre pour pouvoir aider mon père.

— On va le retrouver. Tiens bon. Allons voir ce que donnent les caméras de surveillance.

Avec Tesla à ses côtés, elle se rua vers la salle de contrôle. Celle qu'elle n'avait pas montrée aux autres. Naturellement, Tesla la connaissait. Bristol déverrouilla rapidement la pièce qui contenait à grand-peine tout le matériel informatique et entra. Les autres – à part Devlin toujours avec l'intrus dans le garage – l'avaient suivie et s'étaient rassemblés autour d'elle.

Quand Harrison vit tout ça, il siffla.

— Si vous savez ce que vous faites, super. Sinon, laisse-moi faire.

Elle se tourna vers lui, confuse.

— Bristol, laissez-moi m'en occuper, proposa-t-il gentiment.

Tesla poussa doucement Bristol hors de la petite salle pour que Harrison puisse entrer. Il s'assit devant les écrans des caméras de surveillance et, en quelques secondes, fit apparaître le portail d'entrée.

— Vous reconnaissez ce véhicule ?

Bristol s'approcha pour regarder l'écran et secoua la tête.

— Sedan noire, vitres fumées. Mais non.

— Je suis déjà en train de vérifier la plaque minéralogique, annonça Rhodes, debout dans le couloir.

— Les gars, vous savez comment agir, dit-elle en opinant. Moi, je n'en ai aucune idée. Aidez-moi s'il vous plaît à récupérer mon père. Je suppose que ce sont les mêmes personnes qui ont saboté mon travail qui sont responsables de ça. C'est simplement une autre distraction pour m'empêcher d'avancer.

Les autres se figèrent une seconde et y songèrent.

— Ça a du sens, concéda Corey. On ne doit toutefois pas ignorer d'autres options.

— On ne devrait pas appeler la police ? demanda Bristol.

— Pas encore, tempéra Ice en branlant du chef. On s'en chargera dès qu'on saura quelque chose.

— Comment fait-on pour suivre ce véhicule ? Comment trouve-t-on qui est le salaud qui a fait ça et où mon père a été emmené ?

— Ils avaient le code de sécurité du portail, déclara Harrison.

— Quoi ? s'insurgea-t-elle.

Elle observa tandis qu'il repassait la vidéo, lui montrant la voiture noire arriver, quelqu'un saisir des chiffres et le portail s'ouvrir.

— Ils ne devraient absolument pas le connaître. Je l'ai changé à mon retour.

— C'est assez facile. Ils ont cherché dans votre système et ont modifié le code eux-mêmes.

— Mais j'ai un contrôleur spécial.

Horrifiée, elle vit son père emmené par la porte d'entrée, installé à l'arrière du véhicule et perdre sa ceinture au passage.

Tandis que la voiture noire se précipitait vers le portail, celui-ci commença à se fermer. Le chauffeur accéléra et passa, mais le portail écrasa le coffre du véhicule.

— C'est ça, votre contrôleur de protection ? l'interrogea Harrison en la considérant.

— Oui, confirma-t-elle. C'est un appel de rebond. Si après un certain temps, je n'entre pas un autre code, le portail se ferme automatiquement et se verrouille.

— Joli, approuva-t-il.

— Mais inutile, tempéra-t-elle en secouant la tête. Ils sont parvenus à sortir, ce qui n'était pas censé arriver.

— Ça veut dire qu'ils savaient exactement où se trouvait votre père, l'ont fait sortir et sont partis avant que le portail ne se referme. Ça ne signifie pas qu'ils étaient au courant, ils ont simplement eu de la chance. Ils ne sont même pas restés – il vérifia les écrans – cinq minutes.

— Et le contrôle de sécurité est réglé sur cinq minutes, soupira-t-elle.

— Je suppose, intervint Tesla, que le connard que Devlin détient dans le garage savait où était ton père. Il a peut-être aidé à se rendre près de la porte d'entrée pour qu'on l'enlève plus vite.

— C'est un scénario des plus probables, renchérit Harrison qui afficha rapidement une série d'autres caméras. Ils sont passés par la porte d'entrée, et regardez ça.

Il désigna les deux personnes qui entraient par la porte d'entrée qu'ils avaient tous franchie la veille. Puis elle vit son père tourner à l'angle du couloir, avec une main gantée sur l'épaule. Il était traité durement, avait l'air confus, le regard apeuré et protestait alors qu'il était déplacé. Un des hommes se pencha, le souleva et se rua vers la porte d'entrée.

— Un enlèvement. Renseignements internes. Et ils sont

partis.

— Et les plaques indiquent des véhicules volés.

— Naturellement. Ils avaient conscience qu'ils étaient dans la base et que la plaque se lirait facilement. Ils abandonneront la voiture dès que possible parce qu'elle a été endommagée par le portail.

— Oh, mon Dieu, mon pauvre père ! s'exclama Bristol en s'appuyant contre le chambranle, avant de se laisser glisser.

— On va le retrouver, la rassura Tesla en lui serrant l'épaule. Sois forte.

— Le satellite le tracerait, non ? opina-t-elle en se frottant la tempe. Est-ce qu'il les aurait vus s'enfuir ?

— Vous avez un satellite ? demanda Harrison, incrédule, en se tournant vers elle.

— Non, non, dit-elle en secouant la tête avant de se redresser, sous le choc. Mais j'ai peut-être mieux. Je dois aller au labo. Tout de suite.

Elle se rua hors de la pièce, traversa en courant le couloir jusqu'à l'ascenseur et se précipita vers son labo. Oubliant le code de sécurité, elle dut l'entrer deux fois tellement elle était énervée.

— Doucement, Bristol. Calme-toi. Ça n'aide en rien, lui souffla Tesla.

Bristol heurta l'encadrement, dévorée par la frustration. Elle prit une profonde inspiration et essaya de nouveau. Cette fois-ci, la lumière passa du rouge au vert, et la porte se déverrouilla. Elle entra, se dirigea vers le placard au fond et sortit son joujou.

— Vous ne l'avez pas encore vu. J'apprécierais vraiment le fait que vous n'en parliez à personne.

Ils se rassemblèrent autour d'elle, comme des gamins

dans une boutique de bonbons. Elle ouvrit la boîte et en sortit ce qui semblait une hirondelle ordinaire. Mais mécanique.

— Ouh là ! s'exclama Ice, impressionnée. Est-ce que c'est ce que je pense ?

— En réalité, c'est même davantage.

Elle apporta son ordi portable, accéda rapidement au serveur et entra le code requis. Elle brancha l'hirondelle avec son câble USB et téléchargea les coordonnées nécessaires pour suivre. Elle lança le traceur GPS, vérifia qu'il était à plein régime.

— J'ignore combien de temps elle peut tenir. Ça dépend des conditions de vent. Mais il faut que quelqu'un soit au sol sur-le-champ pour la suivre.

— Comment quelqu'un peut la suivre ? la questionna Ryder. C'est pratiquement impossible à voir.

Elle leva les yeux sur lui, le regard dur et presque noir.

— Exactement, confirma-t-elle.

Elle fit pivoter l'ordi pour qu'ils remarquent le signal lumineux qui montrait son emplacement actuel.

— Je l'ai programmée pour qu'elle piste l'implant de mon père. Et tout comme les drones qui me suivent au-dessus de la tête, c'est destiné à le trouver. Et elle nous indiquera les directions GPS au fil de ses déplacements.

Il y eut un moment de silence tandis que tout le monde digérait cette information, puis Ice murmura avec ferveur.

— Oh, mon Dieu ! C'est vraiment parfait.

— Putain ! C'est vous qui l'avez fabriqué ? demanda Harrison, juste avant que son portable ne sonne.

Elle hocha la tête, saisit l'hirondelle et l'ordi, et monta les marches en courant.

— J'en ai trois.

Elle se rua par la porte d'entrée et effectua quelque chose qui fit grimacer les autres. Elle prit l'hirondelle et la lança aussi haut que possible dans les airs. Celle-ci flotta dès la première seconde. S'ensuivit une série de cliquetis, puis elle s'élança dans le ciel.

— Vas-y, vas-y, vas-y.

— Devlin, dit-elle en cherchant parmi la foule.

— Qu'est-ce que j'ai raté ? s'enquit-il, immédiatement à ses côtés.

— J'expliquerai en chemin, annonça-t-elle.

Elle lui lança les clés de voiture, sans prendre la peine de demander quelles autres infos il avait obtenues de l'intrus. Elle était confiante dans le fait qu'il était malgré tout en sûreté.

— On doit y aller immédiatement.

Il se précipita vers le véhicule. Elle sauta sur le siège passager et s'adressa aux autres.

— On a besoin de renforts.

— Ils sont en route.

Elle vit Easton et Ryder courir vers la Jeep. Elle n'avait aucune idée de ce que faisaient les autres. Devlin était déjà en train de franchir le portail endommagé avec la voiture.

— Où va-t-on ? demanda-t-il alors qu'ils fonçaient dans la rue.

— Vers San Diego. Prenez l'autoroute. Je vous dirai quand la quitter.

— Ça va me prendre au moins dix minutes pour atteindre l'autoroute.

— J'espère que non. On ne disposera peut-être pas d'autant de temps.

Elle appréciait sa technique du pied au plancher tandis que le véhicule roulait en trombe.

— Si vous ne savez pas où vous allez, dites-le-moi simplement.

— Je connais la région.

Il avait gagné trois minutes pendant qu'elle traçait le
signal qui se dirigeait droit vers la ville.

— Vous voulez m'expliquer ce qu'on fout, bordel ?

Elle lui donna la version courte. Elle tapota l'écran du
moniteur.

— Voilà l'hirondelle. Elle suit mon père et s'approche de
lui.

— À quelle distance ?

— Cinq cents mètres. Elle augmente durant les trente
premières secondes pendant que l'hirondelle cherche le
signal. Ensuite, elle diminue. Si je pouvais déterminer
comment maintenir le contact pendant tout ce temps,
j'arriverais probablement à allonger la distance.

Elle sentit qu'il la regardait, mais fit comme si de rien
n'était. Elle continua à parler.

— Je pense qu'un truc pareil a pas mal d'utilités.

— Vous pensez ? souligna-t-il en secouant la tête. C'est
énorme.

— Pas vraiment, en réalité. L'hirondelle doit traquer
quelque chose. Dans ce cas-ci, mon père et moi avons des
puces intégrées, expliqua-t-elle en indiquant un endroit dans
son avant-bras juste sous le coude. On les a fait implanter il y
a longtemps. C'était la précaution de sécurité de mon père
quand je n'étais qu'une petite fille. Mais elles sont vieilles. Il
a construit un traceur, mais n'a jamais pris la peine de le
mettre à jour, et trente ans d'évolution technologique, c'est
beaucoup. Il n'a cependant jamais pensé que sa fille créerait
un truc pour le garder en sûreté, ajouta-t-elle d'une voix qui
devint amère. J'aurais dû le protéger.

— Vous faites de votre mieux. Et vous avez bien plus que la plupart des gens possèdent. Une méthode pour traquer les êtres chers.

— Je devrais pouvoir faire plus que ça, déplora-t-elle en se rencognant dans son siège. Attendez de voir ce que je peux trouver sur ses signes vitaux.

DEVLIN ÉTAIT CONTENT que Harrison et Rhodes soient arrivés au bon moment pour surveiller l'intrus. Il leur expliqua rapidement où se trouvait Bristol. Devlin leur répéta le peu d'infos que le gars avait lâchées, mais leur donna carte blanche pour en obtenir plus. Tandis qu'il quittait le garage en courant, il entendit crier l'intrus.

— Non ! Je ne sais rien.

— Eh bien, ces deux-là découvriront si c'est la vérité, répondit Devlin.

Après qu'il eut rejoint Bristol, ils furent en quelques secondes tous les deux dans la voiture, à la poursuite du père de celle-ci.

Il pensait encore au fait qu'elle avait construit un drone pour traquer son paternel. Et elle pouvait en changer le code pour pister un truc totalement différent au besoin. Les applications étaient infinies. Et si le sien ressemblait à une hirondelle, il était capable d'adopter n'importe quelle forme. À ce moment-là, elle traquait les paramètres vitaux de son père pour voir s'il était vivant et comment il se portait.

Félicitations à Bristol et à son père. Devlin et son équipe s'étaient mesurés à des puces de traçage sur des gamins de familles riches, mais c'étaient des implants spécifiques servant au pistage et aux appareils modernes. Le père de Bristol avait été très en avance, des décennies plus tôt. Dépassant totalement les compétences de Devlin.

— Ce que vous avez fait est fantastique, déclara-t-il en secouant la tête.

— Ça le serait si ça marchait, tempéra-t-elle. Mais jusqu'à présent, tout ce que j'ai entrepris a carrément échoué.

Cependant, il connaissait la vérité. Il ne pouvait pas la rassurer suffisamment pour la convaincre du super travail qu'elle accomplissait. Mais ceux de l'extérieur le savaient. Il se demanda si ces gens-là – ceux dont l'esprit pouvait faire naître des idées et leur donner forme – atteignaient jamais le stade de la perfection. Est-ce qu'ils étaient un jour satisfaits de leurs produits ?

Une fois, il avait demandé à Tesla pourquoi elle n'arrêtait pas d'ajuster le code de ses programmes.

— Pourquoi n'en crées-tu pas un nouveau ?

— C'est ce que je fais, avait-elle répondu en riant. Mais il y a tant de choses à déployer pour l'améliorer que, quand j'apprends un truc inédit, je me sens obligée de faire marche arrière. À un moment, l'ancien système devient défectueux. Simplement trop de mises à jour et de changements dans les patchs. J'espère que le nouveau logiciel sera prêt à glisser par-dessus, avait-elle ajouté en secouant la tête. Mais en attendant, je peux régler et préparer la prochaine mise à jour.

Il imagina que c'était très similaire à ce que traversait Bristol régulièrement. Tandis qu'il pensait aux drones qu'elle construisait, il avait conscience qu'ils étaient à des années-lumière d'avance sur les autres et que l'armée les voudrait vraiment. Mais il devait arrêter Brent et cette compagnie. Il comprenait que les intermédiaires se faisaient de l'argent sur le dos de gens comme Bristol. Mais bordel, il était temps qu'on la remarque et que le monde reconnaisse que c'était elle la créatrice. Et elle n'avait pas besoin de Brent.

Les contacts de Devlin ne montaient pas si haut dans la hiérarchie militaire. Mais il y avait certainement bien des gens autour qui connaissaient des gens si précieux. Le père de Tesla avait bien des relations. Tout comme Mason. D'ailleurs, Levi aussi. Putain, il y avait un grand nombre d'anciens personnels militaires dans leur monde. Quelqu'un connaissait sûrement quelqu'un. Si on parvenait à connecter Bristol à l'armée, elle pourrait oublier les intermédiaires.

Vu le travail qu'elle avait déjà accompli, il savait qu'elle ferait un tabac.

— Il est toujours vivant, annonça-t-elle d'une petite voix dure. Mais les battements de son cœur sont irréguliers et ralentissent.

— *Ralentissent*? Je croyais qu'ils seraient plus rapides à cause du stress et de la peur.

— Je crains qu'ils lui aient donné un sédatif, argua-t-elle en levant la tête pour le considérer.

Il lui jeta un coup d'œil, mais en voyant son regard presque vide, il pensa qu'elle avait remarqué quelque chose qu'elle ne lui révélait pas.

— Il devient plutôt irrationnel quand il est bouleversé. Il se défoule, il s'en va, il pleure et crie. Il ne comprendra pas, il sera bouleversé et ne se gênera pas pour le faire savoir.

— Vous avez dû vivre quelques années difficiles, dit-il, compréhensif.

— C'est bien plus difficile pour lui. Il ne comprend tout simplement pas. Et je ne suis pas parvenue à le lui rendre plus clair, déplora-t-elle avant de se mettre à taper sur le clavier. Je reçois les coordonnées. On dirait qu'ils ont quitté l'autoroute.

— Gauche ou droite? demanda-t-il en cherchant les sorties.

— Restez à droite. Je dois voir quelle bretelle ils ont prise.

Il patienta.

— Prenez la sortie est, lui intima-t-elle finalement.

— On vient de passer le panneau. C'est juste là, indiqua-t-il. Ils ne peuvent pas être si loin devant nous.

— D'une certaine façon, suffisamment proche pour que je traque l'hirondelle, admit-elle. S'ils étaient déjà arrivés à destination, on serait en mesure de tracer un itinéraire. Mais je dois plutôt attendre que leur point de chute s'affiche et que je trouve où c'est exactement, parce que je n'ai ni GPS ni Google Maps. Je prends les coordonnées, les entre et détermine l'emplacement.

— Un truc que vous serez à même d'intégrer plus tard ?

— Oui, tout à fait. En réalité, je n'ai jamais eu l'occasion d'exécuter ce programme, donc je n'avais aucune idée de ce qu'il fallait.

Il pouvait presque entendre les rouages de son cerveau qui tentait de trouver une meilleure méthode. Il vit la vue aérienne sur l'ordi. Et bien sûr, elle ne s'arrêtait pas aux panneaux de rues.

Il ralentit, sortit, fit négocier le virage à l'auto et vérifia si, derrière lui, les deux autres véhicules suivaient. Puis il emprunta la rue suivante, conduisit quelques kilomètres et s'arrêta à un stop.

— Du nouveau ?

— Ils tournent, quelques pâtés de maisons plus loin, déclara-t-elle d'une voix distraite, tandis que ses doigts étaient occupés.

Il sortit son portable et appela Ryder pour le mettre rapidement au courant.

— Je laisse le téléphone ouvert sur le siège entre nous.

Quand elle donnera des directives, vous les entendrez aussi.

— Bonne idée, lança Ryder.

— À gauche, indiqua Bristol.

Il arriva au quatrième pâté de maisons et mit son clignotant gauche. Il se faufila dès qu'il y eut une ouverture. Ils se trouvaient dans un quartier moitié affaires, moitié résidentiel. Beaucoup d'entreprises banlieusardes au rez-de-chaussée et des appartements au-dessus. Tandis qu'il parcourait la rue, les appartements firent place à de petites maisons et des immeubles.

— Le signal s'est arrêté.

— Vous l'avez perdu ? la questionna-t-il, surpris, en la regardant.

— Non, c'est le véhicule qui s'est arrêté, tout comme l'hirondelle. Et mon père est devant nous.

— De combien ? demanda Ryder dans le téléphone sur le siège entre eux.

— Quatre, trois, deux, énonça-t-elle en comptant les rues.

Devlin ralentit au carrefour suivant.

— Celle qui arrive devant nous ?

— Oui.

Il examina l'artère. Aucune trace de la voiture. Il y avait de grandes propriétés, séparées par de hautes clôtures et des haies de cèdres. Pas beaucoup de visibilité. Il ne verrait le véhicule que lorsqu'il s'avancerait.

— Ils sont à quel niveau ?

— Tournez ici et garez-vous sur le côté. Je peux trouver l'hirondelle.

Devlin obéit, s'avança, tourna à gauche et stationna près de l'autre trottoir.

Elle sauta de l'auto, télécommande à la main et chercha

un signal. Elle tourna sur elle-même et le traqua.

— Deuxième maison à partir du coin.

— On va se promener, un devant et l'autre derrière, déclara Ryder. On vérifiera la maison depuis ici.

— D'accord, acquiesça Devlin en prenant le portable. Je suis avec elle. Restez à couvert, les gars.

— Je veux entrer dans cette maison, lâcha Bristol.

— Vous avez fait ce qu'il fallait pour nous emmener ici, rétorqua-t-il en secouant la tête. Votre travail est fini. On prend le relais.

Elle ouvrit la bouche, la referma, le dévisagea un long moment puis opina du chef.

— Espérons que vous serez meilleur pour récupérer mon père que je l'ai été pour le garder en sûreté.

— On en parlera aussi, dit-il en secouant la tête. Mais plus tard. Pour le moment, il s'agit de trouver votre père.

CHAPITRE 14

ELLE RESTA DERRIÈRE l'arbre sur lequel elle s'appuyait nonchalamment tandis qu'elle jouait avec la télécommande. Elle savait qu'on ne la voyait pas depuis la maison à moins que quelqu'un ne sorte et ne dépasse la haie de cèdres pour jeter un œil. Elle saisit son ordinateur portable puis s'assit derrière la voiture, jambes croisées, avec l'ordi sur les genoux. Elle avait l'adresse désormais. Elle était en mesure d'obtenir toutes sortes d'informations.

Elle entendait Devlin parler au téléphone à Ice pour la mettre au courant et lui indiquer l'emplacement. Bristol espérait simplement que les choses se passeraient en douceur dorénavant. Quelqu'un s'était donné beaucoup de mal pour enlever son père. Il ne le laisserait pas partir aussi facilement.

— La maison est enregistrée au nom de la Sunset Corporation, dit-elle quand il eut fini.

— C'est probablement une société holding. Reconnaissez vous des noms au conseil d'administration ?

— Je cherche, soupira-t-elle. Elle possède ENFAQ. C'est une de ses compagnies.

— C'est donc l'entreprise pour laquelle travaille Brent ?

— Oui, opina-t-elle.

— Eh bien, voilà la réponse. Il y a des chances que ce soient les mêmes personnes, alors.

Elle hocha la tête, mais en son for intérieur, elle était

simplement triste.

— Je fonde de si grands espoirs. Bordel, pourquoi ces gens sont-ils de tels salopards ?

Elle se leva, rangea l'ordi dans l'auto et ferma à clé.

— Et maintenant, on fait quoi ? demanda-t-elle en se tournant vers lui.

— On attend, répondit-il en lui lançant un regard dur. On fait confiance à Easton et Ryder.

Le téléphone sonna à ce moment-là.

— Du nouveau, Easton ?

— On dirait qu'il y a quelqu'un au premier. On a trouvé la voiture, dans le garage derrière. Ryder est à l'intérieur. Il a confirmé les dégâts à l'arrière droit de la bagnole. Il nous cherche le numéro VIN.

— D'autres véhicules ? l'interrogea Devlin en penchant le portable pour qu'elle entende aussi.

— Non, mais son père n'est pas venu seul, donc on s'attend à ce qu'il y ait deux autres personnes.

— Bon. Il y a des chances qu'ils soient deux fois plus nombreux.

— Je viens de voir quelqu'un au rez-de-chaussée, déclara Easton d'une voix changée. Il y a une fenêtre ouverte en bas. Je dois entrer et fouiller chaque étage.

— Pas tout seul.

— Non. Ryder me rejoint depuis le garage. On fait le point dans cinq minutes, relata-t-il avant de raccrocher.

Devlin observa la maison. Il détestait quand deux de ses hommes entraient dans la zone. Surtout quand lui était si loin. Il se tourna pour étudier les pavillons de chaque côté. Celui au coin était à vendre. Il n'y avait aucun moyen de déterminer s'il était occupé ou pas. Mais si Bristol et lui arrivaient à pénétrer dans la cour, ils auraient un meilleur accès à la demeure où il leur fallait finalement entrer.

— On va aller voir cette maison à vendre, annonça-t-il à voix basse. Agissons comme un couple marié qui souhaite l'acheter. Mes hommes sont à l'intérieur et fouillent niveau par niveau.

— Ce n'est pas dangereux ? hoqueta-t-elle.

Il la dévisagea simplement.

— Ouais, je pige. Vous aimez le danger.

— On aime les grands dangers, murmura-t-il. Ne l'oubliez pas.

Mais il lui adressa un clin d'œil et passa un bras autour de ses épaules afin de l'attirer doucement tandis qu'il lui faisait traverser la route. Ils se dirigèrent vers le pavillon à vendre, s'arrêtèrent sur le trottoir et regardèrent.

— En réalité, elle n'est pas si mal, dit-elle d'une voix un peu étranglée, le corps raide.

Elle était si près de la maison. Est-ce qu'on les observait ?

— Mais pas formidable non plus, ricana-t-il.

Il la poussa légèrement, et ils allèrent jusqu'à la porte d'entrée, puis firent le tour comme s'ils cherchaient l'agent immobilier pour voir l'intérieur. Une fois de l'autre côté, hors de vue de quiconque, il se dirigea vers la clôture près de la demeure où le père de Bristol était retenu. La clôture en bois était solide et en bon état – un bon mètre quatre-vingt de hauteur avec un accès à une allée.

Il fit le tour en lui tenant la main et en la protégeant de son corps. Il examina l'habitation.

AUCUNE TRACE DE qui que ce soit. Il remarquait cependant la fenêtre ouverte. Une invitation ? Un piège ? Il avait été confronté à toutes les situations. C'était difficile de se préparer pour un imprévu. Mais il n'avait pas le droit d'échouer.

Le problème le plus important était qu'il ne voulait pas participer à la recherche et laisser Bristol toute seule. Étant donné ce qu'elle avait dit, il n'y avait aucune garantie que son père se calmerait en la voyant, donc ils n'avaient pas besoin d'elle pour ça, mais c'était leur meilleure option. Son père pouvait éventuellement être très ingérable.

Son portable vibra. C'était le signal. Le rez-de-chaussée était libre, ce qu'il lui indiqua à voix basse. Elle porta immédiatement le poing à la bouche et posa la tête contre la poitrine de Devlin. Il l'entoura de ses bras.

— Doucement. C'est une bonne nouvelle.

— Comment supportez-vous ça ? demanda-t-elle en secouant la tête. Je suis tellement énervée que je me sens toute ramollie.

Il lui frotta gentiment le dos de haut en bas.

— C'est notre travail. L'énervement et l'adrénaline nous prennent parfois. Mais on fait exactement ce qu'on doit faire.

Le portable vibra une deuxième fois. Il le sortit pour vérifier. Un de moins, annonçait le texto simplement.

Quand il le lui montra, Bristol écarquilla les yeux. Elle voulut regarder autour de la haie de nouveau, mais il la tira.

— C'est un moment vraiment difficile.

— Quand les gens sont attaqués, leurs instincts sont alertés. Ils cherchent ce qui ne va pas. On ne veut pas qu'ils regardent dehors et vous voient là.

Elle soupira et acquiesça. Il devait admettre qu'elle obéissait bien aux ordres. Il la tint serrée contre lui, portable à la main, souhaitant qu'elle se détende. Il se sentait à son tour envahi par l'adrénaline. Il voulait se ruer là-dedans et commencer à jeter les gens à terre à coups de poing.

Plus on se débarrassait d'ennemis, mieux c'était. En plus, ce n'était pas une mission officielle. Et la police ne les laisserait pas gentiment prendre la situation en main eux-mêmes. Et donc, moins il y avait de dégâts, mieux c'était.

Ensuite, ce serait une tout autre histoire. Mais il espérait ne pas être celui qui devrait avoir affaire à la police. Il n'avait pas énormément de patience envers ce processus.

Mais il ferait ce qu'il devrait faire. Comme tous les autres. Troisième vibration. Il leva le téléphone pour qu'elle lise.

— Le deuxième en moins, murmura-t-elle. On en a compté deux dans la maison, souligna-t-elle en se tournant pour le dévisager. Vous pensez qu'il y en a d'autres ?

— On le saura dans quelques minutes, répondit-il en haussant les épaules.

— Merci, dit-elle en lui caressant gentiment le visage d'une main tremblante.

— Pour quoi ? la questionna-t-il, sourcil levé.

— Pour tout. De m'avoir aidée en Afghanistan, de m'avoir raccompagnée. D'avoir amené tous ces gens. D'avoir suivi mon père en essayant de lui prêter main-forte, énuméra-t-elle en riant d'une voix brisée. Je ne pourrai jamais vous rendre la pareille.

— Pas besoin, tempéra-t-il en lui refermant la bouche en lui touchant gentiment le menton. Il y a de bons types dans le monde.

Elle fouilla le regard de Devlin comme si elle y cherchait la vérité, puis lui adressa lentement un magnifique sourire qui lui fit battre le cœur.

— Il y a peut-être de bons types, mais je n'ai pas eu la chance d'en rencontrer beaucoup.

— Peut-être que la chance vient de tourner, se vanta-t-il

avec un rictus.

Il se baissa et, allant à l'encontre de son meilleur jugement – sachant que ce n'était pas le moment, mais incapable de résister aux lèvres humides devant lui –, il l'embrassa très doucement.

Une autre vibration.

— Allons-y, lâcha-t-il. La maison est sûre.

— Est-ce qu'ils ont trouvé mon père ? Est-ce qu'ils ont trouvé quelqu'un d'autre ?

— Deux autres hommes neutralisés, indiqua-t-il en se tournant avec un regard dur. Et oui, votre père. Mais son état n'est pas bon.

Il la vit blêmir. Il lui prit la main.

— Ne vous évanouissez pas. Votre père a besoin de vous.

— Je ne me suis jamais évanouie, éluda-t-elle en secouant la tête. Bordel, en ce moment, j'aimerais que ces quatre hommes n'aient pas été éliminés. J'en frapperais bien un ou deux moi-même, lança-t-elle en se ruant dans la demeure devant lui.

La porte arrière était ouverte et laissait voir la cuisine. Au pied de l'escalier, il se mit devant et montra le chemin. Au premier, il alla vers la chambre de gauche et y trouva Easton et Ryder. Et sur le lit se tenait le père de Bristol, recroquevillé en position fœtale.

— Oh, mon Dieu ! Papa.

CHAPITRE 15

ET SUR CES mots, l'enfer se déchaîna.

— Il a besoin de soins médicaux, et tout de suite, lâcha-t-elle en se retournant.

Elle sortit son portable et composa le 911.

Elle finit son appel, pivota et regarda Devlin.

— Qu'est-ce qu'on dit à la police ?

— La vérité ? suggérèrent les trois hommes après s'être regardés.

— Et notre excuse pour ne pas les avoir prévenus immédiatement ?

— Réfléchissons vite, déclara Devlin. L'ambulance est pratiquement là.

— Elle ne devait pas être loin, alors, en déduisit-elle en le considérant, surprise, avant de descendre en courant pour faire entrer les brancardiers.

L'ambulance se gara devant la maison. Deux gars en sautèrent, le premier se rua vers elle.

— Il est en haut à gauche.

L'ambulancier gravit l'escalier en courant. Le deuxième homme déchargea une civière de l'arrière du véhicule.

Elle remonta rapidement l'escalier et vit que l'ambulancier examinait son père. Le brancard arriva. On leur demanda à tous les quatre de sortir.

Son père fut installé, enveloppé d'une couverture et attaché.

En quelques minutes, ils l'avaient descendu et installé à l'arrière de l'ambulance.

Bristol sauta à l'arrière.

— Je vous appelle à mon arrivée à l'hôpital, annonça-t-elle à Devlin.

— On attend la police, répliqua-t-il.

Elle lui jeta un regard reconnaissant, redescendit, le serra dans ses bras avant de l'embrasser et de remonter dans le véhicule de secours. Les portes se refermèrent, et ils partirent, sirènes hurlant, lumières clignotant.

Elle leur adressa un dernier signe de la main puis reporta son attention sur son père et l'homme qui se penchait sur lui.

Mais il était assis à côté d'elle désormais et tenait une aiguille.

— Comme c'est gentil de vous joindre à nous, Bristol McEwan, lâcha-t-il avant de lui enfoncer l'aiguille dans le bras.

DEVLIN FIXA L'AMBULANCE des yeux alors qu'elle disparaissait. Il secoua la tête, se retourna et vit que Ryder et Easton le regardaient avec un énorme sourire.

— Quoi ?

— Ouais, fit Ryder. La chance de Mason a de nouveau frappé.

Devlin les observa, surpris, puis fronça les sourcils.

— Tu parles, éluda-t-il joyeusement. Ça n'a rien à voir avec ça.

— Non, bien sûr, ricana Easton. Attends que les autres en entendent parler.

— Il n'y a rien à raconter, se défendit-il. Putain, où sont

les flics ? On a appelé le 911. Ça veut dire tout le monde, camion de pompiers, ambulance et police, non ? Pourquoi est-ce qu'il n'y avait qu'une ambulance ?

À ce moment-là, il entendit les flics au loin et roula les yeux.

— Enfin, les meilleurs éléments de notre ville font leur travail.

— Doucement avec eux. Tu ignores d'où ils arrivent, putain.

— C'est vrai, concéda-t-il en hochant la tête tout en tentant de se calmer. On doit retrouver qui est derrière ce kidnapping. Les gars, avez-vous obtenu des renseignements sur les types à l'étage ?

— Des photos et deux, trois identités, répondit Ryder facilement. J'ai tout envoyé à Mason et Ice. Ils cherchent qui ils sont.

— Bien, opina-t-il. Une fois que la police s'en mêlera, elle nous réclamera des infos.

— Bien vrai.

Deux voitures de patrouille arrivèrent et se garèrent devant la maison. Les flics ouvrirent les portières et se dirigèrent vers eux.

— Vous avez appelé le 911 ?

— C'est Bristol, précisa Devlin. L'ambulance est arrivée avant vous. Elle est repartie avec un blessé. On a quatre hommes inanimés à l'intérieur.

— Quatre hommes ? répéta l'officier d'une voix affreuse. Et qui les a abattus ? Ils sont morts ?

— On les a assommés. Non, ils ne sont pas morts. Ils avaient kidnappé le vieil homme qui vient de partir en ambulance.

On entendit alors une autre sirène, et un véhicule de

secours arriva en hurlant avant de se garer de l'autre côté de la rue. *Une autre ambulance ?* Devlin secoua la tête.

— Hé, les gars, vous êtes en retard. L'autre ambulance est déjà repartie.

— Quoi ? s'étonna le brancardier en le considérant. On est la seule équipe disponible. Tout le monde a été appelé pour un violent carambolage impliquant plusieurs voitures sur la I5.

Devlin le regarda fixement. Il se sentit blêmir. Il sortit son portable, observant durement Ryder et Easton.

— Putain, j'espère que vous avez tort, lâcha-t-il. Sinon, ces foutus kidnappeurs avaient une ambulance prête à emmener le père de Bristol et maintenant, ils les détiendraient tous les deux.

— Il vaut mieux que vous repreniez depuis le début. Qui a été kidnappé, bordel ?

— Bristol McEwan, répondit Devlin tout en composant le numéro de cette dernière. Et son père, Jérôme. Ils sont tous les deux concepteurs d'armes militaires.

— Et vous pensez que c'est lié à leur travail ? demanda l'officier alors que les autres levaient les sourcils.

— J'en suis sûr, confirma Devlin en approchant l'appareil de son oreille. Allez, Bristol, murmura-t-il. Décroche, putain.

Mais il n'y eut aucune réponse.

— Elle ne répond pas, déclara-t-il, sous le choc, en se tournant vers les hommes.

— Essaie encore. Il peut y avoir bien des raisons pour lesquelles elle ne décroche pas.

— D'accord.

Et aucune d'entre elles n'était bonne. Mais ça ne signifiait pas que l'état de son père n'avait pas empiré et qu'elle ne veillait pas sur lui. Un portable qui sonnait n'était pas une priorité à ce moment-là. Il refit rapidement le numéro et tint le téléphone contre son oreille. Son cœur battait la chamade dans sa poitrine, et ses poings étaient fermés pendant qu'il attendait. Soudain, il y eut une réponse.

— Bristol, ça va ?

— Bristol va bien, intervint un homme dont Devlin ne reconnut pas la voix. Pour l'instant. Et tant que vous ne nous suivez pas.

Et il raccrocha.

Devlin gémit, le cœur serré de peur.

— Ils l'ont prise. En fait, on leur a donné le père et la fille. Ils les ont kidnappés tous les deux.

CHAPITRE 16

BRISTOL SE RÉVEILLA, groggy et désorientée. Elle resta allongée pendant un moment, son esprit aux prises avec cette nouvelle réalité – pleine de douleur et de confusion. Elle voulut bouger, mais une voix lui emplit la tête et lui cria *Ne bouge pas*. Elle ignorait à qui était cette voix ou si c'était son propre subconscient. Mais celle-ci était assez forte pour qu'elle reste tranquille.

Elle souleva à peine les paupières. Elle était en danger et n'avait aucune explication. Son esprit se débattait pour remettre les souvenirs emmêlés dans le bon ordre. On avait enlevé son père. Devlin et elle l'avaient suivi grâce à l'hirondelle. Ils avaient trouvé la maison et son père. Elle fut envahie par le soulagement à cette pensée. Assurément, ce qui suivrait ne pouvait pas être totalement mauvais.

C'est alors qu'elle se rappela le reste. L'aiguille, l'expression de l'homme quand il la lui enfonçait profondément dans le bras, et la panique et la peur tandis qu'elle glissait lentement sur le côté, incapable de réagir. Elle se souvint de son dernier cri dans sa tête alors qu'elle appelait Devlin. Non seulement son père n'avait pas été sauvé, mais ils avaient été kidnappés tous les deux.

Quand elle songea à la séquence des événements, elle se rendit compte que la police n'était pas venue. Seulement une ambulance. Mais comment pouvait-on réussir à trimballer un homme inconscient ? Surtout s'ils avaient été obligés de le droguer.

Ou s'il avait besoin d'assistance médicale. Mais elle doutait sérieusement que ces ambulanciers aient une quelconque formation médicale. Ils étaient exactement comme les autres hommes. Des types prêts à tout pour de l'argent. Des types qui se foutaient totalement du chaos qu'ils avaient provoqué ou de la douleur et de la destruction qu'ils laissaient dans leur sillage.

Son corps roula d'une drôle de façon. Elle écarquilla les yeux et réalisa qu'elle était couchée sur un lit, son père près d'elle. Non, pas un lit – plutôt une sorte de banc. Elle n'avait aucune idée de là où elle était. À part son père, il n'y avait personne d'autre dans la pièce. Elle pivota sur le dos et fronça les sourcils. Elle se trouvait dans un bateau. Peut-être la cabine principale. Elle voyait le soleil et un ciel grisonnant. Et pourtant, elle entendait les bruits de circulation. Alors, elle comprit. Son paternel et elle avaient été planqués dans un bateau sur une remorque.

Comme elle était sur une embarcation, est-ce qu'ils se dirigeaient vers le port ? Pas une bonne nouvelle. Une fois qu'ils seraient sur l'eau et se dirigeraient vers les eaux internationales, il leur serait encore plus difficile de s'évader.

Elle tenta de bouger les bras et remarqua qu'elle avait les mains attachées. Non, elles étaient scotchées. Elle étudia l'adhésif autour de ses poignets et réalisa que les kidnappeurs ne s'étaient pas attendus à la rencontrer. Ils avaient kidnappé son père qui n'avait besoin de rien pour rester immobilisé, mais avec elle, ils avaient dû improviser et utiliser du sparadrap, et c'était bien serré. Elle regarda autour d'elle afin de trouver un truc avec lequel le couper. Ses pensées la prévinrent : si elle était dans un bateau, est-ce que ces sales types la surveillaient ? Elle chercha une caméra et n'en trouva pas, heureusement.

En s'asseyant, elle se rendit compte qu'elle avait les pieds attachés avec la même sorte de sparadrap. Elle remonta les genoux sur la poitrine et tenta avec les ongles de sectionner l'adhésif autour de ses chevilles et de l'arracher, mais il était trop solide. Il lui fallait un objet pointu. Il y avait une cuisine non loin. Elle doutait d'y trouver quoi que ce soit, si ses ravisseurs étaient futés. Mais elle devait s'en assurer. Ils pensaient probablement qu'elle dormirait durant tout le voyage, mais son corps réagissait différemment à la plupart des médicaments.

Elle posa les pieds par terre et, même si elle était groggy et instable du fait des cahots alors qu'ils se déplaçaient, elle sautilla jusqu'à la cuisine. Et bien sûr, même s'il n'y avait pas de couteaux, il y avait d'autres instruments. Il y avait un truc qui ressemblait à une grande fourchette à viande. Elle la prit, s'assit par terre et poignarda le sparadrap. Tout ce qui attentait à l'intégrité du matériel le fragiliserait. En moins d'une minute, les entraves autour de ses chevilles cédèrent. Le problème, c'étaient ses mains liées qui seraient un peu plus difficiles à atteindre.

Comment pouvait-on frapper quelque chose qui serrait les mains ensemble ? Elle retourna la fourchette et, la pressant entre ses pieds, plongea les mains à plusieurs reprises sur les dents. Elle se piqua plusieurs fois, mais persista.

La panique commença à s'installer. Depuis combien de temps était-elle partie ? Est-ce que Devlin avait déjà deviné ce qui s'était passé ?

Dès qu'elle eut les mains libres, elle trouva la puce en dessous de son coude et, malgré l'énorme douleur, appuya dessus avec force. Un bouton d'alarme devait envoyer un signal à sa salle de contrôle. Avec un peu de chance, Tesla et Ice le verraient.

Elle n'avait pas l'hirondelle avec elle ; elle se trouvait dans la voiture avec Devlin. En savait-il suffisamment pour modifier la programmation ? Tesla devrait s'en sortir. Bristol leur avait laissé le mode d'emploi. Elle secoua la tête. Elle ne l'avait enseigné à personne. Il ne lui était jamais venu à l'idée non plus qu'elle serait kidnappée.

Maintenant qu'elle s'était libérée, elle attrapa une serviette et l'appuya sur le sang qui coulait de la plaie. Elle ne prit pas la peine de nettoyer les gouttelettes par terre. S'il lui arrivait quelque chose, cette trace pourrait permettre de reconstituer son enlèvement.

De nouveau debout, elle retourna voir son père. Il paraissait inconscient, mais d'après l'état de sa peau et la manière dont son corps se reposait, elle pensa qu'il avait été drogué. Elle tendit la main et repoussa doucement une fine mèche blanche de son front.

Elle réfléchit à la manière de contacter quelqu'un. N'importe qui. Elle regarda par le hublot passer la circulation. Il y en avait beaucoup. Mais comment allait-elle attirer l'attention de quelqu'un ? Elle fouilla rapidement la cabine en quête d'un truc qui aiderait. Pas grand-chose.

Elle se rendit de nouveau vers l'adhésif qui avait servi à la ligoter, déchira les multiples boucles qu'ils avaient utilisées et, avec un stylo noir, écrivit sur le hublot « Au secours ! ». Elle avait déjà fouillé ses poches. Son portable avait disparu, et son père n'avait rien sur lui non plus. Même si la cabine semblait équipée de radios, elle ne remarquait aucun matériel électronique qu'elle était susceptible d'assembler pour contacter quelqu'un. Elle ne voyait pas non plus quel véhicule tractait le bateau.

Elle alla à la porte de la cabine et tenta de l'ouvrir, mais elle paraissait bloquée de l'extérieur par une chaîne. Bien sûr, elle était probablement simplement fermée à clé. Elle repartit vite à la cuisine, saisit la grande fourchette, retourna à la porte et se mit à l'œuvre pour l'ouvrir. La fourchette se cassa sous l'effort, et les deux parties tombèrent par terre. Si ça ne marchait pas, elle pourrait essayer de casser les vitres. Au troisième essai, quelque chose céda. Elle ouvrit la porte et monta lentement sur le pont. Elle se mit à agiter les bras frénétiquement et à hurler au secours. Alors que la circulation les doublait à pleine vitesse, plusieurs personnes la regardèrent, surprises, depuis l'intérieur de leur voiture.

— Au secours. Aidez-moi, s'il vous plaît.

Elle vit plusieurs d'entre elles prendre leur téléphone, mais elle ignorait le temps qu'il faudrait avant que quelqu'un ne lui vienne en aide. Elle se précipita à l'intérieur, examina son père, attrapa le drap qui le couvrait et l'apporta vite dehors pour le secouer de haut en bas. S'il y avait bien un signe universel de détresse, c'était le drapeau blanc.

À ce moment-là, le camion qui tractait le bateau ralentit, et elle se dit qu'elle avait peut-être aussi attiré l'attention des kidnappeurs. Un clignotant s'alluma sur le véhicule qui tourna à droite. Elle hurla plus fortement et espéra que quelqu'un avait signalé la plaque minéralogique, s'il y en avait une. Il fallait qu'elle agisse vite. Si elle trouvait un endroit pour sauter, elle le ferait.

Mais… elle ne pouvait pas abandonner son père.

DEVLIN INSTALLA L'HIRONDELLE sur le toit de la voiture avec l'ordi à côté.

— Tesla, je ne comprends pas ce que je fais.

Il avait suivi les directives pour renvoyer le drone dans les airs ; heureusement que tous les programmes étaient restés ouverts.

— Elle a aussi dit qu'elle avait le même traceur.

— Du moment qu'elle l'a allumé, souligna Tesla calmement, on peut la suivre en ce moment même.

Elle lui donna soigneusement les détails pour démarrer le programme.

Quand le drone décolla à côté de lui, Easton et Ryder se reculèrent tous les deux en murmurant : « Waouh ! ».

Devlin comprit qu'il arrivait enfin à quelque chose. Il fit deux autres pas, et l'hirondelle s'envola au loin.

— Elle est partie, mais, putain, où est-elle ?

— Je conduis, annonça Ryder derrière lui. Easton, assieds-toi devant.

Ils aidèrent Devlin à monter à l'arrière de la Jeep avec l'ordi portable.

— Est-ce qu'on peut voir la page du GPS qu'elle avait ouverte ? entendit-il Tesla demander dans son oreille.

Rapidement, il cliqua jusqu'à ce qu'il trouve le programme qu'il cherchait.

— Oui, c'est là, et il y a un truc qui clignote au centre.

— Vérifie le signal et dis-moi son identifiant.

Il lui indiqua les chiffres qui apparaissaient.

— D'accord, c'est l'implant de son père. Tu vois une localisation ?

Il se rappela Bristol en train de traquer les coordonnées du GPS. Il les entra dans Google Maps.

— Ils se dirigent vers le port.

Il donna vite le nom de la rue à Ryder, et, en quelques secondes, ils se dirigèrent vers l'autoroute.

Devlin tenta de rester calme et surveilla le traceur.

— Ice est à côté de moi, déclara Tesla. Elle dit que c'est le chaos sur une des autoroutes. Apparemment, une femme est sur un bateau et agite un drap en hurlant au secours.

Devlin leva les yeux et regarda sans voir le pare-brise en face de lui.

— Un bateau. Ce serait certainement un camouflage unique.

— Des rapports arrivent de partout. Elle a scotché « Au secours ! » sur un des hublots. On ignore s'il y a un lien. On essaie d'avoir une image, mais elle n'a pas accès aux satellites ici. On se connecte par le biais de la base. Levi est en train de tout paramétrer.

Devlin partagea l'info avec les gars devant.

— Comme ça, on l'a transférée d'une ambulance à une embarcation ? demanda Easton. Pas mal. Les bateaux ont de l'espace en bas. Son père y tiendrait, et, si elle était inconsciente, il y aurait de la place pour l'y mettre aussi. Elle s'est évidemment réveillée et, si on l'avait attachée, elle s'est libérée.

— Ouais, acquiesça Ryder. D'après toi, qu'est-ce qu'ils vont lui faire quand ils la verront à l'arrière de ce putain de bateau, en train d'agiter un drap blanc ?

Le silence se fit dans la Jeep. Ils savaient tous ce qui lui arriverait.

— On ne leur en donnera pas l'occasion, intervint Devlin d'une voix dure. On doit les trouver avant qu'ils ne se séparent. Si elle quitte cette embarcation, on a l'identifiant du traceur pour lui, mais pas pour elle.

— Il y en a un pour le sien aussi, non ? le questionna Easton.

— Oui, Tesla est en train de le chercher.

— Mon Dieu. Les gens se font poser des micropuces

maintenant, mais depuis combien de temps ? Qui aurait cru que c'était même possible ?

— Ça arrive dans les familles aisées. Dans le cas présent, son père a participé à d'importantes expériences militaires. Et il lui en a installé une quand elle était une gamine.

Les autres secouèrent la tête.

Il leur précisa les nouvelles coordonnées.

— Ils quittent l'autoroute.

— Je suppose que l'hirondelle va en ligne droite d'un point A à un point B. Il ne suit pas la route, hein ? demanda Easton. C'est le plus logique, mais pas s'il est programmé pour suivre une sorte de système de navigation.

— Je l'ignore. Je n'ai jamais songé à lui poser la question. Pourquoi est-ce qu'elle n'a pas simplement une interface où elle peut entrer le code de son père dans son ordi ? Ça marcherait. Pourquoi a-t-elle l'hirondelle entre les deux ?

— Ce serait le plus facile, intervint Ryder, mais je pense qu'elle préfère les détails compliqués.

— Son père a dû être quelqu'un dans le passé.

— En plus, ça a été fait il y a longtemps. Les puces d'identité sont différentes maintenant. Celles de Bristol et de son père n'ont probablement jamais été mises à jour. Ils ont simplement créé un nouveau programme pour les trouver, imagina-t-il en secouant la tête. Je suis sûr que Tesla le comprendrait.

— Tesla le comprend, glissa cette dernière dans son oreille. Et tu as raison. Ces puces sont plutôt vieilles. Bristol et son père ont toujours émis l'idée d'obtenir des modèles actualisés, mais comme elles sont placées profondément dans leur chair, ils ne voulaient pas les enlever. En même temps, ils n'en avaient pas besoin parce qu'ils étaient parfaitement capables de se trouver, tempéra-t-elle d'une voix plus basse. Je n'ai jamais imaginé qu'on les traquerait tous les deux. Naturellement, l'hirondelle a aussi un autre but. N'oubliez pas qu'il est armé.

— Quand tu dis « armé », il faut qu'il soit à quelle distance ?

— Le mode d'emploi est accompagné d'une feuille de spécification. Le dernier modèle doit se situer à environ trente mètres, ce qui est un sacré problème. Mais Bristol a précisé qu'elle lui a apporté une tonne d'améliorations. Elle préférait celui-ci pour une protection personnelle. Mais tout le monde n'attendra pas un drone qui s'approche. On s'est souvent disputées à propos des applications pour chacun d'eux parce que, sans marché, les inventions sont difficiles à vendre.

— C'est vrai, acquiesça Devlin. Mais si on avait un moyen d'avertir le drone que la personne qu'il protège était menacée par un danger imminent, ça aiderait énormément.

— Je crois qu'elle travaillait sur un truc dans le genre. Une espèce de détection précoce via la caméra de la détention d'arme par une personne. Le problème, c'est que quelqu'un est susceptible de tenir de nombreuses armes capables de mettre les autres en danger. Comment détermine-t-on si la personne est menaçante ou si elle montre simplement l'arme à quelqu'un ?

Il s'enfonça dans son siège et regarda par la vitre.

— Difficile de croire que ce qu'elle fait est même possible.

— Des centaines de gens dans le monde entier bûchent en ce moment sur ça. Il se trouve qu'elle est l'une des plus douées dans ce domaine. Mais elle est aussi sous-financée. Elle y travaille toute seule. Si l'armée avait la moindre idée de ce dont elle est capable, elle changerait totalement son fusil d'épaule et lui offrirait la moitié du monde.

— Naturellement, et si l'ennemi était au courant, il s'y intéresserait aussi et lui offrirait le monde *entier*. Tesla, il faut que quelqu'un de l'armée y jette un œil.

— Je sais. J'y ai songé, fit-elle d'une voix lointaine.

— Nous connaissons sûrement quelqu'un parmi toutes nos relations, dit-il avec un sourire.

— À nous tous, on connaît un tas de « quelqu'un ». Mais il s'agit de connaître le bon.

Elle haleta.

— Je reçois un retour de l'hirondelle ! s'exclama-t-elle.

— Qu'est-ce que ça signifie ? demanda-t-il en fronçant les sourcils.

— Maintenant qu'elle est en vol et que sa cible est repérée, on obtient les signes vitaux de son père. Parce qu'elle en est assez près. Je ne suis pas certaine de pouvoir basculer le drone sur Bristol. Mais ça nous permettrait d'accéder à son état actuel.

— Et son père ?

— Probablement sous sédatif d'après ses signes vitaux, extrapola Tesla. Mais il est en vie. Et on s'accrochera à ça.

— D'accord.

— La zone de recherche se rétrécit d'après le GPS. L'hirondelle est toujours en vol, mais elle ralentit.

— Laisse-moi voir.

Le silence se fit de ce côté-là du téléphone.

— Oui, elle ralentit vraiment.

— Coordonnées ? demanda Ryder.

— Le drone n'est pas loin devant, déclara Devlin. D'après Tesla, les paramètres vitaux du père sont bas, mais stables. Elle suppose qu'il est sous sédatif. On n'a encore rien de nouveau sur l'état de Bristol. Mais la police a été alertée. Apparemment à propos d'une femme qui demande de l'aide.

— J'ai encore besoin de nouvelles directives, lança Ryder. On dirait que je vais devoir tourner sous peu.

— Prends la prochaine sortie, lui indiqua Devlin. Puis avance de quatre pâtés de maisons. Ensuite, tourne à gauche. On y est presque, ajouta-t-il une fois les instructions données. Il faut négocier deux virages serrés à droite.

Il lut rapidement l'adresse et jeta un coup d'œil aux rues.

— C'est un quartier très différent. Une communauté de classe très élevée. Avec des résidences clôturées.

— Ça va poser un petit problème, décréta Easton.

— Tu parles, minimisa Ryder. On va passer par-dessus.

— Putain, pourquoi est-ce qu'il n'y a pas une tonne de voitures de police par ici ? Si elle se tenait debout à l'arrière d'un bateau, criant au secours, il aurait dû y avoir rapidement une demi-douzaine de policiers qui la suivaient.

— À moins que les ravisseurs soient immédiatement sortis de la circulation, soient venus ici et se soient garés. Il n'y a aucune garantie qu'ils soient encore ensemble, suggéra Devlin qui détesta soulever cette question. Tesla, fit-il au téléphone, on est en dehors de la communauté sécurisée. L'hirondelle indique que McEwan se trouve à l'intérieur. J'ignore comment la ramener.

Il se tenait désormais hors du véhicule stationné, et l'ordi portable était perché sur le toit de ce dernier. Les gars étaient déjà partis inspecter l'accès au quartier. La journée, il y avait de fortes chances que la clôture sur le dessus du mur ne soit pas électrifiée. Ce quartier sécurisé n'était pas destiné à laisser les gens dehors ; seulement les véhicules.

— Bon, on a les instructions, déclara Tesla.

Devlin entra rapidement les commandes, se trompa plusieurs fois et dut recommencer. Finalement, quand il eut fini, il leva les yeux et vit l'hirondelle venir se poser sur le toit de la voiture.

— Incroyable, souffla-t-il en la fixant des yeux.

— C'est vrai, mais es-tu sûr que tu voulais la ramener ?

— J'ai aussi la petite télécommande qu'elle avait. Elle pourra la contrôler si je la lui donne, non ?

— Je ne suis pas certaine de savoir comment marche son nouveau système, concéda Tesla. Mais quand elle met l'hirondelle en état d'alerte, elle devrait emporter la télécommande. Sinon, comment ça fonctionnerait ? demanda-t-elle en secouant la tête. N'oublie pas que je suis là simplement pour aider. Ce ne sont pas mes bébés. Même avec les instructions, je ne suis en mesure d'absorber qu'un peu d'informations à la fois à cette vitesse.

Quand il eut terminé, Devlin rangea l'ordinateur dans le véhicule sur le toit duquel était posée l'hirondelle, et il hésita à laisser cette dernière à cette place. Mais il ne savait pas quoi faire d'autre.

Son portable vibra à l'arrivée d'un texto de Ryder.

On a trouvé une maison, et le bateau est garé dans l'allée. Ça a l'air désert. Mais bien sûr, aucune garantie. Easton est allé inspecter l'embarcation.

Devlin confirma rapidement qu'il était en route. Il fit le tour et chercha l'endroit le plus facile pour escalader le mur en pierre. Il cliqua sur le GPS de Ryder et suivit le chemin jusqu'à son emplacement. Il marcha jusqu'à lui derrière une haie de cèdres.

— Des nouvelles ?

Ryder indiqua une maison deux entrées plus loin, celle qui avait un gros bateau, genre schooner, sur une remorque garée dans l'allée. Puis il remarqua le hublot.

— Oh, mon Dieu ! On peut encore lire le « Au secours ! » sur le côté.

— Ouais, ça signifie que c'est le bateau vu sur l'autoroute. Donc, elle s'est libérée, mais on ignore ce qui s'est passé ensuite.

Ils n'eurent pas à attendre longtemps. Une voiture arriva et se gara à côté de l'embarcation, et deux hommes en sortirent. Ryder prit autant de photos que possible avec son portable depuis son emplacement.

Devlin patienta, sachant que Easton était à l'intérieur du bateau et pouvait se faire prendre à n'importe quel moment.

Mais les types se dirigèrent vers la porte d'entrée et pénétrèrent dans la maison. Devlin et Ryder rasèrent le côté de la demeure et arrivèrent dans l'angle mort où se trouvait l'embarcation. Dans le garage, Devlin vit le pickup qui l'avait remorquée. Ils devaient mettre tous les véhicules hors service.

Devlin ouvrit la portière côté conducteur, passa la main sous le volant et débrancha tous les fils sous le panneau. C'était un truc assez simple à rebrancher, s'ils connaissaient la procédure. Mais à ce moment-là, il pensait qu'aucun des hommes à l'intérieur n'avait ces compétences. Il fouilla rapidement le véhicule, mais ne trouva rien d'intéressant. Une fois ressorti, il sonda les alentours. Ryder et Easton se tenaient tous deux sur le côté du garage, à couvert. Ils lui firent signe de venir. Il se plaça à côté d'eux.

— Le bateau est vide. On a trouvé du sang devant, un tas de ruban adhésif déchiré et un drap. Aucun signe des deux.

— On suppose qu'ils sont dans la maison alors ? Dans ce cas, je veux mettre cette voiture hors d'usage.

— Laisse tomber ce truc, putain, ricana Easton. On va s'en prendre aux roues, suggéra-t-il en sortant son canif.

Il sortit négligemment la lame et passa dans l'ombre du bateau. Il épia autour de la haie et se rua vers la voiture.

Ils ne distinguaient pas ce qu'il faisait, mais Devlin se doutait qu'il allait taillader les deux pneus de l'autre côté. Il revint par-devant, tendit la main sous le pickup et coupa aussi la bande de roulement des pneus avant. Il referma le canif, se glissa le long du bateau et les rejoignit.

— Il y a deux véhicules qui ne bougent pas. Entrons dans la maison.

Ils pouvaient accéder à l'intérieur par trois portes qu'ils avaient aperçues : une donnait sur le garage, la porte d'entrée et peut-être au moins une, sinon deux, par-derrière. Devlin choisit celle de derrière. Il se glissa autour de la demeure et observa tout. Un grand porche, des marches qui descendaient vers une sorte d'entrée de cave et des portes-fenêtres donnant sur la terrasse. Jolie maison. Une grande piscine. Une clôture d'à peine 1,20 mètre. Le jardin si facile à escalader était vide.

Il se glissa dans l'entrée de la cave, et son portable vibra. Il le sortit pour voir qui c'était. *Tesla.* Elle avait basculé l'hirondelle sur les coordonnées de Bristol. D'après les indications, cette dernière se trouvait aussi dans le bâtiment.

Exactement ce qu'il devait savoir.

CHAPITRE 17

ELLE ENTENDAIT DES sirènes au loin. Elle était sûre que les secours arrivaient. Mais il était évident que le conducteur avait subitement pris conscience du fait qu'il se passait quelque chose et qu'elle en était probablement responsable. Le véhicule négocia plusieurs virages à grande vitesse. À un moment, elle craignit que le bateau ne se couche sur le côté et l'envoie à terre. Le pickup s'arrêta brusquement, et le véhicule qui le suivait également. Deux hommes en sortirent et la menacèrent d'un pistolet.

Elle leva lentement les mains. Est-ce qu'elle en avait fait assez pour que les flics leur mettent la main dessus ou avait-elle été simplement idiote et aggravé sa situation ? Un des types sauta à l'arrière du bateau, et les autres dans le pickup.

Elle s'assit à côté de son père. Elle croisa les bras et jeta un regard noir à l'homme qui la menaçait avec le flingue. Le cortège avança et se remit en route. Mais ils ne circulèrent que quelques minutes. Puis soudain, elle se retrouva dans un quartier résidentiel avec de grandes et belles maisons.

Le véhicule entra dans un garage tandis que l'embarcation resta dehors.

— Maintenant, je vous emmène à l'intérieur de cette maison, et ça ne me dérange absolument pas de vous tirer dessus, lâcha-t-il. Mais on me dit que vous avez plus de valeur vivante que morte.

Elle ignorait totalement pourquoi il pensait ainsi, car elle était toujours une inconnue. À cet instant, elle était simplement une créatrice dingue et fauchée, qui croyait pouvoir mieux faire.

— Je vais vous mettre dans une chambre avec votre père, déclara l'homme armé. Si vous vous tenez bien, on vous laissera ensemble. Sinon, eh bien… Je veux que vous vous comportiez tranquillement. Vous ne devez pas attirer l'attention. La balle s'en fout d'être pour vous ou pour votre père. En réalité, ce serait franchement plus facile de le tuer ici.

— Non, je me tiendrai tranquille ! Je me tiendrai tranquille ! s'exclama-t-elle. Ne le tuez pas.

— D'après ce que racontent les gars, dit le type en secouant la tête, il est fou de toute façon. Qu'est-ce que ça peut vous foutre, putain ? ajouta-t-il en lui faisant signe de passer devant lui.

Quand elle arriva sur le pont du bateau, à l'arrière où se trouvait l'échelle, elle vit deux hommes qui l'attendaient. Et vraiment, elle n'avait ni le choix ni la possibilité de s'échapper. Elle glissa le long de l'échelle, et le premier type lui attrapa le bras. Il la força à entrer dans le garage, puis à franchir une porte pour entrer dans la maison. Elle eut à peine le temps de regarder autour d'elle. Il y avait un espace ouvert et du carrelage, qui avait l'air très onéreux. À l'étage, il la poussa dans une pièce.

— Il y aura quatre hommes dans cette maison. Si vous le voulez, je peux vous attacher. Mais vous semblez être capable de vous libérer, donc, pas la peine. Mais si je vous vois hors de cette pièce, et je me fous de la raison, même si vous devez aller aux toilettes, je vous tire dessus. Je pourrais même commencer par vos mains. Si je vous vois hors de cette pièce pour n'importe quelle raison, répéta-t-il avec emphase, je tirerai sur une autre partie de votre corps, probablement un genou. Aimeriez-vous passer le reste de votre vie en tant qu'infirme ? Et si, par hasard, vous arrivez à vous échapper, votre père est un homme mort.

Elle s'assit durement sur le lit et se croisa les bras sur la poitrine.

— Je ne vais nulle part.

En son for intérieur, elle bouillait. C'étaient des menaces terriblement efficaces. Son père… et la dernière chose qu'elle souhaitait, c'était de perdre ses mains. Elle grimaça à cette idée.

Le gangster se mit sur le côté tandis qu'un autre homme apportait le corps frêle de son père. Elle se leva, et il le coucha sur le lit. Il ne lui dit pas un mot, tourna les talons et ressortit.

Quand la porte se referma, elle s'assit et se prit le visage dans les mains. Comment est-ce qu'elle pouvait bien agir ? Elle n'abandonnerait en aucune manière. Elle avait été si près de réussir en se libérant sur l'embarcation. Elle se repassa encore et encore les événements dans la tête, tout en se demandant ce qu'elle aurait pu faire différemment. Comment se faisait-il que personne ne lui avait envoyé les flics à temps pour la sauver ?

Elle secoua la tête. C'était ça qu'était devenu le monde ? Voir quelqu'un en détresse… et ne pas agir ? Elle s'interrogea sur le nombre de vidéos qui apparaîtraient sur YouTube la montrant en train de hurler à l'arrière d'un bateau alors que personne ne lui venait en aide.

En même temps, ce genre de réflexion ne l'aidait pas. Elle était avec son père, et, au moins, ils seraient confrontés à la mort ensemble. Ils avaient passé toute leur vie à être seuls ensemble. Rien de nouveau.

Ses pensées se tournèrent vers Devlin. Elle était sur le point de trouver quelqu'un avec qui elle avait vraiment envie de passer du temps, et tout lui avait été enlevé. Quelle injustice.

Il était entré dans sa vie en Afghanistan et s'y était bien installé. Elle ne voulait pas qu'il parte.

Elle souhaitait la promesse qu'il était fait pour elle. Elle ne savait pas vraiment ce qu'il ressentait, mais en même temps, elle se rendait compte qu'il était attiré par elle. Chaque fois qu'elle se retournait, il était à ses côtés. Les mots gentils, les sourires, les petits bisous surprenants. Elle désirait tout ça et bien plus encore.

Tout en baissant le regard sur son père, elle comprit à quel point elle se sentait seule depuis si longtemps. Elle l'avait perdu mentalement et émotionnellement, et le réaliser vraiment la blessait de mille et une façons. Mais depuis que quelqu'un était peut-être dans sa vie, ce serait bien plus facile pour elle de se détacher de son paternel.

Il y avait longtemps qu'elle souffrait. Elle était plus que prête à éprouver de la joie. Et ces salopards essayaient de la lui en priver. Et si elle ne survivait pas à cette histoire ? Tant de choses avaient mal tourné. Même si elle s'en sortait indemne, elle s'inquiétait de ne pas y arriver avec son entreprise ou la maison. Où mettrait-elle son père le cas échéant ?

Au lieu de la déprimer, ça la fichait en pétard. Elle avait travaillé si dur pour ça. Bien sûr, elle avait été idiote. Elle n'aurait pas dû signer ce foutu contrat. Tesla l'avait prévenue. Mais elle n'avait vu aucune alternative. Pourtant, elle avait conscience au fond d'elle qu'elle avait eu un plan. Sauf qu'elle ne s'était pas attendue à être bernée. Si elle parvenait simplement à leur livrer les cinquante drones. C'était ce qui comptait, ce que le contrat stipulait. Et désormais, elle avait un truc bien plus avancé et fantastique.

Elle devait toutefois sortir de là, et *tout de suite*.

Mais enfin, où était Devlin ?

Elle alla à la fenêtre et regarda dehors. Un autre véhicule arriva, et deux hommes se précipitèrent dans la maison. Elle s'assit sur le lit à côté de son père et lui prit la main.

— Au moins, on est ensemble, lui murmura-t-elle.

Elle baissa la tête et attendit que les types la rejoignent à l'étage.

Il devait quand même y avoir quelque chose qu'elle pouvait tenter. Bien sûr, il devait bien y avoir une arme, une façon de s'évader.

LA PORTE DU sous-sol était fermée à clé, mais Devlin la crocheta et l'ouvrit en quelques secondes. Il envoya rapidement un SMS à Easton et à Ryder, leur disant qu'il était au sous-sol, que la porte était ouverte et qu'ils devaient le rejoindre.

Il jeta un coup d'œil furtif autour de lui et constata que l'endroit était vide, à part la zone d'haltérophilie. Plusieurs barres en aluminium sans disques se trouvaient sur le côté. Il en prit une, la soupesa et sourit. Il pouvait provoquer de sacrés dégâts avec ça.

Il entendit du bruit derrière lui, se plaqua contre le mur et attendit. Quand il reconnut Easton et Ryder, il leur montra l'escalier.

— Je ne vois que ces marches pour monter, indiqua-t-il.

Ils opinèrent du chef et le suivirent.

Il posa l'oreille contre la porte en haut de l'escalier, et

écouta. Pas un bruit. En espérant que tout se passe pour le mieux, il tourna la poignée et entr'ouvrit la porte. Toujours rien. Il l'ouvrit complètement. Ils se retrouvèrent dans un petit couloir.

Arrivés tous les trois au rez-de-chaussée, ils se déployèrent. Et ne virent personne.

Il ne restait plus que l'étage. Ils espéraient que Bristol et son père y étaient.

Devlin observa l'escalier. C'était toujours délicat. Une marche pouvait craquer, même s'ils étaient le plus silencieux possible.

Ryder abordait la situation totalement différemment. Il saisit la balustrade et grimpa sur la moulure latérale. Il arriva au premier palier, répéta le processus et franchit la deuxième moitié en trois enjambées. Easton le suivit, puis Devlin.

L'escalier débouchait sur quatre portes. Toutes fermées.

C'est alors qu'il comprit que la situation était totalement bizarre.

Qu'importait le nombre de gens à ce niveau, les portes ne pouvaient être fermées en aucune façon sans qu'on ne distingue aucun bruit.

Et ça, ça signifiait que les ravisseurs s'attendaient à des problèmes.

Les trois gars se regardèrent et pointèrent chacun la porte à laquelle ils allaient s'attaquer avant de se poster à côté. C'était acquis qu'ils se frotteraient à des hommes armés. Devlin était le seul à avoir pris une barre. Mais il avait conscience que Ryder et Easton savaient se battre à mains nues comme nul autre. Il se débrouillait pas mal, lui aussi. Même s'il se prenait trois balles, il était probable qu'il élimine son adversaire avant de tomber.

Easton était plus mince et vachement rapide. Et il maîtrisait l'art du kickboxing en plus. Tant qu'il voyait l'arme avant qu'on ne s'en serve, il avait de bonnes chances de l'éliminer avant qu'elle ne touche sa cible.

Ryder leva trois doigts. Puis, sur commande, chacun d'eux entra en trombe dans une pièce. Celle de Devlin était totalement vide. Il fouilla vite le placard et ressortit dans le couloir. En même temps que Ryder qui le fit venir à l'autre porte. Easton n'était pas ressorti de sa pièce.

La porte était entr'ouverte. Ryder la poussa un peu du pied, et ils trouvèrent Easton assis par terre, qui dévisageait méchamment quelqu'un, les mains sur la tête. Derrière les larges épaules de Ryder, Devlin vit Bristol et, derrière elle, son père au sol.

Elle tenait un long tube métallique. Une barre de penderie. *Joli*. Et elle avait assommé Easton avec. Elle lança un regard à Devlin, lâcha la tringle et se jeta dans ses bras.

Il la serra fort.

— Où sont les autres ? lui demanda-t-il à l'oreille.

Elle recula la tête et la secoua.

— Je n'en ai aucune idée. Je suis dans cette pièce avec mon père depuis notre arrivée. J'ai entendu des hommes entrer par la porte de devant.

Les trois gars s'observèrent.

— Il devrait y avoir les deux types de l'ambulance, énuméra Devlin, et les deux qui vous ont suivis. Avez-vous exploré les autres pièces ?

— Non, murmura-t-elle en branlant du chef. Je ne suis pas sûre de l'endroit où tout le monde se trouve.

— On a déjà fouillé en bas, et il ne nous reste qu'une autre pièce.

— Et elle est vide, le coupa Ryder derrière lui.

— Comment est-ce possible, demanda Devlin en secouant la tête. On a traversé le sous-sol et inspecté toute la maison.

— C'est possible uniquement s'ils sont passés par les portes-fenêtres quand on est entrés, gronda Easton en sautant sur ses pieds. Ce qui signifie qu'ils se sont échappés.

— Mais pourquoi sortiraient-ils par-derrière ? protesta Bristol. À moins qu'ils soient garés là-bas ?

Les gars branlèrent du chef.

— Le pickup est dans le garage, et la voiture noire dans l'allée.

— Tu as dû être repéré, firent-ils à Easton.

— C'est la seule explication, opina ce dernier. S'ils voulaient tuer Bristol et son père, pourquoi les emmener ici ? Et pourquoi les abandonner ?

— Pour réduire leurs pertes.

Ils se retournèrent tous pour regarder Bristol.

— C'est la seule explication sensée. S'ils me sabotaient, d'une certaine façon, ça suffisait de leur point de vue. Je suis désolée de vous avoir frappé, dit-elle à Easton.

— C'est ma faute si je l'ai été, tempéra-t-il avec un sourire d'excuse en coin.

Les gars hochèrent la tête.

— Quelle que soit la raison, reprit Devlin, on doit s'en aller rapidement. Que voulez-vous qu'on fasse de lui ? demanda-t-il en considérant le père de Bristol.

— Il faut qu'il soit examiné par un docteur, déclara-t-elle doucement. Je dois rentrer chez moi pour finir mon travail. Merci beaucoup de nous avoir trouvés, ajouta-t-elle en scrutant autour d'elle.

— Ne tenons rien pour acquis. On a besoin d'une ambulance ici pour votre père et de vous ramener chez vous.

— Je n'ai pas le temps de parler à la police, marmonna-t-elle en observant son père. On peut peut-être simplement le ramener à la maison et faire venir un médecin pour l'ausculter ?

Les gars se regardèrent puis se tournèrent vers elle.

— J'ai l'air cruelle ? lâcha-t-elle, écarlate. Ce n'est pas volontaire. Je suis prise entre une faille temporelle et une date butoir. Il a besoin d'aide, mais pas d'affronter de nouveau les méchants. Chez moi, je suppose que vous serez en mesure de nous protéger, et on pourra terminer les drones…

Ryder se baissa et souleva gentiment le vieil homme frêle dans ses bras.

— Je serai bien plus gentil que quiconque l'a été avec lui jusqu'à présent. On rentre.

— J'appelle la police, annonça Devlin en sortant son téléphone. Elle peut bien venir s'occuper de la maison et du bateau. N'oubliez pas, ajouta-t-il en considérant les autres, qu'il y a déjà eu une grande couverture médiatique à propos de cette embarcation et de cette folle avec un drap. Il pourrait y avoir des dossiers et un grand nombre d'heures de travail gâchées. Je vais simplement les prévenir qu'on ramène le vieil homme à l'hôpital et vous chez vous. S'ils souhaitent discuter, c'est là qu'ils vous trouveront.

— D'accord, accepta-t-elle.

Elle passa devant eux, descendit l'escalier et sortit par la porte d'entrée. Quand elle vit le bateau, elle se figea.

— Putain, j'étais si près de m'en échapper.

— Vous auriez probablement pu sauter de l'arrière quand ils ralentissaient à l'approche d'un virage.

— C'est vrai, opina-t-elle en se tournant vers Ryder, j'aurais pu, mais je craignais d'abandonner mon père.

— Alors, ne vous sentez pas coupable, tempéra-t-il. On prend tous des décisions. Notre unité doit le faire tout le temps. Mais on se fie aux autres pour gérer ce qui doit être fait et comme ça, on peut avancer selon le plan.

— Je n'ai pas avancé, contra-t-elle. Je suis simplement arrivée nulle part.

— Attendez de voir les médias, la railla-t-il en riant. Vous vous rendrez compte que vos efforts n'ont pas été vains.

— Je peux parfaitement l'imaginer.

CHAPITRE 18

DEVLIN INFORMA RAPIDEMENT la police. Puis ils montèrent tous dans l'autre véhicule et se dirigèrent vers la maison de Bristol. Son père était allongé sur la banquette arrière, où elle pouvait le surveiller.

Elle espérait que les coups de ce jour n'auraient aucun effet néfaste sur sa santé. Avec un peu de chance, il resterait groggy jusqu'à la fin des événements et serait de nouveau dans son lit avant de se réveiller.

Quant à elle, eh bien, elle avait une tonne de travail à effectuer. Elle ne croyait toujours pas que Devlin, Tesla et Ice avaient fait fonctionner et décoller l'hirondelle.

— Je suis vraiment impressionnée par le fait que vous ayez manipulé l'hirondelle.

— Je n'y serais pas arrivé sans Tesla, Ice et les autres. Et pourquoi est-ce que vos puces ne peuvent pas être traquées par GPS sans le drone ?

— Parce qu'elles sont vieilles, expliqua-t-elle. On les a fabriquées il y a bien des années avant que ce ne soit une pratique courante. À ce moment-là, il n'y avait pas de logiciel pour GPS. De nos jours, tout est plus petit, plus facile et plus rapide.

— C'est ce qu'on s'est dit, opina-t-il. Il est peut-être temps de procéder à une mise à jour.

— On en a parlé à un moment, mais les puces ont en

réalité été insérées dans les muscles, alors il faudrait se mettre en arrêt pendant plusieurs semaines et peut-être subir des lésions nerveuses, argua-t-elle en secouant la tête. Ça n'avait aucun sens pour nous. On pourrait nous en implanter de nouvelles, mais deux puces si près l'une de l'autre risque-raient de tromper le traceur.

— Et vous avez cette opportunité unique d'être pistés, vous et votre père, par l'hirondelle, renchérit-il en hochant la tête.

— Alors, mon père a aussi de quoi nous localiser, déclara-t-elle. Et j'étais si occupée que j'ai simplement oublié les implants. Jusqu'à maintenant, se corrigea-t-elle après avoir inspiré profondément.

— Au moins, ils étaient là et on a pu les utiliser, tempé-ra-t-il en lui jetant un coup d'œil. Vous avez besoin de quelque chose pendant qu'on est encore à l'extérieur ?

— La seule chose dont j'ai besoin, déclina-t-elle en bran-lant du chef, c'est de rentrer chez moi, de m'assurer que mon père est en sûreté à l'abri de portes verrouillées et gardées, et de reprendre mon travail. Même si l'aventure dingue d'aujourd'hui ne m'a pas blessée physiquement, il m'a retardée d'un jour complet supplémentaire. Le sabotage marche à cet égard.

Ils approchèrent du portail.

— Le portail a été réparé, constata-t-elle, le souffle cou-pé.

Elle sortit de la voiture, examina le portail, et remarqua que toute la structure avait été ressoudée et que la solide serrure avait été réparée. Elle tapa rapidement le code, et les vantaux s'ouvrirent. Une fois que tout le monde fut entré, elle sécurisa rapidement le portail et changea le code de fermeture. Tandis qu'elle s'approchait des véhicules, Ryder descendit du sien, et, avec l'aide de Devlin, il sortit doucement le père de Bristol.

— Si vous pouviez le mettre dans son lit, leur demanda-t-elle en ouvrant la porte d'entrée, ça serait l'idéal.

— Oh, mon Dieu ! s'exclama Carmelita en accourant vers elle, vous êtes de retour sains et saufs.

Elle pleurait et bafouillait en même temps. Bristol l'entoura de ses bras.

— Allongez-le dans son lit, s'il vous plaît. Puis appelez le médecin.

— Oui, oui, oui, fit Carmelita avant de courir dans le couloir pour se placer devant Ryder et appeler l'ascenseur.

Maintenant qu'elle était chez elle, Bristol sentit la tension se relâcher lentement. Mais à peine. Tout ce qui était arrivé lui avait fait perdre du temps, et il lui en restait très peu pour honorer son contrat. Elle retourna à la voiture, récupéra son ordinateur et se retourna. Elle trouva Devlin qui tenait l'hirondelle. Elle sourit, saisit l'appareil qui lui avait sauvé la vie et rentra dans la maison. S'il y avait bien une chose dont elle était reconnaissante en ce moment même, c'était sa maison.

Au lieu de traverser la cuisine pour emprunter l'escalier, elle tapa le code de l'ascenseur et se dirigea vite vers son labo. Quand les portes s'ouvrirent, elle sortit et se figea. Il y avait six hommes en plus. Elle leva les yeux, sous le choc. Elle ne savait pas si elle devait être outrée, terrifiée ou ravie.

Puis Tesla se mit devant elle, mains levées.

— J'ai conscience que je ne t'en ai pas parlé. Je n'avais pas le temps. Tu avais des problèmes, et ce n'était pas comme si je pouvais te demander la permission.

— La permission ? s'étonna Bristol avant d'ouvrir et de refermer la bouche.

Tesla désigna le nouveau groupe qui s'affairait sur le matériel, et un autre de son côté de la table.

— Ils travaillent pour moi.

Bristol balaya la pièce du regard et vit que tout le monde était à pied d'œuvre. Elle se rendit compte combien Tesla était son amie. Elle posa l'ordi et l'hirondelle sur la table la plus proche, se retourna et prit Tesla dans ses bras. Elle sentait le soulagement gagner le corps de son amie tandis que celle-ci se détendait et la serrait.

— Merci, murmura-t-elle. Mon Dieu, merci.

— Tu es de retour, l'encouragea Tesla en l'étreignant fort. Et on a des tonnes de travail. On a un contrat à finir. Et je veille à t'en trouver un meilleur.

— Qu'est-ce que tu as fait ? la questionna Bristol qui, entendant quelque chose dans le ton de sa voix, recula et la regarda.

— Je connais quelques personnes, expliqua Tesla en souriant avant de se mettre à partager ce qu'elle avait mis en place.

— Tu crois que ça marcherait ? demanda Bristol, sourcils levés.

— Tu sais quoi ? Ça ne peut pas être pire. Primo, on livre. Deuxio, on fait une démonstration, détailla-t-elle avec un sourire. Et cette fois-ci pour les bonnes personnes.

DEVLIN SURVEILLA BRISTOL le reste de la journée. Elle se déplaçait à une vitesse presque effrénée, se ruant à l'étage quand le docteur arriva pour examiner son père, puis redescendant pour travailler de nouveau sur son logiciel.

Tesla et Ice s'occupaient des drones. Une chaîne de production était en cours. Il fallait produire cinquante appareils avec un certain niveau de compétences. Comme Bristol l'avait dit, elle avait fait une découverte. Et il y avait tellement plus de matériel disponible de nos jours. Mais ces salopards n'obtiendraient rien de plus de sa part. Pas plus que la compagnie de Brent. Ils lui avaient rendu la vie assez difficile comme ça. Et grâce à ses recherches, Devlin avait appris que les pratiques commerciales de Brent étaient douteuses, du genre contrats annulés ou non payés.

Il leur restait environ six jours jusqu'à la date butoir de l'extension. En son for intérieur, Devlin avait conscience qu'ils réussiraient. Simplement, il ignorait comment Bristol allait survivre. Elle avait les nerfs en pelote. On avait l'impression que, si quelque chose dérapait, elle se briserait. Il avait remarqué que ses nerfs s'étaient tortillés avec une forte résistance à laquelle il ne s'était jamais attendu. Mais en même temps, c'était un bonheur de la voir.

Les jours passèrent comme dans un brouillard. Elle avait maintenant une maison pleine d'assistants. Et sa gouvernante avait les mains pleines et nourrissait tout le monde. Ils travaillaient jusque tard dans la nuit, se reposaient pendant quelques heures, se levaient le lendemain et recommençaient. Quand ils arrivèrent à la veille de la date de livraison, Devlin sut qu'il devait agir. Bristol était sur le point de tomber. Il l'entraîna de côté au milieu de la matinée.

— Vous devez vous coucher et dormir un peu, lui intima-t-il.

Elle se tourna pour le considérer, avec des poches sous les yeux et une lueur fiévreuse dans leur profondeur.

— Je n'ai pas le temps pour ça, répliqua-t-elle en secouant la tête.

Il lui caressa le cou de son pouce et lui leva gentiment le menton.

— Et vous ne pouvez pas ne pas le prendre, rétorqua-t-il en branlant doucement du chef. Regardez-vous. Vous tournez à vide.

— Je suis sur la réserve, dit-elle avec défiance. Regardez. On est en bonne voie. On va réussir. Mais si un truc dérape, s'il y a un souci, on perd tout.

Puis il la vit se bloquer, reprendre le contrôler et le dévisager.

— Je m'en sortirai.

Il la regarda s'éloigner puis se rasseoir. Il ignorait sur quoi elle travaillait, mais ça avait un lien avec l'hirondelle et quelque chose qui était posé à côté, un appareil encore plus petit. Il alla voir et découvrit un minuscule truc du genre passereau à côté du drone.

— Bordel, qu'est-ce que c'est ?

— Vous verrez quand j'aurai fini, éluda-t-elle en lui jetant un œil. Si je finis, ajouta-t-elle, sur un ton presque amer.

Il se rendit compte que ce sur quoi elle bossait était si important qu'elle ne pouvait pas s'arrêter. Il observa Tesla et leva les sourcils.

— Elle doit le terminer ce soir, opina cette dernière.

Il fronça les sourcils et se demanda ce que ça signifiait exactement, puis décida qu'il serait avisé de retourner à son boulot. Ce qu'il fit. Il attendrait et verrait bien. C'était une chose d'être impliqué dans un truc comme ça à un niveau périphérique. Mais concernant Bristol, il comprenait que son engagement était bien plus important et que son échec serait bien pire.

Il flottait sur tout ça le spectre du kidnapping. Les hommes se relayaient pour des tours de garde et examinaient les vidéos. Eux aussi tournaient à vide. Et les nouvelles personnes que Tesla avait emmenées étaient si concentrées sur les drones qu'elles étaient libres durant des heures pour renforcer la sécurité. Ils étaient désormais également surveillés par le satellite de Levi. Tous les jours, Stone, un des bras droits de ce dernier, s'assurait qu'il n'y avait aucun intrus sur la propriété.

Et Bristol continuait à travailler, dormant rarement. Les regards inquiets des autres devinrent plus fréquents, concernés et dirigés vers Devlin.

Il sut qu'il devait faire quelque chose.

Après le dîner ce soir-là, elle sortit de table pour redescendre avec les autres, mais elle traînait derrière, et il vit la pâleur de sa peau, les grands cernes noirs sous ses yeux.

— Non, lâcha-t-il en se plantant devant elle.

— De quoi parlez-vous ? demanda-t-elle en levant les yeux sur lui, titubant sur place.

— Vous ne descendez pas avec eux.

— Mais si.

— Non, rétorqua-t-il en secouant la tête. Vous allez tout de suite dans votre chambre pour vous coucher.

Elle se croisa les bras sur la poitrine et avança le menton.

— Et qui m'y obligera ?

— Moi.

— Vous et quelle armée ?

Il avança d'un pas, et elle recula d'autant. Elle branla du chef.

— Je ne peux abandonner ces gens en aucune façon. Ils sont venus par bonté, et je ne peux pas les laisser travailler sans moi. Vous ne comprenez pas que je dois être là ? Je ne peux pas simplement renoncer.

— En d'autres circonstances, je serais d'accord avec vous, déclara-t-il tout en la menant dans le couloir où se trouvait une grande glace. Regardez-vous, vous êtes épuisée. Vous allez vous effondrer. Vous êtes déterminée à continuer par la force de votre volonté et de votre entêtement. Vous êtes la dernière à vous coucher, et même là, je ne crois pas que vous dormiez. Vous arrivez le matin l'air de pis en pis chaque jour.

Elle lui jeta un regard noir dans le miroir.

— Vous tenez à peine debout. Vous titubez sur place.

Elle bloqua les genoux et raidit les épaules tandis qu'il voyait sa colère monter à l'intérieur. Il l'avait déjà remarquée. Mais en quelques secondes, elle s'affala de nouveau.

— Je ne peux pas les laisser travailler tout seuls. Je n'ai plus le temps. Peu importe que je sois épuisée. Quand ce sera fini, je pourrai dormir pendant une semaine. En ce moment, je n'ai pas le loisir de me reposer.

Pas la peine de lui parler. Elle n'écoutait rien de ce qu'il avait à lui dire. Il se pencha et la prit dans ses bras.

— Posez-moi. Posez-moi, lui intima-t-elle en le frappant.

Il entendit quelqu'un courir et se tourna pour voir Carmelita arriver de la cuisine, tenant un torchon.

— Bristol ? demanda-t-elle, inquiète.

Devlin savait de quoi ça avait l'air. Mais il la rassura rapidement.

— Je l'emmène dans sa chambre pour qu'elle se couche. Elle a besoin de sommeil. Elle ne peut plus bosser. Elle tient à peine debout.

— Je vais bien, hurla Bristol. Carmelita, allez chercher les autres. Ils ne vont pas le laisser me malmener.

Il distingua l'indécision sur le visage de Carmelita. Puis la détermination.

— Non, Bristol, refusa-t-elle en secouant la tête. Tu dois dormir. Demain sera une toute nouvelle journée.

La captive poussa un cri outré, et Devlin parcourut rapidement le couloir, avec Bristol dans les bras. Il fit passer le corps qui se tortillait sur son épaule, ouvrit la double porte, la referma du pied, verrouilla derrière lui et laissa tomber Bristol sur le lit. Elle se leva instantanément et se rua vers la porte.

Il la saisit d'un bras, la souleva et la reposa sur le lit. Elle se mit à quatre pattes et lui lança un regard noir.

Il n'avait jamais rien vu de plus beau — elle crachait comme un chat, épuisée, mais toujours en mode guerrier, faisant ce qu'il fallait faire. Mais son corps n'en pouvait plus. Il savait comment c'était. Il avait conscience qu'elle ne tiendrait pas. Elle se reposerait et reviendrait se battre après quelques heures.

— Vous allez rester ici et vous reposer, dit-il doucement d'une voix égale. Je peux rester ici toute la nuit s'il le faut pour m'en assurer. Seul l'un de nous deux va gagner cette bataille, et ce sera moi.

Elle ouvrit la bouche, et un cri de frustration retentit dans la chambre.

Mais elle ne se releva pas.

Il sourit quand elle roula sur le matelas, vaincue. Moins d'une minute plus tard, son corps fondait dans le relâchement détendu d'un sommeil d'épuisement.

Bien. Il s'assit dans le grand fauteuil pour monter la garde.

CHAPITRE 19

ELLE SE RÉVEILLA dans une pièce sombre. Sa panique instantanée reflua quand elle reconnut sa chambre. Son corps était lourd, paisible. Elle ne voulait pas bouger, mais sa vessie insistait. Elle roula sur elle-même et se figea. Devlin dormait dans le fauteuil à côté de son lit. Ses grands pieds reposaient sur le bord du matelas. Il avait les bras croisés sur la poitrine. Elle se dit que si elle faisait le moindre mouvement, il s'en rendrait compte. Lui aussi avait l'air harassé.

Elle se rappela la discussion avant qu'elle ne s'effondre. Ce n'était pas parce qu'il avait raison que c'était facile à accepter. Elle était encore fatiguée. Elle savait combien de temps elle avait dormi. Elle n'allait certainement pas déjà quitter la chambre. Mais parfois, les fonctions corporelles devaient primer. Elle se tortilla jusqu'au pied du lit et se glissa dans la salle de bain. Elle se regarda dans la glace et secoua la tête.

— Mon Dieu, on dirait une sorcière.

Elle avait la peau blême et de grandes poches sous les yeux.

Elle consulta sa montre et vit qu'il était seulement minuit. Elle utilisa les toilettes et se lava, se brossa les dents puis rentra dans sa chambre. Elle se dirigea vers sa commode, prit sa chemise de nuit et repartit à la salle de bain. Elle se changea et mit ses vêtements sales dans le panier de linge sale.

Elle ouvrit la porte, retourna sans bruit à son lit et s'y coucha par l'autre côté.

— Comment vous sentez-vous ?

— Mieux, dit-elle à contrecœur quand elle comprit qu'il ne s'était pas du tout assoupi.

— Bien. Rendormez-vous.

Elle n'avait pas dans l'idée de discuter, mais le fait d'être commandée la mit en colère.

— J'en avais l'intention, rétorqua-t-elle sèchement.

— Dormez. Allez, dormez.

Elle sourit. Il était simplement protecteur. Elle n'aurait pas dû être si garce. Elle était épuisée.

— Merci, souffla-t-elle tout en se rendormant.

— De rien, ricana-t-il. Vous êtes adorable quel que soit le monde où vous êtes.

Elle ouvrit brusquement les yeux. Elle s'enfonça dans les couvertures et sourit. Elle l'entendit aller à la salle de bain lui aussi. Après qu'il en fut ressorti et eut éteint la lumière, il s'assit sur le lit et s'allongea à côté d'elle.

— Je suis sûr maintenant que vous n'allez pas m'échapper, déclara-t-il. J'espère que vous ne m'en voudrez pas si je dors quelques heures.

Elle se sentit immédiatement mal à l'aise. Pour la garder alitée, il avait monté la garde, ce qui signifiait qu'il lui manquait du sommeil.

— Je suis désolée.

Il tendit un bras et l'entoura, bordant les couvertures contre lui.

— Pas moi. Vous êtes une combattante, une guerrière, même après avoir dépassé vos limites physiques.

— J'ai été une sorcière au mauvais caractère, pouffa-t-elle.

— Ça aussi. Mais j'ai vu pire, fit-il en la serrant rapidement. Rendormez-vous.

— Vos anciennes copines ? demanda-t-elle sèchement, avant de se figer en se rendant compte de ses propos.

Mais un léger gloussement dans l'oreille la fit rougir dans le cou et sourire.

— Parfois, murmura-t-il. Pourquoi est-ce que j'aime les minettes fougueuses et argumentatives ? Mais si vous étiez d'accord pour jouer le rôle de copine, ça me rendrait très heureux.

Tout en souriant, ses pensées se répétèrent la conversation. *Copine ?* Ils avaient peut-être franchi une ligne quelque part en chemin. Ils étaient passés de l'amitié à quelque chose de plus. C'était susceptible de lui plaire. Elle se rendormit très vite après.

Elle se réveilla une deuxième fois, toujours dans ses bras, mais face à lui cette fois-ci.

Une ombre épaisse lui couvrait le menton, et il dormait profondément à ses côtés. Elle afficha un rictus et posa la tête sur la poitrine de Devlin. Quelle aventure depuis l'Afghanistan. Jamais elle n'était allée si loin, si vite et si fortement dans une relation. Mais sans aucun doute, ils en étaient arrivés là. C'était le gars le plus généreux, bienveillant, dominateur, agaçant et pourtant solide qu'elle avait jamais rencontré.

C'était une bénédiction, cet homme. Elle s'émerveilla qu'il puisse être vraiment attiré par elle. Elle n'arrivait pas à penser à un quelconque moment depuis leur rencontre où elle s'était bien comportée. C'était un cauchemar après l'autre. Jusqu'à la veille au soir. Et il avait eu raison de faire ce qu'il avait fait. Par ailleurs, si leur situation avait été inversée, elle espérait avoir eu assez de courage pour agir de la même manière avec lui. Mais elle supposait que sa formation ressortirait bien avant et lui indiquerait quand il devrait se reposer.

Elle ignorait quelle heure il était. Elle n'avait pas envie de bouger. Elle se tourna très peu pour regarder par la fenêtre.

Il faisait encore nuit. Elle sourit, soulagée. Trop tôt pour se lever. Elle savourerait ces moments seule avec lui. Elle se rapprocha. Il y avait des années qu'elle n'avait pas eu une liaison avec quelqu'un qu'elle avait laissé passer la nuit avec elle. Elle n'avait jamais été près de se fiancer. Son père avait toujours été un moteur dans sa vie. C'était difficile de trouver quelqu'un qui serait capable de se mesurer à lui. Quand il était tombé malade, elle s'était occupée de veiller sur lui.

Mais tout était différent avec Devlin. C'était un vrai mec, pourtant protecteur et bienveillant. Elle ne pouvait pas résister. Elle s'étira et lui embrassa le menton, souriant à la sensation râpeuse sous ses lèvres.

Il était tout habillé, mais il n'avait pas de couverture. Elle aurait été gelée à sa place. Sans parler du terrible inconfort. Elle recula et s'assit. Elle parviendrait peut-être à les couvrir tous les deux.

Comme elle gigotait pour se libérer, le bras de Devlin serra plus fort, et il la ramena contre lui. Elle lâcha un petit rire.

— Quoi ? Je ne vais nulle part.

Il se rapprocha et lui embrassa le sommet du crâne.

— J'étais en train de vous couvrir. Vous êtes là tout habillé sans couverture.

Il ricana, son haleine chaude lui caressant le cou, la faisant frissonner.

— Ça va. J'ai assez chaud.

— Non, ce n'est pas vrai, gloussa-t-elle à son tour. Vous avez très chaud.

Il l'étreignit gentiment.

Elle n'était pas sûre qu'il soit encore fatigué, mais elle était seulement à même de penser qu'ils avaient dormi une bonne heure. Toutefois, elle se lèverait bientôt. Elle avait perdu beaucoup de temps de travail la veille, mais elle avait du mal à bouger. Ce qu'elle souhaitait vraiment n'était pas encore arrivé.

— J'entends votre esprit vibrer. Vous êtes certaine de ne plus réussir à vous rendormir ?

— Absolument, confirma-t-elle en secouant la tête. Je suis réveillée.

— Si vous en êtes sûre... fit-il en baissant lentement sa main qu'il finit par poser sur la cuisse de Bristol.

Cependant, sa voix était pleine de regret.

Sur ce, elle se redressa, se retourna et s'étala sur lui.

— J'ai peut-être assez dormi, murmura-t-elle contre ses lèvres, mais ça ne signifie pas que je suis prête à sortir du lit.

Il ouvrit grand les yeux.

Elle se concentra sur les lèvres ourlées et fermes devant elle. Elle baissa la tête et l'embrassa doucement, puis goûta, pinça et mordilla d'un côté à l'autre pour recommencer dans l'autre sens. Il s'étira et lui caressa le dos lentement et doucement.

Une séance d'amour un matin lent et paresseux. Mon Dieu, comme elle le désirait. Le problème, c'était qu'elle n'était pas certaine de pouvoir être lente et paresseuse. Tout dans sa vie se faisait à vitesse V. Et à ce moment-là, elle voulait bien plus. Elle l'embrassa en plein, déversant autant de passion et de chaleur que possible, fit glisser sa langue dans la bouche de Devlin et y trouva la sienne qui l'attendait.

Quand elle finit par lever la tête pour l'observer, elle dut glousser en voyant son regard espiègle.

— Bonjour, murmura-t-elle.

Il remonta les mains pour lui tenir fermement la tête, puis la reposa.

— Bonjour, susurra-t-il. Quelle merveilleuse façon de se réveiller.

Il leva doucement la main et repoussa les cheveux de son visage.

— À moi, fit-il.

Et il les retourna, tout en baissant la tête. Son baiser était long, lent et si doux. Au moment où elle allait se retirer, il changea de rythme et libéra la passion qui se cachait sous ces airs extérieurs, comme elle le soupçonnait.

Elle l'entoura de ses bras et l'embrassa avec la même passion farouche et d'un feu bien à elle. Mon Dieu, comme elle désirait cet homme, ce moment, ce relâchement et ce réconfort. Elle était dévorée de désir. Elle lui enveloppa les hanches de ses jambes, désespérée qu'il la prenne.

Mais il ne voulait pas de tout ça. Il réduisit quelque peu la passion et lâcha ses lèvres pour l'embrasser sur la joue, le long de son cou, la titillant, la goûtant, la regardant, la mordillant et la mordant. Elle frissonna et trembla sous cet assaut tandis qu'elle était envahie d'émotions. Bizarrement, sa chemise de nuit finit par terre. Quand il baissa la tête pour lui sucer un mamelon, elle cria, et son corps s'arqua sur le lit. Il adora ce téton sensible puis passa à l'autre. Elle tressaillit sous lui. Son corps se mit à trembler, l'implorant de continuer. Elle se rendit compte alors qu'il était toujours habillé.

Elle saisit le col de sa chemise et tira. Il ricana, s'assit légèrement et fit passer la chemise par-dessus sa tête.

Instantanément, elle le prit dans ses bras et l'embrassa, enfonçant loin la langue dans sa bouche, goûtant et explorant tout. Ses mains s'affolaient alors qu'elles parcouraient sa peau, explorant ses épaules massives, son dos musclé et son torse. Mais elle ne pouvait pas atteindre davantage. Elle gémit de frustration.

Il la serra très près et la tint contre son torse.

— Doucement, mon cœur, doucement.

Elle trembla dans ses bras, son corps cherchant déjà désespérément à être libéré. Il la recoucha, se leva et ôta rapidement le reste de ses vêtements.

Impressionnée, elle observa son grand corps musclé, un homme jeune, à elle. Il était là pour elle, et elle le désirait comme elle n'avait jamais désiré personne. Instinctivement, elle tendit la main pour saisir son érection. Mais il lui attrapa les mains et les détourna.

— Je ne peux pas accepter ça en ce moment.

Bristol leva les yeux, en entendant sa voix s'empâter tandis qu'il la regardait. Émerveillée, elle comprit qu'il était tout aussi près de la limite qu'elle. Elle ouvrit grand les jambes et les bras, et l'invita à la pénétrer.

Il se laissa tomber sur elle, mettant son poids sur ses bras, puis se baissa lentement. Elle entoura son torse de ses bras et ses hanches de ses jambes.

Il la pénétra. Puis ne bougea plus.

Elle haleta, le corps crispé, chaud, sous le choc de la plénitude, et pourtant, elle voulait désespérément s'ajuster.

— Je t'ai fait mal ? murmura-t-il dans son oreille d'une voix épaisse.

— Non, dit-elle en secouant la tête. Seulement, ça fait longtemps.

Il redressa la tête pour voir la vérité dans les yeux de Bristol, puis sourit et baissa la tête pour l'embrasser doucement tandis que ses mains cherchaient à l'apaiser. Il procéda à de longues caresses le long de son corps avant de revenir lui prendre les seins, lui donnant le temps de s'ajuster à sa taille et à la pénétration soudaine qui attisait le feu à l'intérieur.

Quand il se mit à lui sucer un sein, mordillant le mamelon, elle sentit son corps s'échauffer, fondant autour de lui pendant que ses muscles l'acceptaient. Elle l'emmena plus haut, attacha sa bouche à la sienne, et fit glisser ses mains de sa taille à ses fesses.

— Passons aux choses sérieuses, susurra-t-elle enfin.

— On a le temps…

Elle se tourna, glissa les deux jambes haut sur les hanches de Devlin, serra fort et lui enfonça les ongles dans le dos. Il leva la tête et, le souffle coupé, plongea profondément.

— C'est mieux comme ça, gloussa-t-elle.

Le regard de Devlin promettant une revanche, il baissa la tête et lui prit les lèvres avec une passion que Bristol n'avait jamais connue. Plus aucune plaisanterie ne fut échangée. Il la pénétra profondément, encore et encore. Sa langue et son bassin imitaient la même action, et elle fut pillée de haut en bas, sans défense dans son étreinte.

Sa température grimpa tandis que la chaleur la brûlait, menaçant de les consumer elle et lui.

Mais il ne lâchait rien. Il les mena plus fort, plus haut, plus vite. Quand elle se relâcha dans ses bras, il poursuivit encore. Il la chevaucha à travers l'orgasme. Au moment où elle pensait qu'elle ne pouvait plus rien tolérer, son corps lui donna tort, et elle explosa une fois de plus.

Quand ce fut le tour de Devlin, son corps tremblant au-dessus d'elle, elle l'entoura de ses bras et demeura ainsi. Il tomba sur le côté, l'enveloppa de son corps et roula sur lui-même pour la placer sur son torse. Elle baissa la tête, les yeux larmoyants, totalement incapable de parler.

— Putain, c'était quoi, ça ? murmura-t-elle quand elle fut en mesure de parler. Et dans combien de temps je peux avoir du rab ?

IL LÂCHA UN grand rire, son corps montrant déjà un intérêt aux mots de Bristol.

— J'aurai besoin de cinq minutes, mon cœur. Tu peux attendre ?

— Si ça veut dire, ne pas bouger, interpréta-t-elle en levant la tête, j'en suis capable.

Elle baissa de nouveau la tête sur son torse. En réalité, elle ne pouvait pas croire ce qu'elle avait dit. Elle embrassa la pointe de son menton.

— Toutefois, vu l'heure, on devrait probablement se lever.

Il tendit le bras et prit son portable sur la table de chevet.

— Il est cinq heures moins dix.

— J'ai besoin de me doucher, déclara-t-elle en s'asseyant à regret. Par conséquent, il faudra attendre pour une répétition.

Elle se mit debout et se dirigea vers la salle de bain. Il sauta du lit derrière elle, tout sourire. Elle le regarda, soupçonneuse.

— Tu en as besoin, toi aussi ?

— Mon cœur, j'ai besoin de toi et d'une douche. Une chance que je sois un SEAL.

Elle secoua la tête, ne comprenant pas.

— On est formé pour faire toutes sortes de trucs dans l'eau, précisa-t-il avec un clin d'œil.

Il la souleva dans ses bras et la porta en hurlant de rire jusqu'à la salle de bain. Il ne la déposa pas avant qu'ils ne soient tous les deux sous l'eau chaude. Et il lui montra exactement ce qu'il voulait dire.

Quand la démonstration prit fin, tous les deux s'appuyèrent aux parois de la douche carrelée, épuisés.

— Dis-moi s'il te plaît que ça ne faisait pas partie de ta formation.

— Non, ricana-t-il, ce n'était pas au programme. On y retourne ? suggéra-t-il en attrapant un savon.

— J'ai très peur de répondre à cette question, répliqua-t-elle, les yeux écarquillés. Mais on n'a pas le temps de toute façon, ajouta-t-elle avec regret. On reprendra plus tard.

— Ce soir, dans ce cas, fit-il en baissant la tête pour l'embrasser durement sur les lèvres.

— Et alors, ce sera mon tour, renchérit-elle en lui souriant avant de lui enlever le savon.

— C'est un rendez-vous, en conclut-il en souriant de plaisir. On te lave la tête et on nettoie le reste, on t'habille et on descend avant que quelqu'un ne s'aperçoive qu'on a fait le mur.

— Je crois bien qu'ils le pensent déjà, souligna-t-elle en roulant les yeux.

Après le texto reçu la veille, il avait conscience que tout le monde savait pertinemment où il était. Il savait aussi qu'ils approuvaient. Il espérait échapper aux taquineries en relation avec les Bons de Mason.

Et c'était un truc qu'il voulait éviter. Il avait été inflexible, car il n'avait pas envie de participer à la facette romantique de la vie de Mason. Mais Devlin n'avait vraiment pas vu ça arriver, et il n'avait ni préparé ni organisé une défense. Cette femme s'était faufilée comme aucune autre derrière sa garde. Et pour la première fois, il comprit ce que Mason et sa joyeuse équipe de bons voulaient dire en déclarant que ça en avait valu la peine.

Il en était vraiment conscient. Il ferait bien plus pour rester dans ce groupe en tant que membre. Ça signifiait qu'il devait la garder à ses côtés. Mais comment s'y prendrait-il, bordel ?

Il savait toutefois que c'était encore plus important d'être prudent pendant les prochaines vingt-quatre heures.

Car s'il devait y avoir une autre atteinte à la vie de Bristol, elle arriverait vite.

CHAPITRE 20

S E SENTANT TELLEMENT mieux après une bonne nuit de sommeil et tellement plus énergique après sa folle séance d'amour, Bristol était au sommet de sa forme. Ce fut une longue journée, mais elle était partout, à chaque étape du processus. Les cinquante drones étaient prêts, leurs puces informatiques installées, les boîtiers de commande configurés et arrangés selon les termes du contrat. Ils étaient dehors en train de les tester à ce moment-là. Trente-deux avaient réussi. Deux avaient des problèmes – pour l'un d'eux, c'était le jeu de puces, et elle ignorait pourquoi –, et ils travaillaient sur les seize derniers. Avec un peu de chance, ils en verraient le bout.

Ceux qui avaient passé l'inspection étaient emballés pour être expédiés. Elle les emporterait tous. Elle avait une remorque, et les hommes les y déposaient soigneusement en ce moment. Elle ne croyait pas s'être rendue aussi loin aussi vite. Et elle savait qui elle devait remercier. Devlin. Tesla. Mais en réalité, tous les gens qui étaient venus ici avaient fait plus que leur part dans le travail. C'était une énorme révélation : à plusieurs, la tâche était plus facile.

Tesla avait été indispensable en réparant certains problèmes de logiciel. Bristol ignorait toujours qui avait tenté de pirater ses commandes ou même la banque de données de son serveur. Mais depuis que Harrison avait réussi à bloquer cette attaque, il n'y en avait pas eu de nouvelle. Elle l'embaucherait pour l'aider avec les alarmes, les lumières ou un truc qui se déclencherait si quelqu'un d'autre essayait. Elle ne pouvait pas tout contrôler elle-même. Et c'était ce que cette situation lui avait vraiment démontré. Elle devait recruter du personnel. Et si elle honorait ce contrat, elle aurait assez d'argent pour le faire. Dieu merci.

La première réunion était prévue le lendemain matin à neuf heures. Ils partiraient vers sept heures et demie pour s'installer. Comme tout se mettait lentement en place, elle se jeta dans son propre petit projet.

La deuxième réunion à treize heures le lendemain n'avait pas encore été confirmée. Mais elle espérait que tout se passerait comme prévu. Tesla avait choisi cet horaire-là au cas où ils auraient besoin de quatre heures lors de la rencontre matinale, ce qui était cohérent dans la mesure où chacun des drones devait être testé et faire ses preuves. Bristol croisait les doigts pour qu'il n'y ait pas de problème. Mais elle voulait deux ou trois appareils en réserve au cas où. La deuxième réunion la stressait. Elle avait conscience que Devlin n'était qu'à un mètre d'elle. Toujours protecteur, toujours observateur.

Vu les délais serrés, une autre attaque pourrait facilement avoir lieu avant qu'ils ne sortent de là. Elle n'en était toutefois pas si sûre. À la fin de la journée, elle était épuisée et tendue.

Lors du dîner, elle ouvrit une bouteille de champagne.

— J'ai du mal à croire qu'on a réussi. Un grand merci à vie pour tous ceux qui sont présents. Si jamais vous avez besoin de quoi que ce soit, faites-le-moi savoir.

Ils débouchèrent cinq bouteilles de champagne avant d'aller se coucher. Elle était encore excitée et tendue. Elle emporta son ordi portable dans sa chambre et s'assit pour travailler.

Il ne lui restait que quelques ajustements à faire. C'était un drone très spécialisé qui aurait de moindres applications.

Une tasse de café à côté d'elle et son ordi devant elle, elle continua à travailler, apportant des améliorations. Quand elle entendit quelqu'un frapper à la porte, elle sut instinctivement qui c'était.

— Entre, Devlin.

— Je suppose que je dois être heureux que tu ne m'aies pas appelé par le nom d'un autre gars, lâcha-t-il alors qu'il ouvrait la porte et se glissait à l'intérieur de la pièce.

— C'est ce que tu mérites, dit-elle avec un sourire espiègle.

— Ah ! Je crois que ce matin il y a eu une promesse à propos d'une savonnette.

Elle éclata de rire, puis vit l'espoir sur le visage de Devlin et gloussa de nouveau. Elle baissa les yeux sur son travail et se demanda si elle devait le finir maintenant ou plus tard. Elle lança un regard de côté à l'homme qui l'attendait et sourit.

Vraiment, ce n'était pas un concours. Elle se leva et se jeta dans ses bras.

— On pourrait utiliser le savon, murmura-t-elle à son oreille. Mais d'abord, je veux explorer plein d'autres choses.

Elle glissa sa main sur le devant du corps de Devlin et enveloppa son érection.

— Et je commencerai par ça.

Il roula les yeux et gémit tandis qu'elle serrait doucement.

— Putain, ça pourrait être une longue nuit.

Elle se leva sur la pointe de pieds et lui mordilla le menton.

— Tu peux compter là-dessus.

Il la prit dans ses bras et la lança au milieu du lit, puis la couvrit avant de se blottir contre elle. Elle tendit les bras, et il baissa la tête.

Un long moment plus tard, elle émergea d'un sommeil fatigué et s'assit. Elle consulta sa montre. Quatre heures. Qu'est-ce qui l'avait réveillée ? Puis elle sut. La réponse à son problème de codage.

Elle regarda l'homme endormi et se rendit compte qu'il avait besoin de se reposer après les nombreuses heures qu'ils avaient passé ensemble. Elle se pencha et lui embrassa le bout du nez, puis se glissa hors du lit. Elle sortit une nuisette de son tiroir, l'enfila par-dessus la tête et s'installa devant son ordi. Si elle pouvait simplement peaufiner ce travail et réparer le dernier petit fragment de code, elle serait en mesure de réaliser un grand coup.

— Bonjour, fit-il d'une voix rauque une heure plus tard. Tu bosses depuis longtemps ?

Elle se mit debout et se dirigea vers le lit où elle se jeta dans ses bras.

— Une heure seulement. Je me suis réveillée avec une solution à un problème qui m'obsédait.

— Mes nuits vont être comme ça ? demanda-t-il en roulant les yeux. Je t'épuise pour que tu dormes assez, mais toi, tu m'épuises et te lèves pour bosser encore, lâcha-t-il d'une voix à moitié taquine.

Mais elle distinguait aussi l'inquiétude dans sa voix. Elle se baissa et l'embrassa.

— Cette fois-ci seulement, promit-elle.

Il lui adressa un demi-sourire qui signifiait qu'il ne la croyait pas.

— On dirait que tu es contente de ton travail ce matin.

— Je le suis, confirma-t-elle.

Elle se leva et se mit à danser dans la chambre.

— J'ai peut-être accompli un grand coup.

Il s'assit sur le lit et la considéra.

— Content de l'entendre. C'est prêt pour aujourd'hui ?

Elle hocha la tête. Il ne remettait pas en question ce qu'elle avait réalisé, et elle lui en était reconnaissante. Seulement, elle n'était pas encore prête à s'en ouvrir à lui.

Si ça ne marchait pas, ça ne serait pas important de toute façon.

DEVLIN FUT SURPRIS de constater que tout le monde venait pour la réunion. Il le comprenait, car lui-même voulait en faire partie. Mais il avait conscience qu'ils n'auraient probablement pas le droit d'entrer.

Ils conduisirent jusqu'au siège de la compagnie, où ils arrivèrent à huit heures et demie. Bristol utilisa un code de sécurité et entra. Le garde opina du chef dans sa direction.

— Bonjour. Je vous attendais.

— Où est-ce qu'on s'installe ? demanda-t-elle avec un sourire.

— Je vous emmène à l'arrière, terrain 14B.

Elle acquiesça.

— Je les préviens par radio pour qu'ils vous laissent y accéder.

Il fallut environ quinze minutes pour entrer et décharger la remorque. Une fois que tout fut installé, Devlin vit que Bristol avait les nerfs en pelote.

— Relax, souffla-t-il en passant le pouce sur ses lèvres pincées.

Elle roula les yeux vers lui, ce qui lui rappela le mouvement de la nuit dernière, et il sourit.

Puis elle se raidit et recula. Il se retourna et remarqua qu'il y avait non seulement Brent et son patron pour la démonstration et la livraison en mains propres, mais aussi, semblait-il, un nombre très élevé de grands pontes. Devlin se mit au garde-à-vous et constata que Easton et Ryder faisaient de même. En réalité, tous les membres du groupe se redressèrent. Ice s'avança, Tesla à ses côtés. Elles saluèrent les hommes.

Sandra passa la tête par-dessus la foule, avec un grand rictus. Bristol lui adressa un petit signe de la main tout en murmurant à Devlin :

— Tu connais ces hommes ?

Il secoua la tête.

— Mais je crois que Ice et Tesla, oui, ajouta-t-il en jetant un regard de côté aux deux femmes.

Elles sourirent toutes les deux. Il se sentit immédiatement mieux.

— Relève la tête, lui intima-t-il. On dirait que Brent n'est pas content non plus que les gros bonnets soient là.

Il vit le regard de Bristol passer en revue les gars de la compagnie avec laquelle elle avait conclu ce contrat, et remarqua son rictus.

— Non, il ne l'est pas. Alors, c'est bon pour moi.

— Va leur montrer, ma tigresse, dit-il en lui serrant la main.

Elle lui lança une œillade reconnaissante, redressa les épaules et s'avança à la rencontre des hommes. Trois d'entre eux en uniforme militaire se tenaient sur un côté, avec Brent et son patron. Elle tendit la main et serra la leur, les traitant tous sur un pied d'égalité.

Très rapidement, elle débuta la démonstration avec les

drones. Tout semblait bien se passer tandis qu'elle s'affairait à relire le contrat, comparant sa création avec ce qu'elle devait produire exactement.

Les militaires n'étaient pas raides et inflexibles, mais aucun n'était détendu non plus. Aucun ne souriait. Ils se tenaient en rang, les bras croisés sur la poitrine.

Devlin se rendit compte que Bristol le considérait nerveusement plusieurs fois. Mais c'était la réaction de Brent qui l'intéressa le plus. Celui-ci dansait d'un pied sur l'autre et scrutait continuellement autour de lui. Méfiant, Devlin examina la foule et remarqua que la plupart des spectateurs portaient un badge avec photo et le blason d'ENFAQ. Il comprit que nombre d'employés de la compagnie étaient là et observaient aussi.

Suivant son instinct, il alla voir Ryder et Easton.

— Je n'aime pas ça. Préparez-vous à l'action.

Les deux hommes lui jetèrent un regard dur.

Corey, à côté de Ice et de Tesla, se tourna pour le considérer.

— Cet endroit est un cauchemar pour la sécurité, opina-t-il en murmurant.

— Ce n'est pas vrai, protesta Tesla. Tous ces gens sont liés par le secret. Ils travaillent tous pour l'entreprise. Ils devraient être fiables.

— Et quand on t'a trahie, rétorqua Devlin en l'observant, c'est venu de l'intérieur de la société ou de l'extérieur ?

Tesla blêmit. Elle se tourna et parcourut le groupe des yeux.

— Comment détermine-t-on où se trouve la menace ?

— Je n'en suis pas certain, fit-il après avoir inspiré profondément. Tout est dans le timing.

Il s'éloigna des autres et se faufila dans la foule. Son regard ne quittait jamais le visage des spectateurs tandis qu'il cherchait, espérant trouver un truc qui n'allait pas. Désormais, les poils de sa nuque étaient hérissés. Il sentait ses doigts le démanger alors qu'il serrait les poings puis relâchait les doigts et serrait de nouveau. Sa poitrine se contractait alors qu'il cherchait, cherchait et cherchait encore.

Bristol faisait voler plusieurs drones pour sa démonstration.

Il la considéra un long moment, puis reporta le regard sur la foule. Il entendit l'assemblée retenir son souffle. Il pivota et vit qu'un des drones glissait sur le côté, prêt à s'écraser. Puis un autre. Il comprit qu'encore une fois, quelqu'un sabotait le travail de Bristol pour la ridiculiser. Elle manipula sa télécommande, et l'appareil corrigea son vol immédiatement.

— Bristol, qu'est-ce que c'était ? demanda le patron de Brent.

— Une glissade, répondit-elle d'une voix calme et ferme.

Mais Devlin la connaissait. Elle était nerveuse. Mais pourquoi ? À cause de la démonstration stressante à laquelle elle participait ou d'autre chose ? Elle posa la manette, en prit une autre et lança un drone différent dans les airs. Sa voix portait clairement au-dessus de la foule tandis qu'elle expliquait la nouvelle clause de son contrat.

Le terrain était ouvert, et il y avait un certain nombre d'oiseaux. Méfiant, Devlin en examina quelques-uns, tout en se demandant s'il en verrait un autre un jour sans se poser la question de savoir si c'était un drone. Mais ils volaient tous autour du bâtiment et se posaient pour repartir ensuite. Parfaitement naturel.

Il ramena son attention à l'exhibition.

Au moment où on aurait dit qu'elle avait pratiquement fini, la foule s'agita. Il tenta de distinguer ce qui se passait, mais elle se calma presque immédiatement. Il resta toutefois méfiant.

Finalement, Bristol se tourna vers Brent.

— Comme stipulé dans notre contrat, j'ai livré cinquante unités dotées de toutes les conditions acceptées.

Elle lui tendit la télécommande. Parmi les applaudissements et les acclamations, Devlin se concentra sur le visage de Brent. Au lieu d'être content, il était en colère. Devlin alla se placer à côté de Bristol.

Le patron de Brent s'avança et serra la main de Bristol.

— Merci beaucoup, Bristol. Pendant un moment, nous n'étions pas certains que vous respecteriez la date butoir.

— Je n'en ai jamais douté, répliqua-t-elle doucement. Il y a eu plusieurs retards, ainsi que de nombreuses tentatives de sabotage de mon travail, et, bien sûr, il y en a eu sur ma personne. Mais on a survécu. Livraison comme promis, nous sommes d'accord ?

— Nous sommes d'accord, confirma le patron de Brent. On prendra les dispositions pour le financement final de votre contrat. Et si nous décidons d'en commander davantage, pouvez-vous nous fournir les unités supplémentaires si nous trouvons les fonds ?

— Oui, opina-t-elle, on peut fournir une autre commande de ces mêmes unités.

Le patron de Brent eut l'air ravi. Il sourit.

— Super. Parfait. Ça a été un plaisir de travailler avec vous.

— Merci, monsieur, déclara-t-elle en hochant la tête.

— J'en déduis que vous êtes destinée à de plus grandes et meilleures choses, déclara le patron en reculant.

— On ne sait jamais, éluda-t-elle en haussant les épaules. Mais ma compagnie est en expansion, oui.

Un autre homme, portant un costume trois pièces, sortit de l'assemblée. Il avait les bras croisés sur la poitrine et il était en colère.

— Espèce de sale garce. Vous m'avez volé mon travail.

Devlin haussa les sourcils. Comment avait-il pu participer à la démonstration ? Devlin se posta immédiatement devant Bristol. Mais l'accusation, affreuse et à pleine voix, retentit sur tout le terrain.

— Eh bien… je ne sais pas qui vous êtes, dit Bristol en l'examinant avec soin. Mais je crois que je vous ai déjà vu.

Elle essaya de se souvenir où et quand.

— Non, s'immisça le patron de Brent, c'était un concurrent pour le contrat, également un ancien employé, mais je vous ai choisie plutôt que lui, sur la recommandation de Brent.

— Alors, vous représentez Antwerp Originals, en conclut Bristol, en regardant l'homme qui acquiesça. Et pourquoi croyez-vous que j'ai volé votre travail ? ajouta-t-elle.

— Parce que mes drones exécutent les mêmes manœuvres, rugit-il, le visage écarlate. Brent m'a suggéré de venir ici afin de voir votre travail au cas où vous auriez eu accès au mien.

— Mais bien sûr que vos drones font pareil. Parce que c'est vous qui avez saboté *mon* boulot et qui avez envoyé quelqu'un pour le voler. C'est pour ça que je vous reconnais. On a attrapé un membre de votre famille chez moi. Tu vois la ressemblance ? demanda-t-elle en se tournant vers Devlin.

— Oui, confirma-t-il en examinant le type avant de pivoter vers Bristol. Non seulement tu as raison, mais on a en réalité caché un intrus sain et sauf, uniquement pour une occasion comme celle-ci.

— Je n'ai même jamais demandé ce qui lui est arrivé, renchérit Bristol, sourcils levés. Et après mon kidnapping, je l'ai totalement oublié puisque j'ai pensé que les flics l'avaient arrêté.

— C'est pour ça que je suis là, souligna-t-il en lui tapotant l'épaule. Pour m'assurer que des types comme lui retournent là où ils sont censés être, développa-t-il avant de pivoter et d'adresser un signe de tête à Ryder.

Ce dernier siffla, et Easton et Rhodes sortirent du pickup et amenèrent l'intrus. Tout le monde retint son souffle, puis des voix s'élevèrent, fortes et dures.

— J'ignore pourquoi il aurait été chez vous, réagit Antwerp avec un regard noir.

— Oh si, tu le sais ! répliqua l'intrus avec méfiance. Bordel, j'en ai marre de faire ton sale boulot, gronda-t-il en se tournant vers Bristol. J'ai déjà parlé à vos hommes et accepté de témoigner contre mon frère.

— Tout se serait bien passé si Brent n'avait pas été un connard en revenant sur sa parole. Il avait promis que le contrat serait à moi, hurla Antwerp avant de se jeter en avant.

Mais Ryder tira le frère suffisamment loin.

— Hé, je n'ai rien promis ! rugit Brent.

— Sans oublier la question du meurtre de Colleen, renchérit Devlin doucement. Ni le piratage qui provenait d'ENFAQ Ltd.

Silence.

— Quoi ? s'écria le patron de Brent. Vous avez des preuves ?

— Absolument, pour le piratage, opina Devlin. Et celui qui a tué Colleen devait être en Afghanistan en même temps que nous, ajouta-t-il en scannant du regard la foule stupéfaite. Ce qui laisse très peu d'options. N'est-ce pas, Sandra ?

— Non, hurla Bristol de douleur. Pas Sandra, s'il te plaît.

Ice et Tesla entraînèrent Sandra du milieu de la foule à l'avant.

— Je n'en avais pas l'intention, pleura-t-elle. Elle m'a surprise en train de passer en revue les nouvelles adaptations sur lesquelles tu avais travaillé. On s'est battues. Je me suis défendue. Elle est tombée et s'est cogné la tête, sanglota-t-elle. J'ai allumé l'incendie pour me couvrir.

D'un bras, Devlin entoura Bristol, sous le choc, le poing dans la bouche tandis qu'elle dévisageait Sandra avec horreur.

— Brent m'a demandé de prendre Bertha, poursuivit Sandra, les joues mouillées de larmes. Je n'avais pas l'intention de faire du mal à qui que ce soit.

— Je n'ai rien à voir avec ça, se défendit Brent en s'avançant. Je ne vous ai jamais dit de toucher à ses drones.

— Menteur, cracha Sandra en se tournant vivement vers lui. Non seulement de voler ses drones, mais aussi de pirater son système après son arrivée en Afghanistan et d'interrompre ses dernières mises à jour. Je vous ai expliqué que je n'étais pas compétente en la matière, mais vous avez rétorqué que je devais simplement tout gâcher afin qu'elle n'ait pas l'air sérieuse.

— Ça, c'était Antwerp, pas moi, contra Brent sèchement.

— Jamais, bordel ! lâcha le frère Antwerp en complet. Je n'ai rien à voir avec ces deux événements. Ne m'impliquez pas dans un meurtre.

Furieux, il sortit un pistolet et le pointa vers Bristol.

— Espèce de sale garce. Vous avez tout gâché. C'est moi

qui étais censé avoir le contrat. Pas vous. Brent me l'avait promis.

Puis il dirigea l'arme vers Brent qui recula immédiatement, les mains en l'air.

— Je ne vous l'ai pas promis.

— Si. Je vous ai donné de l'argent. Beaucoup d'argent. Et malgré tout, j'ai dû faire le sale travail, comme saboter les serveurs dans son labo, chez elle, pour m'assurer que ça arriverait, lança-t-il avec amertume. Et quand vous avez accepté le pot-de-vin, le contrat était censé être à moi. Mais vous le lui avez attribué, à elle. Puis vous m'avez promis que je récupérerais le contrat parce qu'elle ne parviendrait pas à le respecter. Vous m'avez forcé à m'impliquer encore en vous servant de mon imbécile de frère comme diversion pendant le kidnapping. Que vous avez orchestré avec vos hommes à vous, payés par la compagnie. Maintenant, elle a honoré le contrat, et moi, je ne l'ai toujours pas. Vous m'avez pris plus de cent mille dollars en pot-de-vin.

— Vous ! s'exclama-t-il en dirigeant de nouveau le flingue vers Bristol. Tout est votre faute, ajouta-t-il en levant le pistolet plus haut.

Au moment même où il allait tirer, on entendit un drôle de sifflement. Devlin se rua, mais s'arrêta en voyant Antwerp tomber lentement à genoux, lâchant l'arme. La foule recula instantanément, se mettant à hurler tout autour de lui.

— Tout va bien, déclara Bristol en levant la main. Tout le monde est en sécurité.

Alors, Devlin comprit. C'était sur ça qu'elle œuvrait ce matin-là.

À la grande stupéfaction de tous, un petit passereau descendit et se posa sur l'épaule de Bristol.

CHAPITRE 21

B RISTOL SE SENTAIT assez bien à ce moment-là et s'avança pour regarder Antwerp, à terre, dont l'épaule saignait abondamment.

— Vous avez de la chance que je n'aie pas eu l'occasion de tester la mire de mon nouveau drone. Sinon, vous seriez mort.

— Je n'ai même pas vu le drone, répliqua-t-il en secouant la tête.

— Si, dit-elle en s'accroupissant près de lui.

Le regard de l'homme se porta sur l'oiseau perché sur l'épaule de Bristol, et il secoua la tête.

— Ce n'est pas possible.

— Non seulement c'est possible, mais il est fait du même tissu léger ; donc, si on lui tire dessus, il se verrouille quand même sur la cible et revient en position de tir.

— Non, ce n'est pas possible, persista-t-il en secouant la tête. C'est trop petit.

— Eh bien, lança-t-elle en souriant, c'est l'un des défis sur lesquels je devais me pencher, ajouta-t-elle avec modestie.

Elle appuya sur le bouton de la minuscule télécommande dans sa poche. Le passereau s'éleva au-dessus de sa tête et resta en position. Elle s'avança vers les trois militaires.

— Messieurs, voici un de mes derniers modèles.

Ils observèrent le drone en vol. Elle ouvrit les mains pour

leur montrer qu'elles étaient vides.

— L'ancien modèle a été livré comme prévu. Mais depuis, j'ai peut-être apporté quelques modifications.

— Est-ce qu'il se bloque sur n'importe qui ? la questionna un des hommes qui examinaient l'oiseau volant doucement au-dessus d'elle.

— C'est possible si vous le souhaitez de façon permanente, mais ça exigerait une puce d'identité, ou, selon les caractéristiques, on peut pointer une cible et verrouiller le drone sur quelqu'un d'autre.

— Comment a-t-il su que vous étiez attaquée ?

— Dans ce cas-ci, l'appareil était prêt et configuré, et il attendait. Je ne plaisantais pas quand j'ai dit que j'avais été sabotée et kidnappée. La semaine passée a été un véritable enfer. Je me suis douté qu'il y aurait une autre attaque ici.

Elle sortit un minuscule étui à maquillage de sa poche.

— Ceci contrôle totalement les actions du drone. Par conséquent, j'aurais pu donner le contrôle à Devlin de l'autre côté ou, dans le pire des cas, le drone est obligé d'agir quand il voit une arme dirigée vers moi à environ trois mètres. Ces paramètres peuvent évidemment être changés, mais j'ai dû me dépêcher pour le rendre apte au combat ce matin.

En se retournant, elle remarqua que tous ceux qui étaient venus la soutenir l'entouraient. Elle sourit.

— Désolée, les amis, je n'ai jamais eu l'occasion de vous montrer celui-ci.

— Je peux en commander un aujourd'hui ? demanda Ice en s'avançant. Tu parles d'un système fantastique de protection, argua-t-elle en posant les yeux, fascinée, sur l'oiseau.

— Eh bien, je dois encore modifier des trucs et installer d'autres caractéristiques. Implanter une plus grosse puce, ça aiderait aussi.

— Tesla a organisé une réunion à treize heures, déclara un des officiers. Il me tarde de discuter avec vous. Je crois que nous devons avoir une conversation, ajouta-t-il alors que les trois pivotèrent comme un seul homme et firent face au patron de Brent.

Jetant un regard dur vers Brent – qui était retenu par deux agents de sécurité tandis que deux autres tenaient Antwerp –, le patron opina du chef.

— On ferait mieux d'aller dans mon bureau.

Bristol regarda la foule se disperser, puis elle se tourna vers les autres.

— Un grand merci.

Elle fut immédiatement prise dans les bras. Quand le passereau se mit à siffler haut dans les airs, plusieurs d'entre eux reculèrent. Elle rit.

— Je vous promets qu'il ne tirera sur personne.

— J'espère que tu en auras toujours un avec toi, fit Devlin. Je ne peux pas te surveiller tout le temps.

— T'inquiète, dit-elle en souriant. Je garde mes oiseaux près de moi en permanence.

— Eh bien, plaisanta Ryder, si vous gardez l'hirondelle, est-ce que ça signifie que vous ne gardez *pas* Devlin ?

— Pardon ? demanda-t-elle en le considérant, confuse et renfrognée.

Elle ne comprit pas quand Ice et Tesla commencèrent à ricaner ou quand Easton éclata de rire si fort qu'il se plia presque en deux. Le sourire de Corey était si grand qu'elle sut qu'elle était devenue la cible d'une blague.

— Qu'est-ce qu'il y a de si drôle ? s'offusqua-t-elle, mains sur les hanches, en leur jetant un regard noir.

Tesla tenta d'expliquer entre deux gloussements. Quand Bristol saisit enfin, en se rappelant une des conversations précédentes, elle pivota vivement et fixa Devlin des yeux.

— Tu as déjà parlé d'un truc comme ça avant, mais je n'avais pas capté que c'était si gros.

Devlin observait partout sauf elle. Surtout quand Ryder ajouta :

— Bien sûr, Devlin ne voudrait rien savoir des Bons ou de sa légende romanesque parce qu'il craint de finir dans la même situation.

— Tu sais, s'adressa-t-elle à Devlin, tu pourrais te gifler.

— Me gifler ? répéta-t-il, sourcils levés. Qu'est-ce que j'ai fait, bordel ? demanda-t-il, outré.

Elle sourit et s'approcha.

— Parce qu'en dénonçant le groupe des Bons sans croire en eux, argua-t-elle en lui tapotant le torse, en réalité, tu renies l'amour éternel.

Elle enfonça le doigt plus fort et le força à reculer d'un pas.

— Et je dois te dire – un autre coup – que je t'aime. Alors, je vais rester ici et je vous garde *tous les deux*.

Le groupe autour d'eux les acclama.

Il leur jeta un regard à tous puis baissa les yeux sur elle et lui afficha un sourire en coin. Un sourire qui coupa la respiration à Bristol – progressif, si chaleureux, attentionné et plein d'amour.

Il la prit dans ses bras et la fit tourner avant de la reposer par terre, tout en la tenant au creux de ses bras.

— Ça me fait super plaisir d'entendre ça, déclara-t-il. J'essayais de m'infiltrer dans ta vie de façon permanente.

— Il n'y a qu'une façon d'y arriver, le railla-t-elle en riant. C'est en faisant partie des Bons.

Il baissa la tête.

— Si tu es la Bonne, murmura-t-il avant que ses lèvres

ne touchent celles de Bristol, je serai ce que tu veux.

Puis il l'embrassa, telle une promesse passionnée de lendemains parfaits.

ÉPILOGUE

C'ÉTAIT UNE SUPER bonne chose que Easton Fairchild rentre chez lui pendant quelques jours avant de partir dans le nord pour une autre mission d'entraînement.

Il lui fallait ce temps-là pour s'ajuster mentalement et émotionnellement. Il ne pouvait envisager la façon dont l'affecterait l'histoire d'amour entre Devlin et Bristol. Et il devait contrôler ça avant que quelqu'un ne le remarque. Il y avait longtemps qu'il n'avait pas eu de copine.

Il n'avait pas besoin de se faire aspirer dans ce cauchemar émotionnel. Il avait connu un amour dans sa vie, et elle avait détesté son appartenance à l'armée, avait dit que ce n'était pas naturel de lui demander de l'attendre tout le temps. Si leur situation avait été inversée, il ne l'aurait pas attendue non plus.

Elle était partie durant leurs fiançailles, un mois avant le mariage. Elle était passée à de meilleures et plus grandes choses, et avait notamment épousé un cadre dans l'informatique. Et Easton ? Eh bien, il s'était détourné du bazar des liaisons à long terme. Certains rejets étaient plus douloureux que d'autres. Il s'était construit une carapace autour du cœur et vivait sa vie pleinement ailleurs.

Jusqu'à ce qu'il voie Devlin qui-aimait-s'amuser-et-ne-cherchait-pas-de-relation-permanente tomber amoureux – sans ergoter ni hésiter – de Bristol. Elle en valait largement la peine, et si Easton avait été plus dans le coup en Afghanistan, peut-être qu'il l'aurait accrochée en premier. Mais ça ne lui était jamais venu à l'esprit.

Il se demandait désormais s'il avait bloqué toute idée d'une relation permanente dans son esprit au point de ne pas voir « la » femme s'il la croisait.

En voilà une idée dérangeante. Comment est-ce qu'on s'ouvrirait plus à cette éventualité sans attirer la mauvaise personne au passage ? Il était patient et ne s'inquiétait pas d'avoir à attendre la bonne personne, mais il n'était pas sûr d'être le genre de gars à saisir l'occasion lorsqu'elle se présenterait.

Ou, comme pour Devlin, est-ce que cette femme parfaite passerait par là et que votre vie changerait à jamais – que l'on soit prêt ou pas ?

C'est la fin du tome 12 de *Légion d'honneur : Devlin*.
Découvrez le premier chapitre de *Easton : Légion d'honneur, tome 13*

Légion d'honneur : Easton, tome 13
Chapitre 1

EASTON GALLAGHER SAISIT plusieurs gros sacs à l'arrière de l'avion et les lança sur le tas en contrebas. Le matériel était enfin arrivé. Quelques heures après le personnel. Ils suivraient un entraînement commun qui inclurait survie et évasion, mais la véritable raison de leur présence ici, c'était la survie dans l'eau. L'armée canadienne était connue pour ses systèmes de purification de l'eau. Pendant qu'ils étaient ici, ils feraient d'autres formations sur les nouveaux convertisseurs d'eau potable. Il lui tardait. Il adorait les Canadiens, et on ne se lassait jamais de ce si beau pays. Le fait que Devlin, Ryder et Corey étaient près de lui améliorait son humeur. Il adorait son unité. Ces gars étaient les meilleurs.

Même si Devlin était devenu casse-pied depuis qu'il avait

rencontré Bristol. Maintenant qu'il avait trouvé quelqu'un de parfait dans son monde, il ne pouvait résister à l'envie de jouer les entremetteurs avec tous les autres. Et ça, Easton n'en voulait absolument pas. Il avait emprunté une fois cette voie, et ça s'était fini un mois avant le mariage. Il n'essaierait plus. À cette époque-là, sa fiancée avait avancé une raison valable, et il supposait que ce serait pareil pour les autres femmes puisque rien n'avait changé dans sa vie. Elle n'acceptait pas les absences fréquentes, l'inquiétude qu'il ne revienne pas. Sans parler des fois où il était parti pendant des semaines ou des mois. Elle ne savait jamais quand il revenait – ou s'il reviendrait vivant de ses missions dangereuses.

Easton ignorait comment Devlin et Bristol s'arrangeraient, mais cette dernière était tellement accaparée par son travail qu'elle ne s'en rendrait peut-être pas compte. Ce qui le fit rire.

— Putain, qu'est-ce qu'il y a de si drôle ? demanda Devlin en lui jetant un regard de côté.

— Je me demande si Bristol s'apercevra même que tu es parti, répondit Easton en haussant les épaules.

— Après hier soir, elle n'oubliera jamais, répliqua Devlin avec un sourire coquin.

Easton sentait l'envie tourmenter son for intérieur. Il y avait longtemps qu'il n'avait pas ressenti ça envers quelqu'un. Tout en sachant que lui-même n'était pas prêt, il était heureux pour son ami. Il attrapa d'autres matériels puis les porta pour descendre la rampe et les ajouter au reste. Alors qu'il se tournait, Devlin lui lança un sac qui le fit reculer légèrement. Il roula les yeux, attrapa le paquet suivant en l'air et les balança tous les deux par terre.

Il se dirigea vers les grandes cantines métalliques qu'ils devaient décharger. Tandis qu'il prenait un tournant, une femme qui portait plus d'appareils photo qu'il ne devrait être autorisé d'en posséder, ainsi que plusieurs sacs, se mit à descendre la rampe pour sortir de l'avion. Il se dirigea vers elle pour lui prêter main-forte, mais elle pivota soudain, et un des appareils alla le heurter sur le côté du visage. Comme il était dur et suffisamment tranchant, Easton sut que ça avait laissé une marque. Il se déporta et ne tint pas compte de la douleur de sa joue.

— Oh, mon Dieu ! Je suis tellement désolée.

— Madame, fit-il en secouant la tête, vous avez besoin d'aide ?

— Madame ? répéta-t-elle, les yeux écarquillés, avant de branler du chef. Je m'appelle Summer. Summer Jones.

Elle lui tendit la main, mais celle-ci était pleine. Ayant l'air embarrassée un moment, elle fit passer le tout dans son autre main pour pouvoir lui serrer la sienne.

Cependant, il recula et lui indiqua d'avancer.

— On va sortir de cet avion.

— Merci beaucoup, lança-t-elle, radieuse. De nouveau, je suis navrée de vous avoir heurté avec mon matos.

— Vous n'êtes pas Canadienne, par hasard ? grogna-t-il.

— En réalité, dit-elle en riant, je suis une des rares à être binationale. Je suis à moitié Canadienne et à moitié Américaine.

Elle le contourna et le cogna de nouveau avec son sac.

— Vraiment désolée.

Elle ne semblait pas pouvoir arrêter de s'excuser. Easton prit un moment pour l'examiner vraiment. Petite, elle avait des cheveux d'un noir de jais qui, telle une calotte, définissait son visage, avec un sourire convivial et de grands yeux bleus. Il ne devrait même pas remarquer ces choses-là, mais on ne pouvait pas la manquer.

— Encore une fois, désolée, répéta-t-elle avec un rictus.

Puis elle disparut.

Il pivota vivement pour la voir descendre rapidement la rampe. Ce faisant, il remarqua le regard de Devlin.

— Intéressant. Elle t'a frappé sur la tête pour attirer ton attention. Même toi, tu devrais comprendre que c'est un signe.

— C'est son appareil qui a fait ça, éluda Easton, le regard noir. Ça ne compte pas.

Devlin lui adressa un autre sourire espiègle.

Easton saisit une des grandes caisses d'armes de quatre-vingt-dix kilos et la porta tout seul. Il devait évacuer sa frustration sur quelque chose. Débarder devrait faire l'affaire. Bien sûr, dès lors, les autres gars se précipitèrent pour prouver qu'eux aussi en étaient capables.

Dès que le matériel fut déchargé, les hommes remplirent l'arrière des Jeep et se rendirent à la partie importante de la base. Easton se réjouissait des deux prochaines semaines. La première serait réservée au travail dans le camp ; puis ils passeraient la seconde dans l'arrière-pays. Il lui tardait. Ce n'était pas une opération de la marine. Avec son unité, il allait rencontrer l'équipe homologue canadienne. Entraînement convivial, camaraderie et partage d'informations. Que du positif.

Non seulement les Canadiens avaient un nouveau gadget qui transformait l'eau salée en eau douce, qu'ils utilisaient dans leurs efforts humanitaires partout dans le monde, mais ils avaient une version bien plus petite dont ils se servaient lors de leurs déplacements dans l'arrière-pays. Ce qui signifiait que, quand ils se retrouvaient au large en mer ou quand la qualité de l'eau était loin d'être idéale, le dispositif la convertissait en eau potable.

De plus, être au Canada, c'était presque comme rentrer chez soi. Easton avait passé de nombreux étés ici. Cette fois-ci, il était dans le nord de l'Ontario, mais il avait voyagé d'un océan à l'autre. Il ne pouvait pas dire quelle partie était meilleure que le reste. C'était si différent.

À la base, c'était l'heure du dîner. Comme ils entraient dans le mess, ils rencontrèrent plusieurs autres unités militaires présentes pour le même événement – du genre apprenez-un-truc-tout-en-ayant-du-plaisir-à-rencontrer-votre-voisin. Il était bon là-dedans. Il n'avait encore jamais rencontré de Canadien qu'il n'aimait pas.

Au moment où il rejoignit la queue pour manger, quelqu'un se glissa entre lui et celui qui le précédait. Il mit un coup de frein pour ne pas la bousculer. Parce que bien sûr, c'était Summer de nouveau.

— Salut. Ravie de vous revoir, lança-t-elle en se retournant avec le sourire.

Easton lui jeta un regard noir. Elle semblait être le genre de personnes qui se trouvaient au mauvais endroit au mauvais moment, quel que soit le jour. Elle prit une assiette et la lui tendit.

Devlin se pencha derrière Easton.

— Il s'appelle Easton, et moi, c'est Devlin. Et voici Ryder et Corey.

Le rictus de Summer s'agrandit.

— Je suis la photographe de cet événement. En tout cas, en partie. Je me réjouis à l'avance.

Easton la tourna doucement pour lui montrer l'espace entre elle et le gars devant eux, qui ralentissait grandement la file d'attente.

— Oh, mon Dieu ! lâcha-t-elle.

Elle se dépêcha tellement qu'elle faillit heurter le type

devant elle. Easton la rattrapa et lui indiqua plusieurs plats qu'elle avait ratés. Avec ses longs bras, il attrapa l'assiette de Summer et lui servit des légumes et une grosse pomme de terre.

Il lui tendit l'assiette, et elle regarda la nourriture, puis lui.

— Comment saviez-vous que c'était ce que je voulais ? le questionna-t-elle.

Il se contenta de la fixer des yeux.

— Merci, fit-elle après l'avoir observé un long moment.

— Ça vous arrive de dire autre chose ? la railla-t-il en roulant les yeux.

— Oh, vous parlez ! s'exclama-t-elle. Je me demandais pendant un moment si vous étiez sourd et muet.

Devlin ricana dans le dos de Easton.

— Je ne suis certainement pas sourd, rétorqua celui-ci en secouant la tête. Je ne parle que quand quelque chose doit être dit.

— Oh, moi aussi ! renchérit-elle, joyeuse. Pourriez-vous me passer des couverts, s'il vous plaît ?

Easton observa l'endroit qu'elle désignait. Naturellement, les couverts étaient situés de l'autre côté de la double queue au buffet. Il tendit le bras et en saisit pour elle et pour lui, puis empoigna un pain rond pour lui-même.

— Ça a l'air délicieux. J'ai faim. J'ai manqué le déjeuner, confessa-t-elle, et j'ai vraiment besoin de manger, sinon ma glycémie tombe. Genre comme maintenant.

Il regarda son assiette à elle, déjà à moitié pleine.

Elle regarda sa nourriture, mais aussi le pain qu'il tenait à la main dont elle s'empara avant d'y mordre à pleines dents.

— Ça va ? s'offusqua Easton en plissant les yeux.

Elle hocha la tête rapidement, occupée à mâcher.

— Comme j'ai dit, il y a un moment que je n'ai pas mangé, répliqua-t-elle quand elle le put.

— Votre glycémie est si basse ? demanda-t-il en remarquant un tremblement dans sa voix.

Elle haussa les épaules et prit un autre morceau de pain. Son visage avait blêmi.

Il la considéra tandis qu'elle mangeait rapidement comme si elle en avait vraiment besoin. Il ne l'imaginait pas avoir si faim, ça devait être sa glycémie. Il avait plusieurs amis diabétiques et comprenait bien que le pain blanc n'était certainement pas la meilleure option. Mais il n'y avait pas beaucoup de choix dans une base. Avec environ deux cents hommes présents, elle aurait du mal à trouver autre chose. Un fruit ou du jus seraient certainement mieux, s'ils étaient disponibles.

Il fouilla du regard la queue qui s'était arrêtée juste avant la partie des viandes et repéra un bar à jus au centre de la pièce. Il se tourna, demanda à Devlin de lui garder son assiette et sa place, et se dirigea vers la table. Il y prit plusieurs bouteilles de jus, revint et en tendit une à Summer. Elle le dévisagea, les yeux de plus en plus grands, puis attrapa maladroitement la bouteille. Il lui saisit son assiette.

— Buvez, lui intima-t-il à voix basse.

Elle avait déjà débouché la bouteille et avala quelques gorgées. Quand elle eut fini, le contenant était aux trois quarts vide.

Elle resta sans bouger pendant un moment, comme si elle évaluait son état, puis lui sourit.

— Merci. C'était plutôt futé.

Elle rangea la bouteille dans une des nombreuses poches de sa veste. Puis elle récupéra son assiette et se mit un morceau de brocoli dans la bouche.

— Maintenant, je dois avaler un truc pour accompagner le jus qui clapote là-dedans.

Elle mangea un autre morceau et observa la nourriture pour voir ce qu'elle pouvait saisir d'autre.

— Prenez mon autre pain. Vous en avez besoin.

— Ça va aller. J'en prendrai après, fit-elle avant de regarder la viande avec envie.

— Prenez-le, dit Easton en lui déposant le pain dans l'assiette.

Elle s'en empara et croqua une autre grosse bouchée.

Il la dévisagea, abasourdi de la voir dévorer si rapidement. Du jus d'orange et deux pains ronds ne constituaient pas vraiment un repas sain.

— J'espère bien qu'ils vont m'en laisser, marmonna-t-elle, cherchant pourquoi la file d'attente n'avançait pas.

Derrière lui, Easton entendit Devlin ricaner de nouveau. Easton secoua la tête vers son ami. La queue progressa lentement. Devant se trouvaient plus de légumes, des salades et, finalement, les protéines. Il pensait qu'elle n'aurait plus de place, qu'elle aurait déjà trop mangé, mais elle chargea son assiette de rosbif, d'un morceau de poulet, ajouta de la salade avec un morceau de fromage sur le côté. Il y avait encore du pain, et elle en empoigna un au passage puis sortit de la file d'attente afin de chercher une place pour s'asseoir.

Si elle était seule, ce serait difficile de s'intégrer. Non pas que les militaires ne soient pas amicaux, mais ils se regroupaient dans ce genre de situation. Easton se servit le reste de son repas et attendit ses amis. Ils pivotèrent et examinèrent la pièce. Il y avait une table libre au fond. Ils se dirigèrent lentement dans cette direction, saluant quelques amis au passage. Ils connaissaient plusieurs des Canadiens et, bien sûr, beaucoup faisaient partie de sa propre section militaire.

À table, Ryder lui donna un coup de coude.

— Quoi ? gronda Easton en l'observant.

Ryder fit un geste. Summer se tenait au milieu de la salle, toujours en quête d'une place pour s'installer. Elle n'était pas très grande, et il lui était difficile de voir loin.

— Vraiment ?

— Tu sais comment ça se passe, le railla Ryder avec un grand sourire. On va l'aider.

— Putain ! s'exclama Easton en flanquant son assiette sur la table, émettant assez de bruit pour que plusieurs personnes, dont Summer, tournent la tête.

Quand elle le vit, son regard s'éclaira. Mais remarquant son groupe, son sourire s'évanouit. Il lui fit signe de venir le rejoindre. Elle hésita, se retourna pour s'assurer que c'était bien à elle qu'il s'adressait.

— Par pitié, déplora-t-il.

Il alla vers elle, la prit par le coude et la conduisit jusqu'à sa table.

— Vous m'avez frappé le visage, marmonna-t-il. Vous avez mangé le pain qui était dans mon assiette et vous avez bu le jus que je vous ai donné. Autant vous asseoir à ma table et finir de manger.

— Merci beaucoup, déclara-t-elle doucement avec un sourire. J'étais un peu intimidée en cherchant une place.

Il indiqua un siège vacant de l'autre côté, mais à ce moment-là, Devlin s'y posa, laissant la chaise à côté de Easton être la seule vide. Il jeta un regard noir à ses potes ; eux arboraient de larges sourires.

— Je ne me rappelle pas qui sont vos amis, fit-elle en se tournant vers Easton.

Les hommes se présentèrent instantanément.

— Merci de me permettre de me joindre à vous, déclara-t-elle en s'asseyant.

— Les amis de Easton sont nos amis, répliqua Devlin tandis que les gars souriaient.

— Comme c'est gentil, lança-t-elle, radieuse.

SUMMER ÉTAIT RAVIE par Easton et ses amis. Ils étaient vêtus différemment des autres ici, mais elle n'osait pas poser la question. Le rang était une source de fierté, et elle ne voulait pas se tromper et les insulter. Une certaine aura aussi – une présence imposante – qu'elle n'avait pas remarquée autour des autres les entourait tous les quatre.

Elle se demanda pourquoi également. Deux centaines d'hommes et de femmes se trouvaient là. Ce n'était pas comme si elle avait des problèmes pour se faire des amis, mais c'était délicat de s'acclimater au début. Elle n'était pas sûre que Easton ait fait le premier pas de son plein gré ou si ses amis l'y avaient poussé, mais elle était reconnaissante malgré tout et soulagée aussi. Ça avait été déjà suffisamment mauvais qu'elle sente son énergie tomber. Elle ne savait pas si Easton l'avait vue tituber sur place ou pas. C'était un signe évident que sa glycémie était assez basse pour lui créer des soucis.

Elle avait subi ça de nombreuses fois, mais elle n'était ni diabétique ni pré-diabétique. Elle était toutefois sujette à de graves baisses de glycémie. Elle devait se stabiliser, manger régulièrement et éviter la malbouffe ou, dans ce cas-ci, les glucides simples – parce que ceux-ci aidaient à court terme, mais faisaient encore plus baisser le taux de glycémie à long terme. Manger du pain blanc allait causer des problèmes. Mais elle espérait ingurgiter suffisamment de nourriture stabilisante durant le reste du repas pour contrecarrer les effets secondaires. De plus, elle avait dû remonter sa glycémie, ou elle se serait évanouie dans la queue.

Elle ne pouvait pas croire qu'elle avait frappé ce pauvre homme. Son regard passa sur le géant près d'elle et se concentra sur la coupure de sa joue.

— Oh, mon Dieu, je vous ai fait ça ? haleta-t-elle avant de caresser doucement le sang séché.

Il se tourna pour la considérer et toucha lui-même sa blessure.

— Peut-être. Peut-être pas, éluda-t-il en recouvrant sa main de la sienne et en haussant les épaules.

— Si ça avait été ma joue, dit-elle, surprise, j'aurais voulu savoir quand et où.

— Avec une peau comme la vôtre, je n'en douterais pas, répondit-il en lui jetant un œil rapide. Mais je suis costaud, et j'y ai à peine fait attention.

Elle baissa la main et reprit sa fourchette.

— Je suis tellement désolée, murmura-t-elle.

— Vous l'avez déjà dit, la railla-t-il, laconique. Ce n'est pas grave. Je ne suis pas blessé.

— Bien, admit-elle, se sentant mieux. Je ne voudrais pas en être responsable.

Elle sentit que l'intérêt des autres pour leur conversation allait et venait. Elle leur adressa un grand sourire.

— Quand je suis sortie de l'avion, j'avais mes sacs et mes appareils photo. Easton s'est trouvé sur mon chemin. Quand je me suis retournée, un de mes appareils a dû le heurter alors que je descendais l'escalier.

Les hommes orientèrent leurs yeux vers la plaie de Easton.

— Ça va, tempéra-t-il avec un regard noir.

— Elle devrait peut-être t'emmener te le faire nettoyer,

ricana Ryder.

Elle le dévisagea, soupçonneuse, mais s'interrogea intérieurement.

— Peut-être bien, approuva-t-elle, hésitante. Je ne voudrais pas que ça s'infecte.

Les trois autres hochèrent la tête plusieurs fois, mais à côté d'elle, Easton secoua la sienne lentement comme un taureau. Elle ne saisissait pas les allusions sous-jacentes. Elle ouvrit la bouche et s'y vit fourrer un morceau de pain. Elle jeta un regard noir à Easton tout en mâchant furieusement pour avaler et être en mesure de parler.

— Ça va. Je ne vais pas aller au poste de secours. Vous n'avez pas à vous excuser. Mangez, lui intima-t-il en lui retournant le même regard.

— Ça pourrait être pire que ce que vous pensez, rétorqua-t-elle après lui avoir rendu son regard, tout en continuant à mâcher.

Mais en fin de compte, on distinguait à peine ses mots.

Il l'observa, sourcils froncés, puis branla du chef.

— Ce que vous venez de dire n'est pas important. Tout va bien, insista-t-il.

Il reprit sa fourchette pour menacer de loin les trois autres, un par un.

— Laissez tomber.

Mais au lieu de se taire, ils arborèrent leur air le plus innocent, et l'un d'eux se frappa même le cœur comme pour indiquer qu'il ne ferait jamais rien pour blesser son ami.

Elle dévisagea les trois autres, puis Easton, et décida qu'il était trop dur avec eux.

— Vous devriez être plus gentil avec vos amis, Easton. Vous ignorez quand vous aurez besoin d'eux.

S'ensuivit un moment de silence choqué avant que les

trois hommes ne s'esclaffent. Elle les observa, soupçonneuse, puis considéra de nouveau Easton. Il soupira lourdement, et elle comprit qu'ils le taquinaient tout simplement.

— De nouveau, je suis désolée, murmura-t-elle.

Mais cette fois-ci, il lui prit la main et la serra doucement.

— Ne le soyez pas. Ce sont mes amis, mes meilleurs amis. Quand j'aurai l'occasion de leur fiche une raclée, je le ferai, déclara-t-il avant de lui lâcher la main et de se remettre à manger.

Seulement, elle ne pouvait détacher son regard de sa main. Elle était si grande qu'elle avait totalement enveloppé la sienne. Et sa main à elle – douce, presque fragile en comparaison avec celle de Easton – formait un tel contraste qu'elle ne pouvait pas s'empêcher d'y penser. Incroyable.

Elle voulait de nouveau voir la main de Easton sur la sienne. Dans sa tête, son appareil était déjà en train d'établir le temps de pose et la vitesse d'obturation. Elle voulait vraiment une image de ce moment-là, avec simplement sa main à elle qui dépassait de l'abri constitué par la sienne. Instinctivement, elle saisit l'appareil qu'elle avait encore à son cou. Avec ses amis à leur table, elle se figea. Elle ne pouvait absolument pas lui demander de recouvrir sa main de nouveau. Ça pourrait vraiment créer une rupture. Elle était suffisamment excentrique pour la plupart des gens et trouvait très difficile de se distancier de sa passion.

Elle reposa lentement son appareil et se força à boire le reste de son jus ; elle finit la bouteille.

Easton lui adressa un rapide signe de la tête comme s'il était content d'elle.

Et bon sang, elle se sentit mieux.

Il pencha la tête et parla aux autres hommes.

Sa main était dans la même position que lorsqu'il avait couvert la sienne. Elle prit son appareil et l'examina à travers le viseur. Elle aimait tout dans la main de ce gars – l'angle de ses phalanges, la force des muscles visibles sous les articulations. La taille, même. Elle reposa le boîtier, constatant que les quatre hommes la fixaient des yeux.

Ses joues passèrent par toutes les nuances de rouge. Elle sentait la chaleur l'envahir par vagues. Elle afficha un sourire gêné.

— Je suis photographe, et les choses les plus curieuses attirent mon attention.

Malheureusement, ce qui attirait aussi son attention à ce moment-là semblait être lui.

Le tome 13 est disponible dès aujourd'hui !
Pour en savoir plus, visitez le site web de Dale Mayer.
https://geni.us/DMSFREaston

Note de l'auteure

Merci d'avoir lu *Devlin, Légion d'honneur, tome 12* ! Si vous avez apprécié le livre, merci de prendre un moment pour laisser votre avis.

Chers lecteurs,

J'aime avoir de vos nouvelles, alors n'hésitez pas à me contacter sur mon site web : www.dalemayer.com ou sur ma page d'auteure Facebook. Pour être informés des nouvelles parutions et des offres spéciales, inscrivez-vous à ma newsletter ou suivez-moi sur BookBub. Si vous souhaitez rejoindre mon groupe de lecteurs, voici la page d'inscription sur Facebook.
http://geni.us/DaleMayerFBGroup

À bientôt,
Dale Mayer

À propos de l'auteure

Dale Mayer est une auteure de best-sellers au classement de *USA Today*, connue pour ses romances militaires sur les forces spéciales, sa série *Psychic Visions* et sa série *Jolis Jardins Maudits*, dans le genre cozy mystery. Ses romances contemporaines sont vibrantes d'émotion et de passion (série *Broken But... Mending, Hathaway House*). Ses thrillers vous laisseront à bout de souffle (séries *By Death* et *Kate Morgan*) et ses comédies romantiques vous feront rire aux éclats (*It's a Dog's Life*, une novella hors-série, et la série *Broken Protocols* avec Charming Marvin, le chat).

Elle laisse libre cours aux séries qui lui viennent... dont certaines sont carrément folles, enfreignant toutes les règles et croisant différents genres !

En plus de ses romans de fiction, elle écrit également des textes documentaires dans de nombreux domaines, dont la rédaction de CV, le jardinage de loisir et le système de crédit immobilier américain. Elle a récemment publié la série professionnelle *Career Essentials*. Tous ses livres sont disponibles aux formats papier et ebook.

Contactez Dale Mayer en ligne

Site web de Dale – www.dalemayer.com
Twitter – @DaleMayer
Facebook Page – geni.us/DaleMayerFBFanPage
Facebook Group – geni.us/DaleMayerFBGroup
BookBub – geni.us/DaleMayerBookbub
Instagram – geni.us/DaleMayerInstagram
Goodreads – geni.us/DaleMayerGoodreads
Newsletter – geni.us/DaleNews

www.ingramcontent.com/pod-product-compliance
Lightning Source LLC
Chambersburg PA
CBHW071433200726
48294CB00002B/614